DANISH ARTS FOUNDATION

本书出版由丹麦艺术基金会
（DANISH ARTS FOUNDATION）资助

龍抬头

【丹麦】福劳德·N.欧尔森 著

王宇辰 译　甄建国 审校

著作权合同登记号　图字 01-2017-1103

Når Dragen Løfter Hovedet
Copyright © Frode Z. Olsen and Ries Publishing House,
Copenhagen, Denmark 2012.

图书在版编目（CIP）数据

龙抬头/（丹）福劳德·欧尔森著；王宇辰译．—北京：人民文学出版社，2017
ISBN 978-7-02-012517-3

Ⅰ．①龙…　Ⅱ．①福…②王…　Ⅲ．①长篇小说—丹麦—现代　Ⅳ．①I534.45

中国版本图书馆 CIP 数据核字（2017）第 038541 号

责任编辑　陈　旻
装帧设计　崔欣晔
责任印制　苏文强

出版发行　人民文学出版社
社　　址　北京市朝内大街 166 号
邮政编码　100705
网　　址　http://www.rw-cn.com

印　　刷　北京明恒达印务有限公司
经　　销　全国新华书店等

字　　数　160 千字
开　　本　787 毫米×1092 毫米　1/32
印　　张　10.125　插页 2
印　　数　1—6000
版　　次　2017 年 4 月北京第 1 版
印　　次　2017 年 4 月第 1 次印刷

书　　号　978-7-02-012517-3
定　　价　32.00 元

如有印装质量问题,请与本社图书销售中心调换。电话:010-65233595

第一天

二〇〇五年十月九日，星期日

一

中国河北省，廊坊，近晚六点

挑夫紧紧盯着那辆蓝色的汽车，看着它摇摇晃晃地驶入了大型公交枢纽站。在这里，本地公交车和长途客运车络绎不绝地驶入驶出。车上挤满了刚刚在距廊坊以北两小时车程的北京度过了周日的人们。不错，这回应该有机会赚一笔了。有些人买的东西太多了，根本没办法全部靠自己拿动。他把烟头随手一扔，小心翼翼地折起了手中的北京地图。地图的很多地方都破了，几乎快要断成两截。明年春天，他就要人生中第一次去首都北京了。他站了起来，拄着分量不轻的竹扁担朝汽车走去。

去年冬天，他离开了重庆，那个有着超过三千万人口的大都市。那里的人们分布在西南部崇山峻岭中一个巨大的河谷地区内。长江水在那里缓流而下，为空前的经济快速增长提供了源泉。但是，重庆那众多陡峭的小巷和数不清的台阶对于物资的运输来说不是一件容易的事情，于是衍生出一个手持竹扁担的特殊群体——"棒棒军"。他们是一群十八到七十岁之间的农村人，为了谋生涌向了大城市，却没能找到一份体面的工作，只能通过挑担送货来谋生。这一行的竞争很激烈。直到有一天，挑夫开始感到自己年纪有点大了，于是就决定去东北部其他大城市碰碰运气。

那里的人们都很富有，即使是一份差一点的工作也能拿到同样多的薪水。他在初夏时分来到了河北省的廊坊，而他最终目的地是北京。在过去的几个月里，他经常拿出地图来仔细琢磨，试着把最重要的地方都印在脑海里。他还注意到，大多数的街道都是南北向或东西向。北京就像一个表盘，天安门广场位于中心，北邻故宫，西邻人民大会堂，东邻国家博物馆，而南面伫立着伟大领袖的纪念堂。挑夫希望自己在临终之前，能有机会在日出时分站在天安门广场上，向新中国的缔造者——毛主席致敬。现在他还没有攒够钱，但是当春天来临之际就应该够了。到那时，他就可以在户外露宿了。

车门缓缓打开，乘客们开始下车。这时，他注意到了一对年轻的男女，既没有拿包也没有带行李。男人用力地往外挤，想要抢先挤下车来，手里拉着一个抱着孩子的女人，怀里的孩子哭个不停。当他们经过他的身旁时，他察觉到，这个孩子和女人不是一家人。说不清到底是因为孩子身上穿的红色风雪服，比这对男女身上穿的朴素的衣服要贵得多；还是因为女人始终低头看着地面、姿势笨拙地抱着孩子；或许是因为她没有出声哄孩子，他也说不清楚。挑夫有点犹豫，他面前有很多潜在的顾客，而孩子的哭声却已在拥挤的人群中渐渐远去，但他还是迈着脚步跟了上去。关于孩子被偷拐卖、家人悬赏酬谢的这种事情，难道他听说的还少吗？他一边注意着那对男女，一边满怀希望地望着太阳在灰色的天边照射出的那条耀眼的红色亮线。现在天气还很暖和，但冬天很快就要挟着难熬的寒冷和刺骨的北风到来了。也许，这件事情对他来说是一次绝好的机会，一次让他终于能够摆脱这条竹扁担当做谋生工具的机会。

三天后

二〇〇五年十月十二日,星期三

二

东桥，哥本哈根，晚六点

熙乐瞥了一眼天色，开始加快了速度。风越来越大，乌云从西边汹涌而来，争相铺满天空。她马上就要到家了，可不想现在被淋湿。昨天和前天的天气都很好，对于晚秋季节的天气来说已经算是很不错了。今天早上天也是又高又蓝，苍白的太阳竭尽全力地想阻挡冬天的到来。

第一滴雨点打在了她的脸颊上。哎，不要现在下啊，已经这么近了！她向后方瞥了一眼，穿过了东桥街。只差三分钟了。又掉了一滴雨点，紧接着又掉了一滴，雨下起来了。

熙乐把自行车靠墙停好，锁上车锁，从车筐里抓起了手提包。站在干爽的楼道里，她气喘吁吁地转过身，一边用手梳理着她的湿发，一边肩膀对着楼道的门看着雨中。外面公园里的大树在雨中晃动，很快风就会把最后的叶子吹掉。空气中充满了一种潮湿的树木和黑色泥土的味道。她站了一会儿，听着楼道门慢慢关上，然后打开楼道的灯，开始上楼。上到一楼和二楼之间时，她听到楼上传来了一种叽叽嘎嘎的声音，她放慢了脚步。又是一声叽叽嘎嘎。她停了下来，一片安静。她紧张地站着听了一会儿。什么都没有。她犹疑地倚着楼梯的扶手探身向上看去。什么都没有看到，但是她感觉到有人。难道这又是她疑神疑鬼的瞬间，而下一瞬间一切又化为乌有？她鼓起勇气，迅速踏上了到二楼的最后几级台阶，快速闪进了自己的公寓，锁上了门。

她背靠着门静静地听着。什么都没有。她没有开门厅的灯，而是透过猫眼看向外面。走廊里的灯灭了，尽管如此她还是能看清外面的物体。什么都看不见。为什么我总是往最坏处想呢，她低声地说着准备转身。这时，一个高大的身影几乎是沿着楼梯的扶手从三楼爬了下来，尽管她试图转过头去，但身上的肌肉却把她往相反的方向拖，发自腹部的一声急促的尖叫穿胸而出。那个身影停了下来，看向她的方向。熙乐感觉到一股寒气袭来，不得不双手抵住门，同时憋住嘴里发出的那一阵阵啜泣声。过了一刻，叽叽嘎嘎的脚步声渐行渐远。她跑向客厅的窗户，透过浅色的内窗帘向下看。外面还在下雨，一会儿，一个驼背的身影穿过街道往公园里走去。走了几步之后，他回过头来，熙乐赶忙从窗户边闪开。过了一会儿，她再次把目光投向下面。他走了，她松了一口气，正要脱掉外套，这时她看到了公园边上的一棵大树下的那个身影。

恐惧迅速蔓延到了她的全身，她跌坐在黑暗的客厅里的躺椅上。她找出她的手机，有点不安地看着键盘。几分钟后，她蹑手蹑脚地走进了边上的卧室。她慢慢地靠近窗边，小心地把头微微探向前方。他还站在树下。

三

与此同时，河北天津交界处某地，午夜时分

迪迪小心地把丈夫的胳膊从自己身上移开，摸索着起身。城的呼吸声不那么沉重，但她感觉他仿佛知道她在挪动。

自从失去了她生命中最重要的东西，三个漫长的白天和黑夜已经过去。从北京回来之后的第一个晚上，她马上就上床睡觉了，她希望自己永远不要醒来。那天晚上，她看着城的眼睛的时候就明白了，他已经知道了真相。对于她来说这是人生中最丢脸的一件事。他很晚才走进卧室。她听到他的鞋子掉到地板上的声音，还有衣服被扔到一旁的声音。她假装自己睡着了，但是并没有什么用。在那一晚和之后的几个夜晚，他像野兽一样想要证明她是属于他的。她掉进了一个暗无天日的无底洞里。

王江在哪里？她为什么要让他走？这么轻易放弃不像她的风格，但现在一切都晚了。

迪迪慢慢地从床上爬起来，走进了浴室。她在黑暗中冲洗着自己的身体，想要把他的精液从下体洗掉。她的乳房又疼又涨，一方面是因为他毫不留情的手，另一方面是因为她的儿子再也喝不到的乳汁。然后，她一边用很长时间用力擦干自己的身体，一边盯着镜子中自己黑色的影子。已经没有任何一种光亮能够挽回她的脸面了。

四

哥本哈根，第二分局，大国王街，晚六点

屏幕上闪烁的图片显示电脑正在关机，阿纳·贝尔曼警官把办公椅推到后面，站起身来。他的头和后背告诉他该回家了，但透过潮湿的窗户看到外面漆黑的屋脊却在说：再稍微待一会儿吧。他能听到同部门其他人的动静。他上一次没有什么理由地走到走廊上跟同事聊天是什么时候的事了呢？尽管过去的几周案子不多，但他还是照旧在这台该死的电脑前坐了太长时间。电脑有它的优点，但也有海妖一般地迷惑人的能力，让人不知不觉中变成被海底礁石所困住的沉船。骑车到拉斯比约恩街只需要一刻钟，反正也没有人在等他。这时候走，他肯定会浑身湿透。这时电话响了。

"你好，阿纳，今天晚上你来俱乐部吗？孩子们训练结束了，而且我好久没有都下国际象棋打败你了。"

埃里克·阿纳森曾经是弗雷德里克斯贝橄榄球俱乐部的主席，是他的挚友。俱乐部已经获得了今年的冠军。贝尔曼看向窗外，云很低，从眼前快速飘过，再过半个小时，天气应该会转晴。

"冰箱里是不是只有那些平常、可怕的精选牛仔三明治？"

"你就说你什么时候过来吧,我到时候点几个披萨。"

但贝尔曼更想吃几个好吃的汉堡。

"太棒了,一会儿见。"

他挂断了电话,转身想要到部门里快速地转一圈,这时他看到特里娜·贝克站在门口。

"你现在有空吗?"

他点了点头。

"我不知道你有没有注意到,托比约恩今天中午才来上班,而他来的时候还带着他儿子。"

贝尔曼今天几乎一整天都待在警察局里。又开了一个没完没了的关于即将到来的警察改革的会议。他早就知道大国王街的分局要关闭,他现在仿佛也看到了自己的命运。

"托比约恩什么时候有儿子了?"

"这一次你有充分理由不知道这件事,因为他最近刚刚成为一个六岁男孩的继父。男孩挺可爱的,但是有点特别。托比约恩说,他已经可以正着和反着读单词了。这应该是跟大脑里出现短路有关。实际上他读书的时候既可以从前往后读,也可以从后往前读。"

"他妈妈是阿拉伯人吗?"

"哈哈。显然今天没有人照顾他,所以托比约恩只能带他来上班,很多人都因此而崩溃。这孩子来的时候穿着蜘蛛侠的衣服,来了之后立刻开始在桌子和柜子上到处爬,很快就弄坏了警卫处的一台电脑，搞乱了案件档案，然后把他午餐盒里的东西撒了一地。"

"孩子现在在做什么？"

"他一个小时以前睡着了，但是很多同事一想到他要醒来就吓得双手发抖。"

贝尔曼等着听特里娜说明白，但她没有继续说下去。

"喏，这对你来说这是一个展示你的先进领导能力的绝好机会。你上了那么多的培训课，而且你是副警长。"

当警车开到这条街上时，一块蓝黑色的云彩遮蔽了天空中最后的光亮，不过现在雨下得不大。警察局的无线电服务台发出了"遇到麻烦的人"的报案。亨利克·克维斯特高把车停在了楼道前面。他的搭档托米已经跳下车。亨利克也起身下车，拉上夹克的拉链，向二楼左边的几扇漆黑的窗户看了看。托米手里拿着强光手电筒，开始向公园走去，他跟了上去。

亨利克两个星期以前结束了在警察学校的基础课程，回到了分局。从那时开始，他每天都跟托米·诺高警员一起行动，诺高的绰号是"诺尔动手就成功"。托米早在七十年代就从警察学校毕业，在他们第一次一起执勤时他就说了，他从那时起就一直是一个普通的交巡警。哥本哈根警察局的独行者。这些年，托米或自愿或不自愿地到不同的特殊部门去轮岗，但是最后他总是会回到警队。很久以前,历任上司中一位曾建议他尝试一些别的工作。最后人们还是让他留在了他所申请的这个岗位上。亨利克是霍布罗的高中学生，他休了一年的假，毫无计划地环游美国和印度，但还是不知道究竟他的人生应该怎样度过。他回到家，随便在一个零配件仓库找了一个工作。然后他便申请到警察局工作，想着自己以后要么是骑摩托车，要么成为一名狗的训导员。他的妈妈对此甚是失望。亨利克对于跟托米搭档这件事感觉很复杂。他的昵称对一个满怀希望的新警员来说可不是什么好信号。而且，他们的年龄差距很大，再者，托米是哥本哈根人。不过，亨利克还是能够感到这个庞大的身躯散发出来的安全感。尽管他的行为举止有些过时，亨利克毫不怀疑，托米喜欢他的工作、他的城市和城市里的居民，甚至是那些被他称为"强盗"的家伙们。他跟他们说同样的语言，他们也能听懂他说的话。前天，当他们停在东城门区的一个红灯路口时，一个邋遢的酒鬼过来敲窗户。托米摇下车窗，问他想要干什么。

"能带我一段路吗，就到奥胡斯街。天气要变糟了，我身上一个子儿都没有。"

"你做梦吧。"

男人并没有生气，而是回到人行道上。托米看了他一会儿，然后对着后座点了下头。

"谢谢，也谢谢你的恭维，托米。"

"不客气。我们可不想把你推向犯罪的道路上，让你坐火车逃票。不过你知道，这个世界上没有什么是免费的。下次你要是听到什么有意思的事情就给我打电话，嗯？"

"那是当然，托米。"

"把窗户摇下来一点，再闻你身上的酒气，我和我搭档血液里的酒精含量都要上升了。"

托米手电筒的灯光晃在漆黑的灌木和树干上。他一言不发，查看了附近的情况之后，他转向亨利克，朝着楼道口点了点头。二楼的一个窗户亮着灯。一个女人正往下看着他们。

在公园的深处，有一名男子看着警官在楼道大门处按门铃，女人从窗边走开了。楼道的灯亮了起来。男子看着警察上了二楼，走进了左边的公寓。

半个小时以后，亨利克和托米回到了警车里。亨利克正要开门的时候，他的手机这时响了。屏幕上显示着"妈妈"。"嗯。"他平静地说。这已经不是她第一次打电话问他有没有在首都受什么伤了。他一边听着电话，一边看着托米又走回了公园里，站在了稍微往里面一点的一棵大树下。他用手电筒查看了一下地上的土和周围的环境。然后，他转过身对着女人的窗户的方向，摇了摇头，摆了摆胳膊。

"喏，我得走了。"

托米把手电筒放回了车子的中控台旁边："你怎么不带着你妈妈来上班呢，这样既省时间又省钱。"说着，他拿起了对讲机，接通了无线电服务台，说道：

"我们从这儿撤了，没什么可疑的地方。"

"你们跟报案人谈过了吗?"

托米朝挡风玻璃外看了几秒钟,然后说:"你们觉得呢?我们当然跟她谈过了。没有任何具体信息,没有有用的人物描述,一切的一切都只是感觉。我已经搜查了这儿附近,并没有发现什么特别的地方。"

"好的。我这里还有一个别墅入室盗窃的案子。报案人正在现场等着。"接线员给了他们一个名字和地址。

"收到。"说完,托米把对讲机挂回原处,转身对亨利克说:"我们先在这一片儿绕几圈。"

"呃,如果入室盗窃的小偷还在别墅里怎么办?"

"如果是的话,他们会告诉我们的。现在,你假装我们要去处理一个紧急的案子。该减速的时候我会告诉你的。"

"可是,这里只不过是小事一桩。"亨利克反驳道,他试着让自己说的话听上去很有经验。

"可能吧。"

"你不相信她,对吧?一个黑影,像一只蜘蛛一样在扶手上爬,还有透过门的寒气。在我看来,她就是一个生活里缺乏依靠、患有轻度妄想症的女人。她根本说不出任何一个理由,有人会……"

"开到路的尽头,右转,注意可疑的人。"

熙乐一直盯着警车开走,直到再也看不见为止。他们走得很匆忙。当红色的尾灯消失在街角后,她微微地颤抖着,拉上窗帘,关上了客厅里大部分的灯。其中一个警察带着年轻人特有的那种不耐烦问她,是不是有朋友来访。怎么可能这么显而易见呢?她又开始颤抖着走向大门。门是锁着的,安全链也好好地拴着。她无力地回到了客厅里。又是一个无法安睡的夜晚,又是一个要跟自己抗争才能入睡的晚上。她打开了音响,用一个手指摸着光盘。她的客厅里现在需要有人的气息。小哈利·康尼克得到了这个任务。几分钟后,他唱起了《Who Can I Turn To》,她走进了厨房,开了一瓶红酒。

就在这时,一个男人从公园里走了出来。他之前一直躲着,注视着警车。它很快开走了,但他保持不动。他很聪明。车子放慢速度,拐到了一条通往公园的路上。男人低头看了看自己。他必须把衣服处理掉,但二楼的女人是个麻烦。他斜穿过了马路。

突然一个响声,熙乐从躺椅上跳了起来,她看向门口。她睡着了,音响的屏幕显示的时间是二十一点二十三分。

再没有任何声音出现,她踮着脚走向门口,小心地靠近大门。门是完好的。就在此刻,外面猛然亮了起来,同时传来一阵低沉的雷声。她叹了口气,走向窗边,拉开了一点窗帘。雨下得更大了。乌云背后,又是一道闪电,随后是不大的雷声。街上空无一人,只有靠近公园一侧停放着几辆车。谢天谢地,树下没有人。她睁大了眼睛,往公园深处看去。什么都没有。这时,她感觉到左侧有什么东西。她看向停在那儿的几辆车：两辆小轿车，后面停着一辆黑色的货车。我真是疯了。就在这时，挡风玻璃后亮起了一个光点。下一秒，光点消失了，只有货车的漆黑挡风玻璃反着光。她迅速拉上了窗帘，磕绊地冲向了躺椅，抓起了手机。

接电话的不是第一次的警官。他的声音显得很有耐心，但是他们很忙。如果能够让她安心的话，他们会尽快派一辆空闲的警车过来。如果有人试图闯入的话，她可以打电话，他们会立刻赶到。之后，当她从卧室的窗户轻轻地掀起窗帘的一角时，那辆货车已经不见了。

熙乐穿着衣服在床上躺着，不放过楼里的任何声响。她的红酒已经快要喝光了。有那么几次，她觉得似乎听到了楼上的公寓里传来的刮东西的声音。楼上住了一对没有小孩的夫妇。他们几个月前搬到了这里。后来，东桥街上传来的汽车噪声让她略感安慰，但那声音慢慢地消失了。她只能偶尔地听到个别的发动机声和汽车轮胎的响声。就是这种声音，让她在还是孩子的时候，睡了几个小时之后在一片黑暗的卧室里醒来时，不由得喊妈妈。她不知道自己是什么时候睡着的，但是透过天花板传来的寒意让她醒了好几次。某一瞬间，她觉得似乎听到了微弱的呻吟声，但是她在迷迷糊糊中也无法判断，究竟是她自己的抽泣声，还是她在做梦。她两次从床上起身去查看大门的情况。最后一次，她脱掉了衣服。

次日

二〇〇五年十月十三日，星期四

五

河北天津交界处某地，早晨

迪迪醒的时候，城已经走了，床上只剩下她自己。只有枕头上的凹陷和发皱的床单证明他曾经来过。孩子的香味、咯咯的笑声、抽泣声都消失了。冰冷的婴儿床在旁边屋子里。她起了床，徒劳地寻找着她的手机。她必须得联系上萍，不然她会疯掉的。

周一，她看到城上班之前从床头柜里拿走了她的手机。他没有理会她的反对，嘟囔着说，会给她一个更好的。当听到他从外面锁上了门时，她就知道他再也不信任她了。之后的每天晚上，她一听到钥匙开门的声音就会跳起来，但面对的永远是他空无一物的双手。她想，等哪天太阳从西边出来，我才能拿回我的手机吧。

孩子的失踪和城的愤怒在他们之间造成了一种白色恐怖的气氛。他们互相不说话，并且避免做任何需要说话的事情。一开始，她还对他抱有同情，但随后就被日益增加的怀疑取代了，她怀疑孩子被拐走是城策划的。

她又一次走到大门处，看看能不能用她手中的一把钥匙把门打开。还是不行，只好又一次走到客厅敞开的窗户边，看着十九层楼下的繁忙街道。就算她爬出窗外掉下去，又有什么分别呢？

六

东桥，哥本哈根，早晨

熙乐醒来的时候头很痛。浴室的镜子里一张颓废的脸在看着她。第一节课九点上课，是六年级的德语课。乱作一团的头发和黑眼圈还有办法处理一下，但是眼神里的涣散和无神却无法掩盖。最近一段时间，她发现同事们，还有一些孩子神出鬼没地用审视的眼神看着她。

一个小时以后，她洗过了澡，然后强迫自己吃了一片烤面包。她几次三番地透过客厅的窗帘往外看。太阳又出现在蓝蓝的天空和淡淡的白云之间。

她装好包，穿上外套，在门口站了很长时间，听不见也看不到任何人。然后，她拧开门锁，把门打开一条小缝。这时，楼上传来了关门的声音，有人从楼梯走下来。透过猫眼，她看到拉森夫人和她十几岁的女儿莉娜走了过去。熙乐在一楼赶上了她们，莉娜为她扶着楼道的大门。

"昨晚的天气真糟糕。"她一边说着，一边假借着把包放进车筐里而没有直视她们。车筐还是湿的。

"这周接下来几天的天气也不会好到哪里去。希望你记得带上雨衣。"拉森夫人边说边用胳膊拐着莉娜开始往外走。

熙乐用外衣的袖子擦干了车座:"你们的新邻居怎么样?"她提问的声音很大,显得很紧张。

拉森夫人停了下来,说:"他们非常友好,怎么了,有什么问题吗?"

"不,不。我只是觉得,昨天晚上他们的公寓里传来了奇怪的声音。"

"他们不在家,熙乐。他们去了维也纳。祝你度过愉快的一天。"拉森夫人说着,跟她女儿一起走上了人行道。熙乐注意到,她们把头凑到一起窃窃私语。

距离这里一公里多的地方,一个高个子的大学生正站在湖泉公园的湖边远眺,他的狗在不远处的灌木丛里嗅来嗅去。一对鸭子游了过来,是冲着面包来的。湖的对岸坐着一位老先生。他举起了手。大学生也向他手招手致意。他们几天之前第一次聊天时说到,外来人在议论,人们偶然相遇时,光点个头是不够的。这位老人在这个小区住了一辈子。他只搬过一次家——从街道的这一边搬到另一边,他曾笑着提及此事。原因是,市政府在七十年代拆掉了公园和汉斯克努森广场之间的低层老旧住宅楼。老人指着公园相反方向那边的一个很大的红色建筑说,他曾经在那里上学。一年又一年过去,公园越来越小。在他的童年时代,这个公园树木繁茂,有山有水,足可以成为黑非洲、最后一个莫西干人的北美洲或者南西兰岛上斯文·鲍尔森大败瑞典人的森林。后来,它成了天堂花园，人们可以在春天的晚上和一个姑娘第一次手拉着手在湖边漫步。

"可能是因为公园周围建了高楼，所以公园看起来变小了。"短暂的停顿一下，老人接着说道。

大学生点了点头。

"你知道吗？许多年以前，一辆马车不幸驶进了湖里，包括驾马车的人和所有乘客。据说，他们现在还在湖底待着呢。"老人眨着眼说道。

大学生没有听过这个故事，他多看了深色的湖水一眼。虽然他怀疑结局的真实性，但却无法把它摆脱脑海。

老人坐在岸边，面朝熹微的秋日。大学生吹了一声短促的口哨，那只黑色的拉布拉多立刻昂起了头，"菲达，过来，我们该走了。"他们沿着小路走到了教堂对面的小门。他抓紧了牵着狗的项圈的绳子。他刚走出公园，正要过马路时，在最后一刹那才看到一辆黑色的货车从左侧快速驶来。司机很明显根本没有要停下的意思。大学生把狗拉了回来。白痴，他这样想着，过了马路，继续沿着温明街走着。不一会儿，他听到汽车发动机的声音从身后传来。那辆黑色的货车又从他身旁开了过去。这个傻子肯定是开错路了。他盯着货车，每秒钟都在害怕会有车从旁边的小路开出来。幸好，这时并没有什么车，只有一个骑自行车的女人从相反方向骑过来。

之后，大学生甚至不敢肯定他眼中所见的是否是真实发生的事情。他呆站在那里，一动不动。货车未做任何警示，冲上逆行车道，正面撞向了骑车的女人。车撞过来之前，她已经看到了危险，刹住车并试图躲进停着的几辆汽车之间，但已经来不及了。她被高高地抛向了空中，后背朝下落在一辆车顶上，最后滑落到了人行道上。货车摇晃着压过了自行车，又急摆回到右侧行车道。车下划出了很大火花，因为自行车被卡在了车底下。过了一会儿，司机把右侧车轮开到了马路牙子上。自行车也就从车底掉下，落在了地上。

高个子大学生努力让自己清醒过来。路上没有别人。当他走到离受伤的女人几米处时，他命令菲达坐下不动。狗迷惑地望着他。

她昏迷在马路边。脸上布满了血。一只眼睛被大块的血肿完全挡住了，另外一只眼睛目光涣散地盯着他。她的左臂折成了错误的角度。他弯下身，试图摸她的脉搏，但他不知道应该摸脖子还是手腕。到处都是血。他抬起头，货车已经不见了。然后，他站起来，拿出了自己的手机。

救护车开走之后，一个警官朝他走过来。

"你要把你所看到的一切都说出来，这很重要，知道吗？"

大学生弯下身，抚摸着菲达温热的肋骨处，然后点了点头。

七

大国王街警察分局，下午

如果不是考虑到家人的话，托米会固定轮换上晚班，从下午三点到午夜时分。他是一个夜猫子。分局的脉搏随着整个城市的节奏跳动，到了下午五点，最后一名"白班警察"离开分局时，能够明显感觉到节奏的变化。一切关于战略、政治家、这个或那个东西，还有什么口袋里的镀金羊毛等的谈话都消失了。分局重回根本，找到它所存在的基础：遭遇困难或陷入麻烦的活生生的人，一旦他们遇到的问题过于严重，而他们的邻居或者过路行人如果没有产生怜悯之心、施以援手的话，这些人就会报警。不光是向保险公司要发票这种无关紧要的事情而报案。问题要解决，伤害要阻止，罪犯要抓到。这就是托米当警察的原因，这就是他这么多年坚守在巡警队的原因。

他在上班的路上就开始期待，尤其是在一年当中天黑得很早的时候。当光线暗下之后，所有的一切都变得更加紧张。白天属于努力工作和干事业的人，而夜晚则属于享受者。黑暗赋予无畏者许可，赋予犹疑者勇气。

巡警队长尼斯·克里斯托夫森的巡警简报一如既往的简短，托米满意地想着。今天早上一个女人被一辆黑色货车撞倒遇害。

无论是车还是司机都还没找到。女人被送到皇家医院的时候已经失去意识。医生对她的情况也无能为力。

"然后市政厅有人在游行，今天白天发生的其他事情，你们自己看二十四小时报告吧。"说完，他用微弯的食指指了指托米。年纪最大的巡警就是如此。在其他的六名交巡警里，只有一名是正式员工。

文件夹被最近几个小时里其他人所写的那些报告塞得厚厚的。

"从现在开始，这就是你要头疼的事。我说过，我们并不知道她是谁。这件事和搜查逃逸司机都是首要问题。"克里斯托夫森说。

"她的衣服和东西在哪里？"

"我们到现在还没联系上家属，这个案子整个被移交给了刑事技术科。除了衣服和一辆自行车之外，什么都没有。技术人员正在检查她的裤子和外套，看能不能找到车的玻璃碎品或者车漆。自行车也在刑技科。车架号也查了，但没有结果。"

"没有装着钱和身份证件的手提包，也没有手机？"

克里斯托夫森摇了摇头，"没有，奇怪吧？"

"媒体那边得到了哪些信息？"

"关于她的长相、自行车还有逃逸车辆的描述。目前已经接到了几条线索，但是没有什么关键的。"

托米点了点头，离开了值班室。

"我们很忙,但如果有什么意料之外的状况,你和你的搭档解决不了的,一定要告诉我。"克里斯托夫森对着他喊道。

"收到,他答道。"

在巡警大厅里,他拿了杯咖啡,走到绿色的休闲椅上坐下,开始读报告。亨利克站在窗边,在低声地打电话。过了一会儿,他走了过来,坐在了旁边的椅子上。他斜眼瞥了几次案件夹,没有说话,这时托米把自己读过的报告塞给了他。

半个小时之后,他全看完了,然后把案夹递给了托米,他感到胃里一阵不舒服。他在看第一辆警车在案发现场拍下的照片和女人被担架抬上了救护车的照片时,就不舒服了。

一个大学生目击了这场辗压。但显然他的学位帽对他的大脑来说太宽松了,因为他既没有聪明到记下货车的车牌号,也没有注意到司机的长相。相反他认为,司机是因为在打手机,所以错误地开到了逆行道上。真是尖锐而贴切的分析,托米这样想着,看了看亨利克。

其中一份报告里包含了对被害的女人的描述,包括脸部的近照——正面和侧面。照片摄于医院。约五十岁,灰色齐耳直发。一百七十公分,身材偏瘦,五十七公斤。没有胎记、疤痕或者纹身。除了一对耳钉以外,没有任何其他饰物或者戒指。身着带帽黑色风衣,里面是灰色高领上衣,黑色牛仔裤,灰色短袜,黑色系带鞋。内穿天蓝色文胸和同颜色的内裤。在外套的一个兜里装着一包口香糖和一串钥匙,上面有三枚钥匙,其中一个是那辆自行车锁的钥匙,另外两个很有可能是她的住处的钥匙。这份清单列出了一个受到伤害而死去的人的所有细节。面对这些,托米心中一股痛感油然而生。

亨利克抬起头说:"现在该干什么?"

"你难道没有读完吗?"

亨利克看着案件夹:"我当然看了!问题是没有任何一条可以继续调查的线索。我们只能等着有人报告她失踪。真奇怪,现在居然还没有人报案。"就在这时他的手机响了,"或许是寻找货车的消息。"亨利克补充道,犹豫地看着电话。

"问题永远不在案件本身,而是你忽视了它。在你跟妈妈通话之前,俄狄浦斯①,再拿起照片看一眼。"托米说着站了起来。他真是受够了这些新同事,他们刚从警察学校的基础课结业,又深入研究了电视上热播的系列警察电视剧,就表现得像是专家一样。

他走回了巡警办公室,从书架上找出来装着这个月的每日报告的大夹子。关于每日报告的议论很多,但是,如果能正确地阅读它们,有时候能从里面发现金宝贝。

尼斯·克里斯托夫森抬头看了一眼,然后继续跟巡警通话,他们报告了一起发生在三角地的交通事故。一辆货车被一辆公交车撞翻。公交车上的多名乘客受伤,大量瓶罐散落在街道上。克

---

① 希腊神话人物,弑父娶母,常用来比喻有恋母情结的人。

里斯托夫森通知了救护车，并增派人手进行交通管制。晚高峰快要开始了。

托米浏览着二十四小时事件记录，从中找到了熙乐的第一次电话，"楼梯里的陌生男人"。值班警察记录的后来补充说，巡警"没有发现可疑的人"。这就是那天晚上我自己下的专家结论了。后来，她又打来了电话。这次嫌疑人坐在了楼门外的一辆车里。"没有任何具体信息，安抚了报案人"。值班警察的最后一条补充记录约是在午夜，一辆巡逻警车"在这条路上开过，但没有发现任何异常"。四条警方的标准化记录就这么掩盖了一切，甚至掩盖了一场谋杀的前奏。他把文件夹放回去，走了出去，这时克里斯托夫森还没有搞定在三角地发生的事情。

亨利克坐在那儿，手里拿着报告夹："这就是昨天那个有妄想症的女人。"

托米为他和警察局感到高兴。亨利克说了这句话，终于使自己离开了那类"愚蠢的累赘"，一有机会这些人就会被公司赶走。

"我们来把这件事做好。"托米说。

一个小时以后，亨利克又一次把警车停在了熙乐所住的单元门外。昨天下了雨，今天几乎一整天都是晴天。现在空气很清新，也不是特别冷。

托米直接走到了公园边上的那棵大树下，开始以这棵树为中心，一圈又一圈地扩大搜索范围和地上的土。亨利克迟疑地跟在后面，不知道应该做什么。被叫作"俄狄浦斯"这件事依然让他感到汗颜。托米弯下身，用手指触摸土壤和潮湿的树叶。这有点太"摩斯探长"了，亨利克这样想着，又走回了楼门口。由于没有更好的想法，他按响了熙乐家的门铃。这毫无意义，因为她已经死了，被撞死了。一个小时之前，他在法医部见到了她。尽管她的左脸已经肿了，但他对死者毫不怀疑。她还戴着耳钉。昨天晚上他们跟她谈话时，他也注意到了这一点。正方形，黑色，镶着细银边。她会把它们带进坟墓里，他正想着，这时路的远处出现了一个女孩。最多也就十六岁，长得也不错。他试图让自己开心一点，以赶走那些令人烦闷的情绪。女孩每走一步，她的臀部都按照标准的幅度摆动着。女孩的眼睛盯着手上拿的手机。

亨利克看了看托米，他正在搜查长椅旁边的垃圾桶。女孩把手机拿向耳边，这时她看到了警车。她把目光转向了亨利克，脚步开始放慢。他的手指捋过浓密的短发，把交巡警制服的拉链稍稍拉下一点，迈到了人行道上，摆出他经常对着镜子练习的笑容。无论她是否只是偶然经过的路人，她现在都是一个潜在的目击者，为了保险起见，他都要对她进行询问。这样，他就能采取主动，要到她的名字和电话号码。

令他感到惊讶的是，她就在他面前停了下来，把手机揣进了兜里。

"你好。"他的笑容更加可掬，对着她说。

"你好，警察先生，你在这里做什么？"她从紧身裤里掏出了一把钥匙。

太幸运了,她就住在这里。这样他就不需要找糟糕的借口跟她聊天了。

"我们在调查一起严重的交通事故。"说着,他看了看仍然在搜查垃圾桶的托米,"你认识住在二楼左手边的女士吗?"

女孩看着托米。

"那他在干吗,捡瓶子?"她轻轻地笑着问。

亨利克笑了,"我偷偷告诉你,他其实还没吃午饭。你叫什么名字?"

"莉娜。"

"你住在这里吗?"

"我就住在楼上呀。"她说着指了指单元右手边的几扇窗户。

"所以你认识住在二楼左手边的女士。"

"熙乐,是的,怎么了?"

亨利克斟酌了一下自己的方式,但当他看到托米正向他们走来时,他立刻要求女孩拿出身份证。

很快,他们三个人一起往楼上走去。亨利克走在最后,托米理所当然走在最前面,女孩跟在他身后。莉娜和她妈妈住在三层右手边。对拉森夫人的问询非常简短。托米请她说明,早上她和莉娜在楼门口遇到熙乐时都说了什么。

"我们说了什么?熙乐问了问关于我们邻居的事情,她想知道他们怎么样。在一天中的这个时间问这个问题有点奇怪。熙乐正要去上班，我们也是。嗯，我说的是，莉娜要去上学。"

托米等着听她接下来的话。

"熙乐有点怪怪的。她看起来很疲惫，不过你们为什么要问这些问题？出什么事了吗？"

托米把发生的事情告诉了她们，拉森夫人搂住了她女儿的肩膀。

"为什么熙乐会关心你们的邻居？"

"她说了吗？"拉森夫人看着她女儿。

"好像是，昨天晚上她听到他们的公寓里传出了奇怪的声音？"莉娜答道。

"对！她就是这么说的。熙乐就住在他们楼下。我以为是她又出现幻觉了。我不知道现在说这个合不合适，毕竟她已经……但熙乐偶尔会喝得有点多。"

"昨天也是吗？"托米问道。

"是的，至少早上她看起来可不太好。而且，夏洛特和雅各布不在家。他们去了维也纳。"

"他们什么时候走的？"

"昨天。夏洛特几天以前告诉我，他们要坐夜班飞机。"

托米反复思索着这条信息，接着问，有没有谁看到了他们离开。她们都摇了摇头。

"但是，我们今天也没有听到他们在家的声音。"拉森夫人补充道。

"你恰巧有他们房间的钥匙吗,比如帮他们照看花草什么的?"

答案依然是摇头。

托米道了谢,对着亨利克点了下头,表示他们该走了。他失望地把笔记本放在里层口袋里。这次没机会对莉娜提问,只能等下一次了。亨利克已经下楼了,这时他发现托米站在楼梯平台上没有动。等拉森夫人关上了门,托米按响了隔壁的门铃。没有反应。他跪了下来,抬起门上的投信口,他来回移动,想要更好地看见房间里的情形。他多次用耳朵听,或是用鼻子凑在投信口嗅着。

"有什么?"亨利克慢慢走上楼,问道。

托米站了起来,用指尖抓住把手的最外侧向下拉,同时另一只手放在门上推门。门被锁住了。他又拿起了门垫,除了厚厚的一层灰什么都没有发现。

这时,亨利克的手机响了。

次日

二〇〇五年十月十四日,星期五

八

大国王街分局，下午

影响托米做决定的一个重要原因是，今天是星期五。他不需要别人来告诉他，侦破交通谋杀案是巡警的职责，即使此案涉及一位逃逸司机也是如此。而其中某些案件需要做一些调查工作的，一般是刑警的范畴。另外一个重要的理由是，他现在仍然是值班巡警。大街小巷、家家户户的平静和秩序，酒馆斗殴，盗窃，足球比赛和越来越多的国际大会的安保，这些都是巡警的传统职责，而且他干得也挺好。随着时间推移，他们的担子越来越重。现在，仅仅出动处理入室盗窃、制止暴力已经不够了。巡警也不得不开展初步调查，而这往往也是仅有的调查结果。原因是，刑警的手头堆满了各种重大的、有组织的犯罪案件，罪犯是那些飞车族和移民黑帮等等。在他们眼里，犯罪使他们的生活更时髦，更容易。但在巡警队看来，这个理由站不住脚。连巡警大队的高层对于与日俱增的工作负担是否合理，也存在着不同意见，不过托米并不在乎这些。他是靠案件为生的人，短短的一页纸报告对他来说是不够的。酒吧打架案件已经够多了，对于年轻人来说是很好的锻炼，否则他们只能偶尔离开电脑和手机。如果你足够敏锐，对除了开罚单之外的事情也感兴趣，偶尔就会出现一个单调乏味的案子，后来变成一桩完全不同的、令人兴奋的案子。

不过这次的温明街交通杀人案有点特殊，使得他们现在要到四楼的刑事部去。他还没有告诉亨利克这是为什么。一会儿他就会明白了。

他们出电梯的瞬间，正好碰到了特里娜·贝克。他们简直不能更幸运了。他们年纪相仿，而且他跟她的关系一直不错，但最重要的是，她今年上半年刚被提拔为副刑警队长，她现在有权做出重大决定。

"你现在有空吗？"

她看了看表，"我半个小时以后有安排。"

"这很重要，我尽量长话短说。"

特里娜回到她的办公室，并请他们坐在能勉强塞进她写字台另一边下面的两把椅子。托米的长腿几乎没有地方放。

"说吧。"她双手交叉，放在面前。几乎灰白的头发从中间分开，在脖子后面挽了一个发结。

他说明了情况，但最后一句话却颠覆了一切，"我不认为这是一起事故。她是被谋杀的。"

特里娜短暂地看了一眼一言不发的亨利克，又把目光转向托米。

"如果你是对的话，我们就应该接手这个案子。你们是为了这个来的吗？"

"是的，但是我来不只是把一个案子抛给你这么简单。如果我是对的，那么就要着手进行远远超过我跟亨利克力所能及的范围的调查，因为我们同时还有其他巡视街道的任务。如果她是被杀害的，那么就一定有杀人动机，那么我们就必须对她的私生活进行彻底调查。我不知道有必要问询的人有多少，但是这事不能等。"

特里娜看向窗外说："遗憾的是，我们现在既没有找到车，也没有找到司机。你确定前天打电话的是同一个女人吗？她的丈夫或者其他家属确认了她的身份了吗？"

"第一个问题，是的，第二个问题，没有。"

"我们认识她吗？"

他摇了摇头。他其实已经想到了这个可能性。前天，他们没有跟那个女人讨论过她的私生活，但是她给人的感觉是独居，而且当亨利克建议她给朋友打电话时，她的回答很含糊。她可能是那种跟已离异的丈夫或者伴侣有麻烦的人。他昨晚用了一晚上的时间，在所有可能的数据库里搜索她的信息。只有居民登记上有一点。学校老师，未婚，无子女，父母双亡。

"我不是说你判断错了，而是现在掌握的信息太少，我没办法说服谋杀科介入这个案子。那意味着我要在周末把大家叫过来。"

特里娜又沉默了。托米试着猜测，她是在考虑有无可能，还是要拒绝了。

"现在你知道了她是谁，是不是可以跟她的同事谈一谈？如果有人威胁她,情况就不同了。你们也许能幸运地得到一个名字。"

不到一个小时以后,托米已经坐在了警车里,无精打采地望着湖泉公园后面的学校里漆黑的窗户。与拉森夫人通了电话,他们找到了熙乐的工作单位。她昨天早上在温明街被撞一事刚好时间对得上。正如他们所料,他们来晚了。所有的人都下班回家过周末了。值班室的门铃晚间不好用,或者是值班人不想理睬他们。

"我们去找个地方吃点东西,你觉得怎么样?"亨利克问道。

"我们先开到她被撞的地方那儿去吧。"

亨利克叹了口气,挂上挡,在教堂左转驶入了温明街。托米让他开过事故地点一百米的地方停了下来,并迅速下了警车。

"你来看这里的划痕。"托米站在路缘石边,指了指马路上的一些白色条形痕迹。

"他在这个地方甩掉了卡在了车底上的自行车。在我看来,他对于撞人一事并不感到吃惊而惊慌逃离。一切都在他的掌控之下,而且还敏捷地把车子的右侧开上马路牙子来甩掉自行车。"

亨利克点了点头,表示他明白了他的逻辑。

"熙乐认为他由于某种理由盯上了她,如果她是对的,那么他就有时间进行策划。"托米看向道路尽头的亚特街。

"车子前部一定有损坏,你觉得他会不会把车藏在了某个地方?"亨利克问道。

"有可能,但是离这儿有多远呢?"

他们走回去坐进了警车里。两个移民男孩走在对面的人行道上，好奇地看着他们。其中一个笑得贼兮兮的。亨利克从眼角看了一眼，他对着他们比出了中指。他摇下车窗喊道："停下来，就是现在！"

"滚回家去吧，你这个日德兰鲸油灯。"贼笑的那个说完，淡定地继续走。

亨利克腾地一下打开了车门，差点撞到一个刚好从行车道经过的骑车的女孩。

"冷静点，我们还有其他事情要考虑。"托米说着拽住了他的胳膊。

"你难道没听到他说什么吗？这种欠揍的家伙就不应该……"

"他只不过是一个融入了我们社会的二代移民的例子，而且我要告诉你，我在从窗户里往外对别人喊这件事上有很糟糕的经历。如果你想教训谁，你就要下车，走到人们跟前，面对面地跟他们说。"托米说着，依然看着有划痕的地方。骑自行车的女孩转过头，生气地看他们一眼就走了。

亨利克小声骂了一句，摔上了车门。就在这时，无线电台呼叫他们："你们的巡警队长让你们去以色列广场的地下车库。一名报案人正在入口处等你们。他有关于一辆车的消息，可能就是你们在找的那辆。"

货车被遗弃在了停车库的角落里。它静静地停在黑暗之中，左侧和前脸紧紧地贴着墙，所以如果有人偶然看过去，也不会发现伤痕。托米用手电筒的光照着检查前脸。左侧前车灯撞碎，保险杠表面有明显划痕。他努力不触碰任何地方。亨利克把一个年轻男子带到了光线更亮的出口处。托米曾一度想过是不是报案人自己开了这辆车，但是通过对车牌号的核查显示，这辆车两天前在奥胡斯街被盗。而那个男子是在把自己的车停到附近时注意到了这辆车。

托米跪了下来，用手电筒照着车底。他在找可以证明曾经有辆自行车卡在车底和行车道之间的证据，但是他却有了完全不同的发现。有东西卡在了前面的消音器上。他躺了下来，刚好用右手能够到。他摸索了一会，但最后还是成功了，是一个手提包，里面装着一个钱包、信用卡和医疗保险卡。它是熙乐的。这个发现让他感到不寒而栗。

蓝色的闪光映在弗雷德里克堡街上的房子上，给人以超现实的感觉。车从车库里开出去非常匆忙。报案人困惑地站在原地，他被告知必须保证在接下来的十五分钟内没有任何人靠近那辆货车。亨利克对此感到同样惊讶，但是他选择了闭嘴。

他们一出车库，托米就打开了车上的警灯。于是亨利克就明白他们现在要全速行驶了。他没有鸣警笛。因为那只会让他们两人的肾上腺素进一步增加，而且会干扰到打电话。他要做的这个报告既不能被误解也不需要被讨论，而且他并不想通过无线电服务台。这是因为，无论警方的无线电技术专家再怎么防止通话被无关人听到，媒体记者总能够快速到达事件发生地，这说明他们的努力是有限的。

快要到法里梅街时，亨利克重重地踩下刹车，时速从八十公里降到了十公里。尽管已经快九点了，路上还是有不少车。亨利克把车开进了十字路口，换挡之后猛踩油门，底盘甚至撞到了地面。这时，托米联系上了大国王街的尼斯·克里斯托夫森。

"我需要一个开锁匠。他必须尽快赶到塞利列街的公寓。"

"能不能透露一下你在做什么？是车库里的逃逸车辆吗？"克里斯托夫森问道。

"回头我再告诉你细节，是的！另外，再派一辆警车到车库，把货车开到刑技科。他们还需要拿到车库的监控摄像机最近二十四小时的录像。"

"好吧，我还有什么可以为您做的？"

"是的，通知刑警队的人。让他们跟开锁匠到同一个地址。"一阵短暂的停顿之后，"我怀疑这个时间楼上根本没人。"

"那就给在家的特里娜·贝克打电话。她会知道你为什么打电话的。就说，我从现在开始等半个小时。"

当托米在楼下按响拉森夫人家的门铃时，警车传来一阵阵烧焦的橡胶味。一会儿，门锁开了。

"你在这儿等开锁匠。"托米对亨利克说完，等不及他的回答就走进了楼梯间。

拉森夫人在三楼的楼梯平台上等着。她看起来很害怕，"你们为什么这么晚过来？"

"你没有理由感到不安,我们只是想确认几个细节。你的邻居回家了吗?"

"没有,他们周日才回来。"

"好极了,那么我就不打搅了。我们会自己去的,你不需要等着了。"

"呃,好……如果你想让我回自己家里,你可以直说。"

"我刚刚已经说过了。"托米微笑着说,然后拿出了手机。

很快,他又联系上了在局里的尼斯·克里斯托夫森。特里娜·贝克和另一位同事已经在来的路上了。他们什么时候能到?克里斯托夫森也不确定。

五分钟后,他听到亨利克上楼的声音。他在二楼熙乐的公寓门口等着。这让拉森夫人明白了,她没有什么理由继续站在楼道里了。开锁匠是一位穿着黑色工作服的强壮的秃顶男子。公司的名字印在他的后背上和他手里拿着的包上。他充满疑问地看着托米。

"我们要上一层楼。"

"但你难道不是要……?"没人回答亨利克的问题,因为托米已经在一步两个台阶地上三楼了。

他按响了拉森夫人家邻居的门铃,耳朵紧紧贴在门上等待着。没有任何反映,他转过身对开锁匠说:"你可以开始了,但是注意不要碰到门,小心你的工具。"

男人把包放下,打开找合适的工具。

亨利克把托米拉到一旁，小声问他："这样行吗，我们难道不需要法律许可吗？"

托米盯着开锁匠，他弯着腰，开始用两把精细的万能钥匙开锁，而不是通常用的开锁枪。

"放心，你不会惹上什么事的。"

"我们至少不应等着刑警过来吗？"

开锁匠转过身，等着他们的决定。

"我们等了，"托米看着他的手表回答道，"我给了他们半个小时，现在已经超过了四分半钟了。继续。"他对开锁匠说。

"这会惹麻烦的。"亨利克喃喃道。

"这种麻烦我们当警察的不在乎。"托米小声回了一句。

很快，开锁匠把锁芯里的所有的小的锁舌都撬开了。他小心地取出了万能钥匙，把他自己的一把钥匙插进了门锁里，转动钥匙，正准备抓住门把手开门时，他的胳膊被托米按住了。

"让我来。"他说着，抓住把手的最外端按下去。门悄无声息地开了。"你在这里等着。"他对开锁匠说，然后把门完全打开了。

他对亨利克说，"拉好你的外套，跟在我身后，沿着墙边走。"然后自己迈进了漆黑的小门厅里。正前方有一扇对着客厅的门。托米能依稀看到左手边的一组沙发的轮廓，客厅另一边有两扇关着的门。从右边照进来的路灯的灯光微微地照亮了房间。暂时没有看到任何异常，但他的眼睛还没有完全适应黑暗。托米等了几秒钟，然后踏进了客厅。一瞬间他感到脖子和后颈周围有一股寒气。他转身看向亨利克，从他的眼神里看出他也有同样的感觉。他们双双掏出了手枪。

"把它朝下贴着一边拿着，我不希望我的屁股被你的子弹打中。"他小声说，然后沿着右侧的墙边走了几步。客厅是一个套间，里面还有一个窗户朝街道的小厅。显然那是餐厅。白色的桌面反射着街道上的灯光。餐厅左侧还有一扇微敞着的门。

"你留在这儿。"他低声对亨利克说，然后走进了餐厅。他沿着墙往左侧走去。除了街上的噪音，什么声音都没有。当他到达门口时，透过狭窄的门缝，他能看到写字台和窗户的一角。现在他不再怀疑了。他越往里走，那种熟悉的腐朽气息愈发明显。他跪了下来，轻轻地推门的下方。它朝左边慢慢敞开。在房间正中央，写字台偏左侧的扶手椅上坐着一个衣着整齐的男人。他的胳膊从两边垂下来。头向前低垂着，仿佛是在研究自己的脚步。浓密的头发乱糟糟的，像一盆枯萎的植物一样悬在脸上。看到他的第一反应可能是他正在沉睡，但他浅灰色的风衣上从右侧肩膀一直到胸前的黑色血迹讲述了另外一个故事。

托米并没有站起来，而是环视了房间里的其他地方。死者的身后靠墙处放着一张沙发床。右手边临街一侧放着一张写字台。整个左面墙是从地板一直到天花板的书架，中间只有一扇敞开的门。从他在餐厅里跪的位置能够看到一个床的床头。托米试图在脑海里勾勒出一张整个公寓的格局图，得出的结论是，客厅里其中一扇门应该通向卧室。想清楚了这一点，他站了起来，沿着来时的原路返回了客厅。

亨利克挑了下眉毛。

"坐在椅子上的男人是一个死人。"托米小声说着，继续向客厅的右侧走去。他绕过了靠墙放在底座上的平板电视。再过去就是他判断为卧室的门。把手在左边。他走到了另外一边，把手枪放回了枪套内，从衬衫口袋里掏出了一枝圆珠笔。他小心翼翼地用笔尖抵在把手最外侧，慢慢地向下推。咔的一声，门开了。依然只能听到从外面传来的微弱的汽车声。他用圆珠笔的尖端把门完全推开，望向里面的双人床。卧室右侧的门正是通往书房的。他能隐约看到一张床。床没有铺好。枕头歪斜着，其中一个上面似乎有一大片血迹。被子被拽到了床的左侧。这时他看到了她。趴在床左边地上的女人。她的头转向了另外一边，而她赤裸的右腿搭在了床边上。她身上红色的和服上移到了她的臀部附近。如果这栋住宅楼的格局是一样的，那么熙乐的卧室就在这下面。她曾经告诉拉森夫人，她周三夜里曾听到从上面传来的声音。

他听到从外面的楼梯上传来了噪声和说话声。他看了看亨利克，朝着正门处点了下头。

当亨利克出来的时候，特里娜·贝克正要进去。

"你们为什么不等着？"

他耸了耸肩，看向公寓里，"我们发现了一名死去的男性。"

他说道。

特里娜等着听他继续说下去，然而他并没有，她看了看刑警助理托比约恩·拉森。她半路上去接了他，所以他们比预计中晚到。

"托米在干什么？"

亨利克再次耸了耸肩。

"嗯。"她说着转向了开锁匠，"我们应该不再需要你了。谢谢你的协助。"

开锁匠点点头，"我要把账单寄给大国王街警察分局的某位特定的人吗？"

"请把它寄给巡警大队的值班警察，是他们请你帮忙的。"

这时，托米走到了楼道上。他刚用手机打完电话。

特里娜·贝克等着开锁匠走出听力范围外。

"请你告诉我，为什么我要在这个时间抛开在家里手头的所有事情到这里来，而显然你自己可以处理此事。"

托米看着她，"里面有两个人。一名男性，可能脑后遭猛烈击打致死，还有一名女性，她的太阳穴有一道严重伤口，但她的身体还是温热的。我已经叫了救护车。"

九

与此同时，弗雷德里克斯贝橄榄球俱乐部

棋子的布局很诱人，但还是有一丝不确定性。阿纳·贝尔曼警官考虑要不要在棋盘中央浴血厮杀中牺牲他的皇后。现在的棋局是在此前的十到十二步棋后形成的，并逐步牵扯到多一半的棋子。忽然，他注意到黑方的国王在棋盘的角落里处于危险的位置。如果他不犯错误的话，在三步棋内，牺牲一个皇后就能将黑方的国王将死。斜瞥了一眼埃里克，发现他似乎没有察觉到什么危险，但他太了解埃里克了，不会被他轻易骗过。他们的友谊可以一直追溯到下巴上刚长出细毛，雄性激素分泌上升需要找到建设性地发泄的地方。

在他十三岁的一天，他的妈妈欣喜地注意到，他的个子刚好高过了他爸爸。那时，贝尔曼的体重不到六十公斤，每天吃的比泥瓦匠还多。就在同一天，他爸爸带他去布伦霍的"彗星"橄榄球俱乐部报了名。贝尔曼的爸爸在五十年代初，在艰苦的条件下参与创立了警察橄榄球俱乐部。他们在威本胡斯圆地的普通草坪上打球，没有自己的俱乐部室，更没有青年队。打完比赛之后，警官们就到附近的玫瑰苑路上的警察分局洗淋浴。橄榄球俱乐部成立于战后，所有英式的东西都受追捧。阿纳·贝尔曼的爸爸认识彗星队的大多数人。

那是一个非常寒冷的秋日，天还下着雨。贝尔曼依然记得一群半大的男孩在一片泥地里横冲直撞的情景。他们冲撞、拉扯、拖拽着拿球的那个人，而推着婴儿车的爸爸妈妈们在场边激动地为他们打气。那个时候，埃里克并不是一个最高的孩子，身高跟阿纳更是没法比，但他的身体像破冰船一样结实。他们的友谊建立在无数次撕裂的嘴唇、扭伤的手指和在进行过这项粗犷而公平的运动之后的臭气之上。

"你认输么？"埃里克微微一笑，那双紧贴着高度近视眼镜的双眼目光闪烁，他用手捋了捋从十几岁开始每天精心梳成猫王发型的白色"鬃毛"。埃里克已经看出来他正在策划着什么坏主意，想要分散他的注意力，贝尔曼想道。

"为什么不再去拿一罐啤酒呢？"

"好主意！"

埃里克玩皮球可以玩出各种花样来。当他在B&W做船舶木工学徒时就已经引人注意了。那时，船厂的运动部很活跃，很多的学徒和工匠业余时间都参加体育运动。连那时作为造船厂董事之一的乔治王子都注意到了他。王子本人非常喜欢橄榄球，他安排埃里克去英国两个月学习橄榄球。许多年后王子去世时，埃里克和他的太太被邀请去参加葬礼。他们是教堂里唯一的平民。埃里克正好坐在大船主马士基·麦金尼·穆勒旁边，他好奇地问埃里克跟王子有什么联系。那时，橄榄球是绅士们玩的球类运动，与足球刚好相反，贝尔曼想道。

"轮到你下了，如果你还没看出你要输的危险的话。"埃里克说。

贝尔曼正要答话时，他感觉到裤子口袋里的电话的振动。他马上听出那是特里娜·贝克冷静而急切的声音。

"我们已经确定两名死者,还有一名也不远了。有两个不同的犯罪现场。我们现在对嫌疑人一无所知,而他走在我们前面有两天多的时间。真是要命,我们现在必须调动一切力量。"

贝尔曼问道,第三名受害者现在是什么状况。

"与其说活着不如说快不行了,我并不乐观,阿纳。她的太阳穴有一道又重又深的伤口。她的眼睛半睁着,其中一只比另一只睁得大。唯一证明她还活着的迹象是,她的瞳孔一只大,一只小,你知道这并不是什么好迹象。她从前天起就躺在公寓里了。我们不能指望从她的嘴里得到任何东西。"

"枪?"

"没有。"特里娜回答道。

"刑事技术人员已经在路上了?"

"是的,但是我还没有给谋杀科打电话。"

"好的,我来打。我半小时内到你们那里。"

"你是在拖延无可避免的结果出现吗?"埃里克问。

"这是推迟不可避免的结果出现的理由吗?"贝尔曼一手拿着一瓶啤酒,失望地问。

贝尔曼站了起来,说:"我们还会继续,你别想偷偷挪棋子。棋子的位置都在我这里呢。"他指了指自己的脑门说道。

"那我就放心了。"埃里克大笑着说。

当贝尔曼下楼时,传来了啤酒瓶的瓶盖弹开的声音,还有渐渐模糊的埃里克的笑声。

他绕到了俱乐部活动室的一侧,他的自行车停在那里。晚上的天空很明朗。昨天的雨使得今天的空气很清新。俱乐部的男孩们在新铺的人造草坪上训练,地很滑。他输入了大国王街值班警察的号码,让值班队长尼斯·克里斯托夫森给刑警队全部人马打电话。

"我该说什么?"

"告诉他们发生的事情。让他们到局里等着。我很快就到。然后我们就从那儿出发。"

"如果媒体来电话怎么办?"

"先应付一下,说得越少越好,千万不要确认任何事情。现在我们需要安静的工作环境。"

然后,他联系了在警察总局的刑警队值班队长,让他通知谋杀科的后备队。

"我用不用看看其他分局能不能做些什么?"

"谢谢,但我们还是先等一等。等我掌握了所有情况之后,我会通知你,这样才能让大家去做有意义的事情。"贝尔曼回答道。

十

哥本哈根卡斯特鲁普机场,晚上

一个年轻的男人把预订单放到了柜台上。除了一个运动提包之外,他没有其他行李。

"我可以看一下你的护照吗?"

在丹麦自称叫乔治的男人从后裤袋里掏出了护照,递给了斯堪的纳维亚航空公司的柜台小姐。

"你的名字是江王?"

"是的,但是我们一般先说姓。"

"啊,抱歉。你要去北京。"她说着又看了一眼护照,再看了一眼男子。个子很高,经过体育训练,黑色的头发剪得很短。颧骨较宽,厚嘴唇,黑色的眼睛微微上挑,目光冷静,粗重的眉毛。不坏,他给人一种狼一般的感觉,但他还是近乎谦恭地把护照递给了她。护照上的照片不旧,名字也与票面上一致。

"回家的感觉应该很棒吧。"从电脑上打印他的登机牌时,她说道。

他点了点头。

"旅途愉快。"她注视着他的眼睛,把护照和登机牌递给了他。

年轻男子把两份东西都放进了后裤袋里,拿起提包离开了柜台。她看着他一路步履轻快地走向出发大厅,这时她感到一种莫名的微弱失望油然而生。就在他上扶梯之前,他转过身对她微微一笑。嗯,缺的就是这个,她满意地想着,转身面对下一位排队的人。

过了一会儿,王江拎着他的大提包穿过狭窄的过道走向满载的飞机里最远的位置。

"不好意思。"一个高大的女人大声喊道,向他投来一个不满的眼神,因为她正要把箱子塞进座椅上方的行李架上时他挤了过去。当他到达最后一排的座位时,他把包丢到了上面,关上行李架的盖子,坐到了靠窗的座位上。王江透过小小的窗户向外看去。飞机已经做好了起飞的准备。"砰",行李被装进货舱的最后的低沉声响透过地板传了上来。半个小时之内,他就会在离开哥本哈根的路上了。他把头往后靠,闭上了眼睛。过了一会儿,有什么东西被扔在了他旁边的座位上。一个比他年纪小的男人把一份丹麦报纸扔在了座上,正要把电脑包放在自己座位下方。他略点了下头。王江移开了他的目光。

当飞机升空之后,他再次看向窗外。黑色的夜空中繁星点点。瑞典东海岸线上一片片房子的灯光闪铄。随着飞机载着他飞向越来越深的夜晚,他渐渐放松下来。斜穿俄罗斯和蒙古的长征开始了。九个小时之后,飞机就会到达北京,它坐落在戈壁滩另一侧几百公里外的中国东北部。

王江在座椅口袋里找到了一条薄毯子,把它盖在身上准备睡觉。过了一会儿,空姐来提供餐食和饮料,但他假装自己睡着了。邻座的男人开始看笔记本电脑了。

十一

东桥,约晚八点

贝尔曼把车停在入口旁边，跟一个年轻的警员打了声招呼。他曾经见过他，但是不知道他的名字。最近十年里，大拨新的年轻警员的涌入使大国王街警局像是一个火车站。很少人是来这里扎根的，多数人都是走个过场。

"刑警队长阿纳·贝尔曼，三层左手边。"那个警员说着，打开了大门。他把毯子的一个门垫放在门缝处，这样门就不会被关上了。

"谢谢，很好，但我不记得你的名字。"

"亨利克·克维斯特高。"

"这个角垫不错，亨利克。"贝尔曼说着走了进去。助理警官托米·诺高正在三楼等他。当他看到贝尔曼时，脸上出现了一丝如释重负的表情。这并不奇怪。这个男人跟贝尔曼服务的年头至少一样长，更别说他在楼梯上站了多长时间了。

"你好，托米。"

"你好，刑技科已经开始了。"他朝着左侧的房间点了点头，"你们的人正在对单元里的住户们进行询问。托比约恩在楼下，特里娜在里面。"他指了一下邻居公寓。

贝尔曼看向窄小的门厅。地板上铺上了垫纸。一路斜着铺向右侧，看起来像是一个客厅。灯亮着，但是他没看见有人。

"你是第一个到的，怎么看？"

托米看着贝尔曼，然后说道："正如你看到的，正门没有被破坏。厨房门也是。它是从里面反锁的。凶手要么有钥匙，要么就是被关进屋的。那之后发生了什么，我就不好说了，我只是个助理警官。"

贝尔曼没有答话。

"你看你脸上都是汗。"托米试图用这话来调和他刚才的最后一句话。

贝尔曼掏出手帕，在太阳穴附近擦拭了一下。

"我是从弗雷德里克斯贝骑车来的，你看，我也只不过是一名中老年刑警队长而已，我的状态也不是最好的。"

托米的脸上绽放出了隐约的笑意，驱走了剩下的不快，"无论他是谁，他都是直截了当地作案，毫不隐讳。"

"他？不是她或者他们？"

"可以肯定不是女人，而且如果作案的不止一个人的话，我会非常吃惊。他很可能……"

一名穿着一次性白色衣服，嘴上戴着口罩的刑技人员出现在了入口处。贝尔曼很满意。曼弗雷德·巴克是刑技科经验丰富的员工之一。

"你要进去吗？"

"好的。"

"稍等片刻。"

贝尔曼看着托米，"他很可能怎么样？"

"他很可能以前来过这里。不管你怎么想，我可以肯定的是，他觉得他被住在楼下的女人认出来了。因此他必须除掉她。"托米说着,脸上浮现出一丝阴郁。

"你为什么这样说?我是第一直觉的拥护者。希望这永远不会过时,因为它基本上不会出错。你有什么觉得疑惑的地方吗?"

托米把他从门口处拉了过来,"周三晚上,住在楼下公寓里的女士打来电话,说她感到很害怕,因为她在楼梯里看到了一个可疑的男人。我和我的搭档被派到了这里。感觉她不是很正常,说有一个神秘的男人,爬在楼梯上盯着她看。第二天早上,她告诉了一位邻居,她前一天深夜里听到楼上的公寓里传来了奇怪的声音。那天晚上我第一次跟她谈话时,没有任何实际的信息。感觉她的话听起来就像一个马上要被关进精神病院的人一样。第二天她就被车撞死了。"

曼弗雷德·巴克回来把一件白色的一次性衣服和口罩递给了贝尔曼。

他把口罩戴上之前,他转身对托米说:"朝我们扔过来的球越多,其中一个掉到地上的风险就越大。"

除了巴克以外,公寓来还有三名刑技人员在不同的地方进行取证。家具看起来很新。风格是经典现代风格:灰色、白色、黑色和磨砂金属色。只有客厅的一个又高又窄的漆黑色的柜子有点与众不同。它的好几个抽屉上有彩色的装饰,是现代丹麦艺术,但也有东方图案。他们走进了卧室。托米说得没错。地毯上和其他一些地方血迹斑斑。

找出并确认每一个细节是需要时间的。首先是那些最重要、最明显的东西：受害者和杀人工具。然后是血迹、指纹，还有精液。最后是一些不知名的东西，如头发、凶手咳嗽、打喷嚏甚至是说话时飞溅的唾液。一些重要的碎物可显示凶手是怎么闯入的能性，从走进来的第一步开始，他到过哪里、做了什么、碰了哪些东西，直到他关上大门，把一个和平的家变成了屠宰场那一秒为止。

"她是在那里被发现的。"巴克说着，指了指双人床左侧的地板，"她躺着的姿势不排除之前是仰卧在床上，而且直到最后一秒钟用尽最后的力气试图爬起来。枕头上有血迹。"

贝尔曼注意到地板上女人躺过的地方有一些半枯萎的郁金香。

巴克跟随着他的目光，"虽然这样说听上去可能合理，但如果她是一开始躺在床上，后来滚到了地上的话，那么这些郁金香应该是在她的胸部。"

相连的房间是一间书房，只有一侧墙上的皮质沙发有点不寻常。这个房间也有一些东方的东西，比如佛像、花瓶和照片。

男死者坐在扶手椅上。贝尔曼从后面走过去。颈部的伤口很大，深可见骨。他的风衣后背被干涸的血迹染成了黑色。他体格结实，虽然小腹微凸，但并不显肥胖。

贝尔曼在他面前弯下腰。他的脸已经发青了，几乎成了黑色。他的鼻梁被打断了，凹进了脸内，还有一部分陷到了嘴里。无法判断他胸前的血是从鼻子还是从嘴里流出来的。

男子面前正对着多功能写字桌，桌子的一端靠着临街的墙。桌上有一台笔记本电脑，一些散放着的纸，几本书，其中包括一本关于维也纳的旅游书，还有一把剑尖对着死者的沉剑。

"有试图干扰破案的迹象吗？"

巴克耸了耸肩，"无论如何，凶手在杀人之后花了一些时间来布置现场。"

贝尔曼感到他的双脚变得沉重起来。

"一个人还是两个人？"

"我目前的猜测是一个人。"

"凶器？"贝尔曼指了指剑。

"这一点基本上毫无疑问。"剑刃上有明显的血迹。

当贝尔曼走到楼道里的时候，托米正在跟一个年轻男子说话。

"我知道现在已经很晚了，但是会有人下楼找你谈话的。请回到你的房间里等一下。不会花太长时间的。"

这名男子好奇地看了看贝尔曼，随后慢慢地走下楼去。

"单元里的住户已经开始议论了。"贝尔曼说着脱掉了白色的外衣。

"他不是第一个路过的人。"托米看着正在叠衣服的贝尔曼，然后深吸了一口气说："你进去的时候有没有什么感觉？"

"没有，你的意思是？"

托米看向门厅，"很久以前，值班巡警曾经把我和一个新巡警派到海德鲁普的一个废弃的别墅去。有邻居看见有人在里面偷偷摸摸地活动。那座别墅已经空置了很久。小区里的孩子们把玻璃都打碎了，正门也呼呼地漏着风。我们到的时候，连个鬼影都没看见。那仿佛是一个双层的大盒子一样。我们进到了所有房间，但什么都没有找到，然后我们走进了地下室。那时，我们进入了一个像是很大的浴室的房间。就在我进入房间的一刹那，我感觉到一种冰冷的气息。就好像有一双冷冰冰的手掐在了我的脖子上一样。我的搭档假装自己毫无感觉，但我从他的肩膀能看得出他也感觉到了。我们回到警局之后，值班巡警小心翼翼地问，我们有没有什么特别的感觉。原来，就在地下室的浴缸里曾经淹死过一个孩子。大家都知道，自那时起，那个房子就有些怪异。那个房子也因此一直空着。你可以想象，某些值班巡警觉得有点开心，他们把第一次值夜班的新同事派到那去。"

贝尔曼正要说话时，第一个记者的电话就打进来了。

次日

二〇〇五年十月十五日 星期六

十二

北京首都国际机场，午后时分

当丹麦的大多数人还在睡梦之中时，王江已经迈着急促的脚步穿过了转机大厅。他放下运动背包，把手表调快了七个小时，又拎起包，随着乘客人流走向边防检查。再次听到周围讲的都是自己的语言，被成百个互相推挤着往前走的男女老少所包围，这种感觉很不错。

"你好！"排队轮到王江时，他把护照递给了海关官员。窗口里的中年男子跟其他坐在同一排边防检查窗口里的同事一样，穿着整洁的深蓝色制服和衬衫，打着领带。他翻开护照的第一页，端详着照片，然后看向王江的脸。

"王先生，你从哪儿来？"

"丹麦。"

检查员翻着护照，仔细检查上面的验讫章。王江试图表现出很有耐心的样子。检查员往电脑里输入了一些字，又抬头看了王江一眼，然后在护照上盖了一个章。

外面有无数辆出租车排着长队等着接上旅客，并把他们送到往南十五公里的北京的中心区域。王江跳上了其中一辆。

"万国城，"他说，"东直门附近。"他补充了一句，为的是确定被拉到正确的地方。司机的肤色偏黑，应该不是北京人。毋庸置疑，他一定是来自西南部欠发达省份的数以百万计的农民工之一，想要到北京、上海和其他中国东部沿海地区的百万人口城市找到一份薪水更好的工作。

司机按下车上的计程器，从路的边缘转了出去。他听着收音机里传来的报道。一个男人用低沉的声音，清晰地娓娓道来一个关于一个学生和他从孔子的学说中学习仁的一生。

从机场出来的路比较堵。王江很满意，司机一边听着收音机，一边不停地变道，在高速公路三条车道的车流的缝隙中穿插前进。在过去几天的日日夜夜里，他的人生发生了翻天覆地变化。他现在需要静静地思考一下。尽管阳光高照，跟丹麦相比空气还很温和，但北京的秋天也已经到来了。高速公路两侧的杨树的叶子已经失去了水分，变成了深绿色。

王江让司机把车停在了公寓附近的一个小超市门口。冰箱里肯定什么都没有。他买了三瓶水、面包片、酸奶、香蕉和几包只需要加开水就能吃的鸡肉蔬菜方便面。

老刘站在收银台后面。好几年以前，他就已经把小店的经营交给了他女儿和女婿，但老刘几乎每天都会出现在这里的某一个地方。

"这不是王江嘛？我还以为你在国外学医呐。"老刘一边说着，一边仔细地把每一件商品的价格输进收款机。他弯曲的手指不熟悉在只需要触摸屏幕的新收款机上操作。

王江后悔了,他不应该在附近买东西。所有人很快都会知道他回来了。

"就回来几天。"他语气平淡,静静地看着这个身材瘦削的男人,他应该是六十岁左右,但是看起来要更老。他把裤子用腰带紧紧地扎起来,显得腰像蚊子一样细。

"你在国外吃得好吗?"老头一边看着王江,一边把商品装进塑料袋里。

"没有什么比我们的饭更好吃,老刘。"

他在二十八层走出了电梯,几步越过邻居家的门,开门进屋。他很高兴没有再遇到认识的人。从他去丹麦到现在,公寓里一点变化都没有。地板上有一层薄灰。他走进所有房间拉开窗帘,打开了客厅和卧室的一扇窗户,放掉屋里的气味。

水烧开之后,他把水倒进装着面条的盒子里,狼吞虎咽地吃了。过了一会儿,他又吃了一个香蕉。王江躺倒在沙发上,伸开经长途飞行后酸痛的四肢,感到一丝疲惫。他还可以闭上眼睛休息一会儿。

一声霹雳把他吵醒了。一时间他还以为自己还在丹麦。开着的窗户的窗帘被吹起,大风穿堂而过。

他站起来关上了窗户。沉重的乌云聚集在小区的上空。附近公园里的人们脚步飞快,想要赶在下雨之前躲到室内。小河旁边的一棵柳树的树顶在强烈的大风中摇摆着。这时,天空中划过一道闪电,紧接着就是一声响雷。一分钟后,天空越来越暗,潮湿的气息扑面而来。能见度缩小到了几百米。当雨点开始落下时，大风把它们高高低低地吹起来，飘散在大楼之间，就好像冬日里的雪花一般。这时，天空敞开来，大雨倾盆。王江看到对面的楼里跟他同一层的窗户前站着一对小情侣，就退了回来。

一种不舒服的灾难感向他袭来。难道雷雨一路跟着他从丹麦来到这儿了吗？他去夏洛特家的那天晚上也是雷雨交加。

他努力驱散这种感觉。该打电话了，但是他仍旧不知道会发生什么。他甚至完全无法肯定，他是否想要知道会发生什么。

雷雨持续了一刻钟的时间。然后乌云移动到了东边的远方，蓝天又回来了。远处的雷声还在隆隆不断，但声音越来越小，而且间隔越来越大。雨使得外面的光线更亮了。在雨水冲刷过的对面楼里，一个年轻的女士正在厨房做饭，与此同时她的丈夫驼着背坐在旁边房间的电脑前面。

王江输入了一个电话号码，然后开始走来走去，等着听另一端传来的声音。

十三

大国王街警察局，早晨

尽管熬了一整夜，在大国王街上的第二分局四层刑警队餐厅里的讨论依旧进行得热火朝天。如果有人还记得的话，这个地方是整个城市最初的中心地区。

一个小时之前，贝尔曼才开始感觉头有点晕，肚子也瘪了。他咬了一口圆面包，就着咖啡咽了下去，一边看着屋里的这群人。他自己的侦查人员跟来自谋杀科、刑技科的人和本市其他警局的个别同事坐在一起。到昨天午夜为止，他把"所有能干的帮手"都叫过来了。

多数人从昨天晚上就开始工作了，很快就可以回家睡几个小时的觉。其他人早上才被叫过来接替他们。

托米·诺高和他的搭档亨利克坐在一个角落里，他们是贝尔曼请来的三位特别来宾中的两位。托米看起来并不疲惫。他作为警察的自尊还在折腾着他，贝尔曼想着。第三个人还没来。他叫尼斯·霍斯，国家警察司的心理部门负责人。贝尔曼早上六点就把他叫醒，给他讲了很多，霍斯觉得值得上午来大国王街警局一趟。他应该已经在上楼了。

贝尔曼看着刑警队队长延斯·尼古拉森。昨晚，他们俩在塞利列街的公寓楼道里发生了言语上的短暂交锋。延斯·尼古拉森跟他的谋杀科的手下昨晚九点前到达了公寓。贝尔曼的职位高于尼古拉森，但他知道他不得不在太阳升起之前把这个案子交出去。这就是规定，多数时候它是一种有益的解脱。虽然没有提到具体的人名，但尼古拉森表达了他的不满，说有太多"无关人员"到过现场。贝尔曼对他的抱怨未予理采，于是让他在杀人现场指挥，而他自己开车回到了警局，从那里进行指挥并对付媒体；一条小鱼骑车会更容易。凌晨两点多一点的时候,电话就无声无息了。

四点左右,刑警助理安腾·奥斯特高来了。贝尔曼知道,这个谋杀科的"读书人"是一个自命不凡的书呆子,他是一个奇差的审讯人,但他能看到细节之处,极其适合翻阅大量报告并记住里面有哪些特别之处。而凶手未知的谋杀案往往会产生上百份报告。

奥斯特高坐在尼古拉森的旁边,一大堆报告整齐地摞在他的面前。旁边放着一个写满工整的笔记的本子,旁边放着一包高卢香烟和一个金色的打火机。他在背后的墙上挂了一大张谋杀现场的草图。

尼斯·霍斯这时出现在了门口。贝尔曼朝着托米旁边的空位子点了点头。他用茶匙敲打咖啡杯的声音,打破了屋子里的一片寂静。

"早上好。谢谢从昨天就开始工作的同事,也欢迎要接替工作的同事。时间快到八点钟了。就像以往一样,我们比这台戏的其他角色晚到现场,因此我们落在了后面。周三,一对夫妻在塞利列街上的公寓里遭到了袭击。男性死亡,女性生命垂危。一天之后,一名目击者被撞死,而这很可能是蓄意谋杀。她住在同一个单元里。目前还没找到作案人。这次会议是要搞清我们现在所掌握的情况。"他向尼古拉森点了点头。

刑警队长已经准备好了,他说:"请仔细听下面话,它可能提供了重要的信息,并可以回答现在最重要的问题:即嫌疑人是谁以及他现在在哪里，以及犯罪动机的特别理论等等。大家会后可以跟我讨论。"

没有人说话。

尼古拉森指着安腾的草图说："案子发生在费勒公园旁边的三层公寓楼内。公寓包括一间起居室，一个带餐厅的套间，它与书房和卧室相通。书房和餐厅都有朝向街道的窗户。你们可以看到，从起居室穿过餐厅可以进入书房，再进入卧室，卧室又有通向客厅的门。卧室有一个过道通向浴室和厨房。直到昨天为止，公寓里住着夏洛特和雅各布·伦贝格。她现年四十二岁，心理治疗师，书房被用于同患者进行谈话。就是在那里，四十九岁的雅各布被发现坐在扶手椅上死亡。直到几个月之前，这对夫妇一直住在北京，雅各布的工作是记者。从各种情况看，夏洛特星期三一整天基本都在家。单元内的住户提到了当天曾有一些不同的人出出进进。两名不同的住户提到，星期三中午之前，看到一个年轻人上了楼梯。一名住户给出了一个模糊的描述，无法肯定他是丹麦人还是外国人。这对夫妇的邻居认为，那是一个亚洲人。她之前至少见过他两次。一次是他下楼时在楼道里遇到，另一次是她从门上的猫眼看到他被请进旁边的公寓里。两次都是在白天。

"雅各布·伦贝格现在是日报的一名国际编辑，他是在星期三上午九点多到的工作单位。并在十点主持了一次编辑会议。通常他会在单位工作到晚上七点左右。但他星期三三点钟就离开了日报。他此前接到了一个电话。之后，他告诉一名同事，他不得不早走。他看起来很恼火。没有任何关于他为什么要走和要去哪里的信息。在这一天剩下的时间里，没有人见到过这对夫妇，或听到他们的消息。星期三下午晚些时候，雅各布死了。夏洛特在此前或之后头部受到重击，陷入了昏迷。她几乎不能生还。"

尼古拉森转向安腾·奥斯特高，安腾把目光从他的笔记上移开，摘下眼镜，把它小心翼翼地放在法国烟旁边，然后站了起来。

"伦贝格当场被杀害，很可能是被砍了一剑，锋利的剑刃在他的颈部造成了一个很深的伤口，脊柱最上面一节正好被从头骨下沿砍断。剑被遗弃在了犯罪现场。伦贝格那时穿着整齐，还穿着外套。最初的调查结果显示，他是在卧室里从床脚到通往起居室的门之间处被杀害的。"奥斯特高在草图上指出了位置。"此处地板上以及床边上发现了一部分血迹。颈部伤口的位置和床上的血迹表示，他死亡之前由于不明原因跪在了床边的地板上。血迹从那一直通到相连的书房或谈话室内。随你想象吧。动作很小心。可能的情形是，伦贝格在卧室被杀害之后，被拖了过去放在了椅子上。他脸部中央也遭到了重击，面部的骨骼和鼻子被打断。尚不确定这是怎么发生的。嫌疑人可能使用了剑面。"

奥斯特高喝了一小口咖啡。屋子里开始议论起来了。很多人在低声交谈，其中有人说到"砍头"。

"我们再看夏洛特·伦贝格，按照医生所说，虽然她的心脏还在跳动，但大脑已经停止了。她昨晚接受了手术，接下来的几天才能知道手术是否起到作用。她被发现躺在床左侧的地板上，穿着一件东方风格的丝绸浴袍，除此之外身无寸缕。她左侧太阳穴受到钝器重击，造成开放式头骨骨裂。头部的一个较粗的重要血管破裂，导致大量失血。尚不清楚她是怎样受伤的。有问题吗？"

有提问有回答，人们交流了一会儿。当奥斯特高正要回答时，延斯·尼古拉森打断了他。

"我们只能说，凶器可能是一柄古老的剑，但它是丹麦造的还是什么其他地方的剑，现在说还为时尚早。关于可能的强奸问题，这是一个尚无答案的问题。夏洛特很可能是被剑柄重击而导致昏迷。那之后发生的事情，我们无法确定。"

大家提出的问题很多，但尼斯·霍斯的声音最明显。

尼古拉森在回答之前瞥了一眼贝尔曼，回答说："没错，夏洛特旁边的地板上确实有枯萎的插花。我们不确定花是怎么到那里的，我也不会妄自猜测其可能的含义，即使有的话。我也不能确定，谁才是第一名受害者，谁是被连累的。"

他最后一句话引发了一片笑声。

"听着！这名男子被杀害的方式可能表示他才是目标，但是在他被杀之前公寓里发生了什么，我们尚不明确。因此我不会只认准某一个特定的猜测。我们不确定死亡时间，关于可能的嫌犯的信息又非常少，而且没有作案动机。这将是接下来几天的重点。现在刑技科正在分析所有的痕迹。"

"交通事故谋杀呢？"特里娜·贝克问道，同时看了托米一眼。

"如果我们相信死者的话，她在晚上六点钟左右看到了一名可疑男子。这可能有一定意义，应该作为谋杀案的一部分来进行调查。"

聪明，贝尔曼想道。

"这一点听起来很有趣。如果这是事实的话，雅各布·伦贝格在被杀害之前甚至都没有来得及脱掉外套，那么凶手在杀害两人之后在公寓里停留了很长时间。"尼斯·霍斯说道，"难道罪犯一般不是都会在犯罪之后以最快速度离开案发现场吗？"

"我们不知道准确的死亡时间。"尼古拉森说着站了起来，"最后一点。媒体想要跟进此案。我不希望对记者、你们的伴侣或者什么艾娜姑姑有一星半点的泄露。所有的媒体联络从现在开始由谋杀科接手。"

之后，贝尔曼和尼古拉森聊了几句，并祝他成功。尼斯·霍斯等在他的办公室门外。

"谢谢你的邀请，这是一个非常有趣的早晨。"他毫不掩饰他的笑容说道。

"是啊，但如果抛开所有的内部争议，谋杀科和尼古拉森现在面对的是一桩遭糕透顶的案子。如果他们不能很快解决的话，有可能将成为伴随我们很多年的一场马拉松调查。因此我们无比欢迎好的主意。"

霍斯变得严肃起来，说道："目前我只能想到一点。如果夏洛特·伦贝格在对患者进行谈话治疗，那么她很可能有一位督导。即使是经验丰富的心理咨询师也是这样。一般是一位可以讨论患者病情的同事。她应该也有患者病历。也许你们能找到她星期三是否有约。楼道里的年轻男子可能是一名患者。"

贝尔曼摸了一下额头，抬手拿起电话。很快特里娜·贝克就来了。贝尔曼问到了患者病历一事。

"反正没有纸质档案，但是桌子上有一个笔记本电脑。我还看到技术人员拿着两个手机。我会去调查一下这件事。"

霍斯离开之后，贝尔曼对特里娜说，他已同尼古拉森谈好，她和托比约恩·拉森暂时会被派到谋杀科。

"这是他的主意？还是你的？"

"一个合理的妥协。"

"你知道吗，如果一个人要同时服侍两个主人，那么他就不得不对其中一个撒谎？"

"特里娜，你是因为你的专业能力被选中的，但也因为你是一个非常好的人，而不屑于这种虚伪的说话方式。"

她低下头看着地板。

"我的天哪，你已经四十多岁了，我还要看你站在这里脸红。我们俩人现在都该回家钻被窝了。尼古拉森下午还等着你和托比约恩呐。"

她转向门口说道："你走之前，应该去托比约恩那里一下。"

"不要告诉我，他还带着他的新继子来上班！"

特里娜干笑了一下,"没有,今天不是,但周四他还是带着孩子来了,男孩带了一个气球,很快就开始把它当足球来踢。"

"然后呢?"

"我让他那天接下来的时间回家休息。"

"现在的情况如何?"

"他快要结束对雅各布·伦贝格的母亲的询问了。尽管已经提醒过他脸上的重伤,但她依然坚持要见见自己的儿子。"

当他们走进了刑警队时,安娜·玛利亚·伦贝格刚好在椅子上转过过身来。特里娜为两人做了介绍。伦贝格夫人站了起来,握了握贝尔曼伸出的手。她很消瘦,中等身高,尽管到了这个时候她依然妆容精致,穿得好像要去银行开会一样。只有微红的眼睛显示出她经历了什么。

"这种情况下没有太多合适的话可说,而且每次都是一样困难。"他开始讲道:"尽管我们提了很多的问题,但我希望您不要怀疑,我们对您儿子的悲惨遭遇表示同情,而且我们正在尽我们所能侦破谁是他死亡的罪责。"

她紧握着他的手,直视着他的眼睛,毫不隐藏她的泪水。嘴边痛苦的喘息也平稳了下来。他把视线转向她手腕上细细的金色手镯。

"说的话也只是言语而已,贝尔曼警长,但您说会找到杀害我儿子的凶手,这个保证对我来说很重要。"她说着放开了他的手。

他基本上是朝着托比约恩问道,询问有没有提到什么可疑的人。

"我没有提供太多帮助，不过我说了我儿子正在写一本书，跟他在中国的工作有关，几个月以前他决定在丹麦把它写完。"

"是关于什么的书？"

"关于中国。"

"他在中国有没有遇到什么麻烦？"

"一个儿子是不会把这种事情告诉母亲的。不过他说过，书出版的时候他最好能在丹麦。"

"应该什么时候出版？"

"很快，但我不知道什么时候。他跟日报出版社签了协议。"

贝尔曼答应，他们会就此事展开调查。当他确认托比约恩没有更多问题之后，他提出要开车送她回家。

"我可以打车。"她拿起手提包回答道。

"当然不行。"

半小时之后，他开进了伦比北部的一栋比较新的住户自购公寓楼。星期六早上路上没有多少车。天上的云又低又密，但看起来不像要下雨的样子。他下了车，转到另一侧开了车门。

"有人在家吗？"

过了一秒钟她才明白他的意思，"没有，我的丈夫已经去世，但我能照顾好自己。"

"还是考虑给家人或朋友打个电话吧。"

她点了点头，向后面的一栋楼走去，也没有回头。

回家的路上,他回忆了一下他们在车里的简短交谈。他问起了她的儿子。安娜·玛利亚·伦贝格的回答很简短、准确,但说得不多。雅各布在七十年代初的时候毕业成为了一名记者。这些年来,他工作非常忙,没有什么时间照顾家庭。他的专长是国际新闻,最近的五年在中国任常驻记者。

夏洛特在九十年代中旬遇到了他。他们一九九六年结婚,没有孩子。当他问及他之前的感情经历时,她没有听懂。于是他换了一个方式再次问她,尽管问题已经非常明确了。雅各布在夏洛特之前当然认识过其他人,但是没有时间很长的。他又问起了夏洛特。他想知道什么?贝尔曼明确表示,他并不想窥探隐私,但在这种情况下,他必须确定她是否认识别人?她表示她完全没有这种感觉。是否有可能是某个患者想要对她不利。伦贝格夫人毫不知情。她认为,自己的儿子是真正的目标,并提醒贝尔曼要遵守他在警局说的承诺。一位老虎一样的妈妈,他想道。

十四

北京,夜晚

王江很清楚地知道他是什么时候开始爱上迪迪的:一见钟情。去年,在一个温暖的春天之夜,他决定不在学校食堂花十五块钱吃晚饭,而是出去多花一点钱造一顿。就在同一天,他在人体解剖学的考试中得了最高分。傍晚时分,他走出学校的大门,往左拐到了东单北大街上。近几年来,由于外国游客猛增,北京的中心区域建造了无数国际酒店,游客也给城市里那些老的传统风味餐馆带来了繁荣。这座古老的大学附近的街道上就有很多可供选择的餐厅。他走过中华圣约会的楼房之后左转,边走边想着,要么吃火锅要么吃煎饺,这时他突然感觉到有人在看他。她就站在距离一家名叫"绿叶"的餐厅门口十步远的地方。她脸上绽放的笑容和黑色的眼睛里透出的热情仿佛在说,我等的就是你。他不自觉地停下了脚步,她张开手,把他引到了一个小四合院里。他就像一只供奉的羔羊一样在后面跟着,他的眼神跟随着她窈窕的身体在长长的黑色旗袍内每一次晃动。在他快要走进餐厅的门口时,她转过身,带着一点不确定口气问,他是否是一个人。那一天,她的及肩长发是侧分的,一条细细的辫子用皮筋扎在了一侧,露出了她高高的额头。由于他没有答话,她又问,他是否愿意坐在室外。他点了点头,选了离门口比较近的一张桌子,这样在晚上接下来的时间里,他都可以看到她或站在外面,或领着新来的客人走过。那天晚上,他就知道,即使他再走一万公里,遇见一万个女人,都不会再遇见第二个迪迪了。

王江看了看手表,差一刻六点,还有十五分钟。时间比他想象中过得快。他的摩托车在公寓的地下车库里积满了灰尘,起动也慢。电池已经空了,他不得不推着跑才发动着了。王江把车开到灯市口地铁站的一个出口旁边,把本田摩托车停好,走到街角,朝着北京医科大学医院的大门看去。一切都没变。这所古老的医院坐落在北京的心脏地带，就在最大的商业街王府井的后面，距离天安门、故宫、小吃一条街和北海公园只有几百米。

这条街道像往常一样生机勃勃。当他在进出大学的人流中看到石教授时，立刻转过身去。现在他不需要见到任何熟人。

王江到达"绿叶"的时候是晚上六点。站在门口的新服务员问他有没有预定。他摇了摇头，于是她穿过庭院，给他找了室内靠门的桌子。王江继续往里走。在最里面的桌子旁坐着一个女人，一直盯着他。她如约围着一条红色的围巾。

王江跟迪迪的姐姐打了声招呼，坐在了她对面的空位上。萍比迪迪年纪大，肤色更深，身材更宽。他发现她们高高的额头，宽嘴角和丰满的嘴唇很相似，不过萍的眉毛要更浓一些，她的眼睛是棕色的，目光如炬。

她面前放着一杯茶。他也点了一杯一样的。

"没想到你这么高。"说着她抿了一口茶。

"当妈妈的为了让儿子睡觉前不饿着总是不遗余力。"他带着疲惫说："迪迪在哪儿？"

她放下了杯子，"我不知道。这也是为什么我要往哥本哈根给你打电话。迪迪不希望你知道，但是我很担心，我不知道我还能找谁谈。"

服务员端来了他的茶。绿色的叶子在杯子里缓缓地打转，散发着茉莉的香气。"你们想吃点什么吗？"萍摇了摇头。王江让她上一盘煎饺。那是很久之前的事了。

"这一年半以来,我就再也没有听到她的消息了。"他说。

"你去丹麦之后没打过电话吗?"

"当然打了。一开始她的手机关机,后来那个号码就停机了。"

她没有说话。

"呃,她在我去丹麦之前对我说的最后的话是写在一张纸条上的,上面写着'很快回来',但我再也没有见过她。"

萍点了点头。关于他们的关系,迪迪都告诉了她姐姐什么呢?这是他第一次见萍,但她有他的电话号码。

"自从她从北京搬到天津去之后,我跟迪迪的联系也不多。等到孩子快出生的时候,她才开始给我打电话。"

萍说这话时没有直视他,但王江能看得出她正在留意他的反应。他没有选择打断她,但是他感到胸中一阵寒意。

"她总是说自己很幸福,她刚生完孩子的时候确实很高兴。我去看了她,但只能待两天。后来我们通过电话,她说她很快就会来北京,这样我就能看到孩子长多大了。但时间就这样过去了。"

服务员把一盘热腾腾的饺子放在了他们面前。王江夹了两个放在萍面前的碟子里,然后才开始自己吃。他不小心掉了一个在桌布上。

"过了很长很长时间,她上周终于来了。他们住在男方家在顺义的房子里。"王江无法判断,她语气中的有所保留是针对迪迪的丈夫和他的家人,还是她对于迪迪没有住在她家而感到失望。

"但是你在电话里跟我说,'我'才是孩子的父亲。我不明白,你现在又说迪迪已经结婚了。"

"如果你能再听我多说十分钟的话,我会离开,而且再也不会打扰你。"

他没有说话,于是她继续说道:"上周日,迪迪的丈夫建议去朝阳公园郊游。她给我打了电话请我一块去,我在荷花湖旁边见到了他们。她丈夫的表哥一家也在。天气预报说会下雨,但是阳光灿烂,气温有二十多度,公园里有很多人。我们一起进餐,玩得很愉快,但是一直没有机会跟迪迪单独聊天。这时,她要去厕所,于是她对丈夫说好好看着在手推车里的孩子,我们离开了大概十分钟。当我们回来的时候,男孩和手推车都不见了。一开始迪迪以为她丈夫说他不知道发生了什么是在开玩笑。我们找了半个小时,问了所有我们见到的人,但是没有人看见。于是迪迪报了警。他们很快就来了,但是也没帮上什么忙。孩子不见了。两个女孩说,他们看到一个女人推着小车走了,车里有一个穿着红色风雪服的孩子,而那正是他穿的衣服。西门的保安注意到一辆黄包车后座上载着一个男人,一个女人和一个小孩开走了,但那可能是无关的人。我们在公园一直待到了晚上,直到迪迪的丈夫说,行了吧,现在找孩子是警察的任务了。奇怪吧?第二天早上他们回天津去了。"

"你的意思是,迪迪的丈夫不想找回他儿子?这听起来不太现实。"

萍的惊讶只有那么一瞬间,"王江,你是怎么了?你不会这么笨吧。你在国外的大学学习,很快就要当医生了,那你应该聪明地看出来孩子是你的。他是在迪迪跟她的丈夫结婚七个月后出生的。他可以算出来,他很清楚他第一次跟迪迪上床是什么时候。我觉得,这次拐卖事件是他解决问题的办法。时间越长越难隐瞒。他家人会发现孩子跟爸爸长得一点都不像。如果能快速把孩子摆脱掉,他还能留住迪迪和一切。他不想失去脸面。"

王江的心脏跳得更快了。迪迪和他只有过一次,是将近一年半以前,他告诉她他必须要离开的那天晚上。她已经预计到了,而她默默地接受了发生的不可避免的事情,使得他对她的感情更深一层。在他去丹麦之前,他们本来还可以在一起待一天。他计划带她去北京西部的香山。他要最后一次一起骑摩托车出门。感觉她的胳膊抱住他的腰,听着当她用双手突然拍他的耳朵让他无法专心骑车时发出的气泡一般的笑声。第二天早上,她在餐桌上留了一张的纸条,"很快回来,你的迪迪。"

"请原谅我的愚钝,但如果我们假设一下,我是孩子的父亲,那她为什么不打电话告诉我?为什么要跟另外一个男人结婚然后撒谎说孩子是他的?"

"你难道完全忘了你为什么去丹麦了吗?你难道已经离开了太久,已经想象不出如果给你打电话会发生什么?"

"显而易见,但很高兴你能对我说这些。"

萍看着出口,"你来自北京的一个家境很好的家庭。我们的爸爸只是福建省一个小地方的穷乡村教师。我们几个女孩都没受过什么教育。你们的关系从一开始就是毫无希望的。那么迪迪为什么要出现在你家？难道为了被羞辱吗？"

王江知道她指的是什么。他曾经劝他妈妈见迪迪一面，希望她的外表和温暖可以弥补在中国传统观念里她所缺少的部分，希望他的妈妈能够被说服，同意他们在一起。迪迪对能否成功表示怀疑，但还是被他说服了。她那天打扮得像女王一样，穿了一件带精美刺绣的高领黑色上衣，穿着合身的黑色长裤。鞋跟不高，脸上的妆容也很淡。他为她感到骄傲，但同时也看到了她的紧张。他妈妈礼貌地接过了酒和水果。她亲自做的饭，但是没人会质疑这顿饭的含义，桌上只有家常的四道菜：蔬菜、米饭、猪肉和玉米汤。王江的舅舅也在场，尽管迪迪已经给他留下了深刻的印象，但他还是问了所有那些王江的妈妈早就知道答案的问题："你的家庭什么样？""你的爸爸是做什么工作的？""你读哪所大学？""一个月赚多少钱？""对你们将要共同建立的家庭，你有多少经济方面的帮助？"

迪迪已经尽力了。她说，她会努力工作、尽心尽力，她希望今后能够成为一名老师。但她的自信和冷静仿佛都碰到了严峻的考验，那也是他妈妈的意图：王江应该明白，这是一个配不上他的女孩。迪迪是五点钟来的，七点钟他送她回家。过了几天，他的妈妈提出来，她会出钱供他去丹麦完成学业。时间刚好合适，新学期九月份开始。他们都知道原因是什么。他一直梦想能去国外学习，但他一直想的是美国或者英国。为什么是丹麦？因为他舅舅跟那边有很好的生意交情，他从哥本哈根进口皮草。

萍把他的沉默当成了默认，"如果你当时真的知道迪迪怀了你的孩子，你会对她说什么，流产？"

"这只是你说的！我根本就没有机会说什么。"

"你知道这根本不取决于你说什么。你的家人永远不会接受你跟迪迪结婚。不然你为什么那么快出国？"

他有种被看穿的感觉，"流产并不可耻。中国各地的医院每天都有。如果在妊娠刚开始时就做手术的话没有任何风险。迪迪本可以选择这个解决办法的。"

"但是她没有。"萍说。

"是的，你告诉我了。"

"你能想到为什么吗？"

"这是我刚才问你的，如果你不回答的话，那么请告诉我，迪迪是怎么在一个月时间里找到一个男人结婚的。这也太容易了吧。"

她喝光了杯中茶，王江感觉到自己问到了点子上。他把餐巾纸放在桌上，准备起身。

"很多年以前，在我和迪迪出生之前，父亲的堂弟林帮过我们的妈妈和她的小妹。那是在文革后期。父亲被抓了起来，送到了上千公里外的新疆，他在那里的棉花地里劳作了三年。那时，我母亲和她的小妹住在天津的林家。他对待他们亲如自家人。无论是母亲还是父亲都没有忘记那段往事,他们时常提起我们欠他很多。后来一切都变了,林开了一家生产电灯的工厂。他不像你们家那么有钱,但他还是能买得起自己的房子。八十年代末,我们在他的新家里过年。那时,他的儿子城大概十二岁,迪迪虽然只有八岁,但那时已经很出挑了。有一天我听到林和我父亲说起,要是他们能成为一对多好。尽管从那以后再也没人提起过这件事,但最后事情还是发展到了这一步。你走之后,迪迪去了天津,然后她发现自己怀孕了。"

王江把餐巾纸揉成了一团。

萍焦急地看着他,"那是一个错误,她也为此付出了代价。我害怕的是现在发生的事情。"

"她跟她丈夫一起回家了。"他说。

"那我给她打电话,她为什么不接?"

十五

哥本哈根,午后

周六中午,终于有了第一个突破口,刑技人员在夏洛特·伦贝格的手机上锁定了"JW医生",一个名叫王江的来自中国的学医的学生。该学生住在塞利列街附近的学生宿舍里。无犯罪记录。但这最后一点并没有改变延斯·尼古拉森决定要尽快逮捕他。对于雅各布的谋杀上升到了一个新的令人毛骨悚然的高度。早上的尸检发现,他那被割掉的舌头的伤口呈 V 字形。至于怎么做到的,又为什么这么做,尼古拉森现在还不清楚。他派了四个人坐着两辆普通汽车去了宿舍。他们在有一定距离的远处监视,不能有任何亚洲体征的男性离开此地。之后,他下楼去了警备科,请巡警队负责人组织一支小分队,随时准备支援两小时内进行的逮捕行动。

他兴奋地走回自己的办公室,但脑海中突然产生的一个闪念让他走向圆形的院子,点了一支烟,把整个事情再回顾一遍。对于破案因疏忽而偏离正确的轨道,这在很多时候是不可能弥补的。自从实禁烟之后,在圆柱走廊里独自一人走几圈是理清头绪的好方式。

案发后最初的二十四小时最重要。线索比母亲节临关门前买的花束枯萎得还要快。每分钟,犯罪嫌疑人都在离我们远去,同时,证人的记忆会变得模糊,无声无息地把事实同在电视上看到的或在报纸上读到的东西混淆起来。

他已经做了所有能做的事情。从伦贝格夫妇被发现的那一刻开始,两名身着警服的同事全力侦破交通事故死亡案件所做的努力,变成了针对一桩凶杀案进行的全面侦破工作。今天上午,他投入了最后的措施。谋杀科平均每年有三四次会启动最高运转模式。所有的调查员都会把其他案件搁置一旁,去寻找在逃的凶手留下的任何蛛丝马迹。对女人和小孩的谋杀很轻易就会把五十名警察从所有其他事情上拽过来，一个星期除了工作就是睡觉和吃饭。很大一部分工作是烦人但又必不可少的跑腿工作。目前，对雅各布和夏洛特的私生活、交往情况和背景的调查已经清楚，细致到令人难以想像的程度。在他们遭到杀害之前一段时间，尤其是二十四小时之内的行踪和活动必须要确定。住在同一街区的居民、家人和工作同事受到系统的拜访和询问。此外，刑技科的人正在紧张地分析公寓和黑色货车、自行车、车祸身亡女性的衣服上的痕迹。第一批结果已经开始出来了，但现在就下结论还为时过早。他需要比一个电话号码更确切的线索才能抓到凶手。对雅各布和楼下住户熙乐的法医检测几乎不能提供决定性的线索，但他对夏洛特抱有希望。尽管她已经濒临死亡，但他仍然要求对她进行全面的检查。如果凶手亲吻了她，在她身体上留下了精液或只是一根毛发，都必须找出来。胜算不是很大。对于她衣不蔽体可以有很多种解释。无论哪种解释是正确的，但只要她在头部受到重击之前洗过澡的话，一切就都毁了。

当他在走廊上走到第二圈的时候，尼古拉森漫不经心地同一位要么是刚来上班，要么是要下班的同事打了一声招呼。这很难判断，甚至连那位当事人都说不清楚。

媒体对于此案的第一篇报道内容有限，他们还没有时间深挖。早上他溜了一眼国内的报纸。大多数对于此案的报道都很短：一名男子在东桥的家中被发现遇害，妻子重伤。目前还没有人被逮捕。一份上午的报纸的报道更进了一步，同近段时间的入室抢劫案联系到了一起。就在同一份报纸里也写到，有人看到一名亚洲男子在案发时间出现在现场附近。信息来源是匿名的，但尼古拉森毫不怀疑一定是塞利列街的一名居民。

谣言的风车已经开始转动，如果破案时间拖长，它就会不停地转下去。他格外仔细地读了日报的报道，但有点惊讶地发现它跟其他报纸没什么区别。雅各布·伦贝格的工作单位没有给他特别的版面。受害者的身份尚未公布，但日报的总编辑知道他是伦贝格。否则，警方永远无法得知他在星期三什么时候，在什么情况下离开报社的。这仿佛是暴风雨前的微风。尼古拉森毫不怀疑，多家媒体的记者正在热火朝天地寻找故事的卖点。

这个案子中出现了一些干扰性的情况。在他看来，熙乐关于她在星期三晚上看见一个趴在楼梯上的身影的证词，不过是她精神过度紧张所致。雅各布被放置在椅子上、杀人的手法、尤其是最新发现被剪掉的舌头，这些都并不常见，即使对于经验丰富的谋杀科科长来说，也是令人毛骨悚然。夏洛特身旁的插花传递了一种灰色的警示。这可能是偶然的，但是附近并没有翻倒的花瓶。

今天早上，他没有对尼斯·霍斯关于凶手在作案现场肯定逗留了相当长时间的判断加以评论。在这种时刻，心理学家提出的细枝末节的问题很可能会分散注意力，但那是一条重要的观察。为什么贝尔曼他妈的不打一声招呼就把霍斯叫了过来？他本不应该过分介入这个案子的。贝尔曼是哥本哈根警察局里的一位过时老人了。曾经有过一些事例子表明，贝尔曼有时把手伸得很长，仅仅是为了展现自己的聪明才智，独自在大国王街与国际警察合作。几年前，他帮了一名英国同事的一个忙，结果最后导致三个人死亡，不到半年以前，三名美国士兵从巴格达来这里休假，他们把一个伊拉克人从东桥区的五层楼上扔下去，但却侥幸逃脱罪责。贝尔曼是老派的刑警队长，跟谋杀科的头儿福尔默·克努森一模一样。他们是最后的老公象中的两位，早就应该认清形势的警告。警察局年内很快就会进行重大改革，到那时他们占着位置的屁股就凉了。大家都知道大国王街分局是要关闭的几个分局之一。众所周知，为了减少部门数量，警察总局的特殊单位将要合并。而留下的部门和分局肯定会有新的、尤其是更年轻的领导上任。

尼古拉森把最后剩下的一点烟头扔进下水道里，正要回分局去。就在此时，电话响了。尼斯·霍斯说，夏洛特·伦贝格确实有一名作为她的督查人的心理咨询师，名叫韦斯特贝格。

"他住在哪儿？"

"道格尔。"

"你跟他谈过了吗？"

"是的，很简短，没有提到细节。"

"但他知道是与夏洛特·伦贝格有关的。"

"是的。"

"还知道她是受害者。"

"是的，我认为。"

"那么他对于这件事有什么看法？"

"呃，他自然是很震惊，但你觉得他知道谁有可能是罪犯？"

"不然呢？"

"不，我认为他不知道，不然他肯定就会说了。"

"确实。我们现在手头很忙。你能不能给他打个电话，说明天早上我要找他来警察局谈话？"

"明天是周日……"

"我们通情达理一点，请他九点钟到吧。"

尼古拉森在自己的办公室外面遇到了安腾·奥斯特高。

"我们准备好了，"安腾说。

他们走了几步，穿过通向餐厅的光线暗的走廊，那里聚集着几个人。因为很早脱发而被叫"泳帽"的小队长斯迪·雅各布森带了六个警备科的年轻警员。其余的就是尼古拉森自己的人和来自二分局的特里娜·贝克和托比约恩·拉森。跟他自己不同，这些人都睡了几个小时。尼古拉森接受特里娜·贝克和托比约恩·拉森加入小分队，但前提条件是他们只向他一人汇报。贝尔曼不相信尼古拉森自己能在幕后指挥。特里娜跟他年纪差不多，他们以前合作过。她很可靠，她像祖母一样的长相是接下来的任务的完美人选。托比约恩过去曾在搜查科的工作过，这一经历使他成为配合特里娜工作的第一人选。而贝尔曼对他的了解则很一般。

他看了一眼特里娜面前桌子上摆着的防弹背心，简短地解释了一下他们的任务是什么。王江可能是一名无辜的学医的学生，但反之，他要么是精神病患者，或者是一名专业杀手。无论是哪一种，决不能让他侥幸逃脱。

一帮年轻人从艾格蒙宿舍的大门口走出来时，特里娜和托比约恩正从停车的加油站走了过来。特里娜满意地注意到，没有一个年轻人注意到他们。主要是她和托比约恩也很像来做客的母亲和哥哥。停在宿舍楼门前的不明大货车也没有人多看一眼。货车的车厢里藏着行动小分队、安腾·奥斯特高和一名刑警。

那个学生的房间在一层。特里娜检查了一下，把外套的扣子一直系到脖子处，确保防弹背心不会露出来。

一层的走廊空荡荡的，光线很暗。远处尽头的窗户透进来的光照得不远。他们很快就找到了房间十八 A 和十八 B，并按响了门铃。托比约恩站到了门的左边，这样不会被直接看见。

她看了一下社区的设计图纸，知道每个学生都有自己的房间，但大门和小门厅以及相连的浴室和厕所是共用的。王江应该住在十八 A 房间。他住在十八 B 的邻居名叫卡斯珀·哈默。警方也没有他的记录。一位个子很高的红色卷发男子开了门。他先看了一眼特里娜，又发现了托比约恩。

"是什么风把救世军吹到这扇门来了？"

特里娜试着看向他的后面。右边开着的门应该是这个爱说笑的家伙的。左边的门是关着的。

"你的邻居在家吗?"

"噢,你们这么容易就放弃了嘛。我难道看起来不需要救世主的恩赐吗?"说着他摸了摸自己的络腮胡。

特里娜出示了自己的证件。

"哦,你们本来可以立刻说的。"

"借过。"托比约恩说着轻轻推开穿着白色T恤的卷头发家伙的前胸,继续走到关着的门口,弯着食指轻轻地敲门。

"他不在家。"卷头发的家伙说道。

托比约恩把手指放在嘴唇前,静静地听着。里面没有任何反应,他又敲了一次,这次是用指关节,同时抓住了门把手。门锁着。

"我都说了!"

"他在哪儿?"特里娜问。

卷头发摊开双手。

"你有他房间的钥匙吗?"

"没有。"

托比约恩从钱包里拿了一张信用卡,把它塞进门和门框之间的缝里,往下划过门锁。门就打开了,面前是一个墙上带洗手池的小门厅和一个长形的房间。一面墙边放着一张床和一个写字台,另外一边摆放着一排书架和一张躺椅,但没有学生王江的身影。

特里娜通知了外面货车内的行动队长。

"我说什么来着?"卷头发的家伙就站在她身后。

特里娜把他带出了房间,"我有几个问题要问你。"

卷头发的家伙确认了他就是卡斯珀·哈默,他的邻居是一个中国学生。

"你是学什么的?"托比约恩问道。

"目前是数学明珠,去年是哲学,它是关于人类本性的理论争论的:柏拉图、萨特,尤其是康拉德·洛伦兹,你知道的。下一年也许是……"

"好极了,"特里娜打断他,"我们还是集中谈一下你的邻居王江吧。"

"王江?我知道他的名字是乔治。"

"好吧,告诉我,你上次见到乔治是什么时候。"

卡斯珀·哈默抓了抓他的头发,"我肯定,他本周初还在。但这不是因为我经常见到他。他跟其他中国人一样总是在看书,但他用过浴室。我们的生活节奏不一样。他起床很早,而我是夜猫子。最近几天我既没见到他,也没听到他的声音。"

"你知道他去哪了吗?"

"一点儿也不知道。你们找他干什么?他是一个好人,很安静,但难以想像他会……"

特里娜等着他说完。

"……呃,我就是不知道你们找他干什么。"

"他有没有可能在宿舍楼的其他地方,你说还有其他中国人?"

"我对此表示怀疑。还有两个女孩，但你们可以问她们。一个叫杰西卡，一个叫阿利桑德拉。"

这时，安腾·奥斯特高出现在门口。在特里娜和托比约恩进一步进行调查期间，由他来负责王江的房间。

杰西卡和阿利桑德拉正在走廊更深处的公共厨房里的中心案台上准备做晚饭。整个右侧的墙壁都是橱柜，上面贴满了各种关于音乐、啤酒、男人和女人的吸引人眼球的报章版面。左侧有一个条纹面的角沙发，一个男生四肢八叉地躺在上面。

特里娜请杰西卡和阿利桑德拉稍微暂停一下做饭，带她去她们的房间。她们住在门挨着门的二十六A和B房间。两个房间都陈设简单，十分整洁，也没有任何王江的影子。这两个年轻女人身材小而柔弱。杰西卡要更自信一些，留着一头短发。阿利桑德拉则梳着一条马尾辫。

特里娜没有赘述细节，只是告诉他们现在重要的是要联系上王江。她们是否知道他在哪？

"他回家了。"杰西卡说道。

"回中国了？"

两人点点头。

"什么时候？"

"可能是昨天。"杰西卡说道。

"可能，你不确定？"

"是的。"

特里娜不知道这种不符合语法逻辑的回答是她们在为王江打掩护,还是因为语言问题。她们两人的英语都不太好。

"今天是星期六,王江是哪天回中国的?"

两个女孩用中文短暂地交流了一下。阿利桑德拉同时掰着手指计算。

"是星期五,一周的第五天。"

"你确定吗?"

"是的。"

特里娜叹了口气,"他为什么要回家?"

她们也不知道。尽管他们经常一起吃饭,但她们两个人跟王江的关系都不是很近。他是学医的,而她们都是学化学的。昨天晚上他们本来应该一起吃饭,但在那之前,杰西卡在楼道里碰到他拿着旅行包往外走。他简短地提了一句,因意外有事,他必须回家。

"他说是什么事情了吗?"

杰西卡的回答是没有,特里娜觉得问这个问题可能不太合适。

"你没有问吗?"

"当然没有!"

"他说什么时候回来了吗?"

"没有。"

特里娜看向阿利桑德拉。她摇了摇头。

"你们有他在中国的电话号码或者地址吗?"

阿利桑德拉掏出手机,开始找号码。

"王江是北京人。"杰西卡说,"我不知道具体哪条街,但是在东城区,二环边上。"

这时阿利桑德拉找到了他的电话号码。夏洛特在手机上也找到了同一个号码。

"他没有中国号码吗?"托比约恩问道。

"我觉得没有,因为在丹麦使用实在太贵,但我有他的电子邮箱地址。"阿利桑德拉补充道。

"把邮箱地址给我吧。"特里娜说道,此时她更确定这两个女生在尽力帮助他们。

"iambacksoon[1]@hotmail.com。"阿利桑德拉答道。

十六

哥本哈根,接近晚上九点

延斯·尼古拉森是被他老婆摇肩膀摇醒的,"你听不见你的电话在响吗?"

她就不能温柔一点吗,他挣扎着从沙发上半坐起身,"是谁?"

"你的工作呗,还能是谁呢?"他从她手里接过电话,然后

---

[1] 英文,"我会很快回来"之意。

她走出了客厅。

"嗯。"他听到刑警科的助理托本·汉森说,皇家医院的主治医生刚打来了电话。

"嗯。"尼古拉森重复道,揉了揉眼睛。

"夏洛特·伦贝格没能恢复意识,已经死亡。"

他的身子在沙发上又躺了下去。

"你在听吗?"

"嗯,嗯。什么时候的事?"

"十五分钟之前。"

"哦,好吧。呃,这条路也走不通了。他妈的,她竟然没醒过来。你能不能……算了,我自己过去吧。"

他依然闭着眼睛躺在沙发上,听到有人走进客厅并打开电视。换了几次台之后,摇滚乐队的音乐便充满了客厅。他实在没有力气抵御那轰鸣的低音炮,张开了眼睛。他十四岁的女儿坐在躺椅边上,拿着遥控器一起摇摆。

"现在有必要这样吗?"

她毫无反应,而他并不感到意外。这个年纪的女孩特别容易被激怒,甚至对她说"你好"都不行。

"佩妮拉,调小点声!"

女孩站了起来,把遥控器扔给他。他试着去接,但它掉到了地板上。就在她大摇大摆地走出客厅之前,她转过身,"看看你自己!一个不刮胡子的懒蛋,你这个失败者!"

他太惊讶了，不知道怎么回答。

"再看看我们的车，完全一模一样，一辆破车，是整条街上最旧的。"

一个小时之后，谋杀科的副总队长开着那辆有五个年头的福特福克斯前往警察总局。他快速洗了个澡，剃掉了长出的胡茬子，吃了一个双面黑面包三明治，轻轻地亲吻了一下自己的妻子，告诉她不要坐着等他了。而她实际上也很久没有等过他了。

沿河街上交通很通畅，车辆的灯光飞驰而过。夏洛特·伦贝格的死进一步加重了下午对于那个中国人侥幸溜掉了的失望。他努力摆脱调查开始滑向失败的想法，双手更紧地握住了方向盘。

尼古拉森把车停在警察总局后面的小院子里，打开门锁走进后面的楼梯上，然后几步走上了警察局无数圆形大厅的石阶，这里的灯光微弱。在通往科室的走廊上，许多办公室的灯还亮着。

"他来了吗？尼古拉森让托本把夏洛特的督导人，心理治疗师拉斯·韦斯特贝格叫来。他本来应该明天早上来。"

"还没有。"托本·汉森回答道，目光从他面前的纸上移开，"他应该马上到。"

托本是科室里最友善、乐观的人。即使是最差劲的人也会被他温柔以待，令人感到不解的是，他也是最能撬开被询问人的嘴的那个人。托本要是去做天主教会的牧师估计也能胜任，尼古拉森想道："还有什么新闻吗？"

托本带着歉意摇了摇头，他胖嘟嘟的脸颊都快要跟不上摇头的速度，"记者几乎在不间断地打电话。"

"电脑呢，登录密码破解了吗？"

"还没有。安腾走之前有了一点进展。但我们已经拿到了北城墙街车库的监控录像。前灯损坏的货车星期三九点三十七分开进车库。"托本递给了他两张放大图片。

其中一张显示了车正面开进入口。前排只有一个人。他戴着墨镜，穿着连帽的衣服。另一张拍摄距离较远，是一个男人从一个楼道离开地下室。

"他妈的，这里也根本没法继续查下去！"

托本向他投来歉意的眼神。尼古拉森又看了一下第二张。"他看起来可不矮，我们知道这位中国学生有多高吗？"

"不知道，但这个我们能查出来。"托本说着，立刻乐观了起来。

"我在办公室里等着。"

"记者呢？"

"不管他们。"尼古拉森走过安腾的办公室。写字台的灯亮着。桌上除了放在餐巾上的空咖啡杯之外，其他东西都已经收拾过了。墙边的矮柜里是被笔直地码放起来的一堆堆的各种报告，安腾用清楚的手写体在每一个上面都有标记。"目击者笔录"和"犯罪现场"两堆都满满的，但在"雅各布"和"夏洛特"那边东西很少。他拿出夏洛特的那堆材料里仅有的一份报告，瞥了一眼"新的和尚未归档的报告"。"尚未"下面画着重重的红线。一名出租车司机星期三晚上载了两名可疑的外国人从东桥游泳馆到了老国王街。西桥区一个有千里眼的女人打来电话说可以提供帮助。她认为凶手是三合会帮派的成员。她"看到"雅各布·伦贝格被一群文了身的男人围着，四肢趴在地上，被逼着像狗一样摇尾求饶。还有一份关于凶器的报告以及一份关于对居民区住户的讯问情况的报告。

尼古拉森走回自己的办公室，开始读特里娜·贝克写的关于夏洛特·伦贝格的第一份背景报告。一九六三年六月一日出生于香港。独生子女，是宝隆洋行的一名经理的女儿。母亲曾当过语言教师。在夏洛特十七岁上寄宿学校期间，在一次海难中双双遇难。一九九六年与雅各布结婚。没有子女。在哥本哈根大学学习心理学，一九九八年毕业。一九九九年与雅各布迁居中国。他是日报的特派记者，一开始在香港，后来在北京工作。尼古拉森注意到，夏洛特和雅各布年龄相差六岁，这时托本轻轻地敲了一下门框。他后面站着一个高高瘦瘦的男人，稀疏的头发拢过头顶。

"拉斯·韦斯特贝格到了。"

尼古拉森站起身，让心理分析师坐在他写字台前的椅子上。韦斯特贝格好奇地看了一下四周。

"谢谢你这么短时间就能过来。很抱歉我们不得不改时间。"

"没关系。这样我明天就不用早起了。"

尼古拉森出于职业笑了一下。韦斯特贝格看起来五十岁出头，"我们的心理分析负责人尼斯·霍斯说，你是夏洛特·伦贝格的督导人。"

"是的，没错。审问椅？"他轻拍着扶手问道。

"这只是其中之一。"

韦斯特贝格点点头，问起了夏洛特的状况。

尼古拉森盯着他的眼睛，除了好奇什么都没看出来，"她两小时之前去世了。"

韦斯特贝格低下头，发出一阵急促的呼吸。

半分钟后，尼古拉森问他，想不想要点喝的东西。

"不用了，是的，如果你们有茶或者水的话。"

他给托本打了电话。

"现在无法确定是谁杀害了雅各布和夏洛特·伦贝格。我们正在调查所有的可能性。"

"当然。"韦斯特贝格比较镇定了，说道。

"督导人的工作是什么？"

韦斯特贝格深吸了一口气，"临床心理分析师是一份孤独的工作。但是，无论是为了自己，还是为患者考虑，跟一名同事讨论所遇到的一些问题是很有必要。"

"嗯，你是怎么成为夏洛特的督导人的？"

"我曾经是她在大学里的老师之一，但我也有临床经验。"韦斯特贝格停顿了一下，"告诉我，她是怎么死的？我所知道的是，她是被谋杀的，到底发生了什么？"

尼古拉森在笔记本的底部写上"在大学里认识"几个字，"我们还是回到正题上来吧。我们现在需要每一条能够帮助破案的信息。"

韦斯特贝格不安地点了点头。

"你自己的病人都是什么类型的？"

"与我当大学讲师有关的并不多，但是我同市区和一些公司有合作。这有助于在理论和实践中保持适当的平衡。公共部门会送来瘾君子或者遇到危机的年轻人；私人企业需要组织结构改革和压力处理方面的建议。"

"夏洛特的病人也是这样的吗？"

"不是，她的病人主要是那些由于超重而失去自信的人或者那些想戒烟的人。"

"不是什么严重的问题。"

"她也做一些忧伤治疗，但如果你想问特别复杂的病例，那么……你知道她在中国住了一些年吧？"

尼古拉森瞥了一眼特里娜的报告，"是的，我看到了。那些年里你也是她的督导人吗？"

"是的，但是很困难。我们无法经常见面，只能打电话。"

"所以她在中国期间也提供心理咨询服务。"

"一开始并没有。她刚去的时候什么都没干。但那里有很多被忽视的家庭主妇，她们跟着丈夫到了陌生的地方，她们需要讨论自己面临的问题。"

"不过，当你问我是否知道她曾经在中国居住过时，你想的并不是这些人。"

"不是，不过，呃，我也有义务保守职业秘密。"

"就算你认识可能谋杀了夏洛特的人也要这样吗？"

"我认为这个问题不现实。"

"你可能无法肯定。如果对你来说容易一点的话，你不需要提及姓名。"

"我也无法说出姓名，因为她从来没有告诉过他的名字。"韦斯特贝格扫了尼古拉森一眼。

这时托本拿着一个杯子走了过来，"伯爵茶，我们只有这种茶。"

"挺好的。"说着，韦斯特贝格接过了杯柄，但只是放下了杯子，"今年春天，她告诉我她正在治疗的一个年轻人。我不知道她是怎么认识的。但他是因为卷入了一场交通事故而找上门寻求帮助的。"

"而所有的这些都发生在中国？"

韦斯特贝格点点头，"显然，那个男人认为自己撞死了一个人。"

"认为？"

"是的，他不确定，因为他逃逸了。据我理解，那起事件发生在一个漆黑的夜晚，地点是北京郊区的某个地方。"

"为什么他没有把车停下来了解情况？"

韦斯特贝格迟疑了，"或许我们应该到此为止吧。"

"我并没有想给中国警方写信,说我们能帮他们破一起交通凶杀案。"

韦斯特贝格哼哼着说:"后来,夏洛特说,患者的故事有点奇怪。我的感觉是,他有某种形式的人格障碍,至少肯定有精神分裂症,应该送进正规系统治疗。她在中国是外国人,也没有与这种人打交道的经验。"

"我们现在说的是偏执狂吗?"

"是的。我理解的是,患者故意撞死了一个偶然经过的人,因为患者认为,这个可怜的人像一只跟踪他的蝎子。当我听到这些时,我建议她立刻停止治疗。"

"这种人开车很危险。中国人吗?"

"老实说,我不知道。"

"她听从了你的建议了吗?"

"我认为是的,因为后来她再也没有提到过他。"

"你知道他是谁,或者住在哪吗?"

韦斯特贝格摇了摇头,"我只知道,他比夏洛特年轻。"

"你是怎么知道的?"

"她说,一个年轻男人来找她。"

"她有没有表露出对他的恐惧?"

"没有。"

"她有没有说过,有人威胁她的生命或者恐吓她?"

"从来没有。"

"你上次跟夏洛特谈话是什么时候？"

韦斯特贝格喝了口茶，"几天前她曾打过电话。你肯定也想知道我们说了什么。就是专业上的交流，但她提到她要跟她丈夫一起去维也纳。她很期待参加在弗洛伊德博物馆举办的研讨会。"

"你认识她丈夫吗？"

"不，我从来没见过他。"

尼古拉森抬起了眉毛。

"夏洛特在丹麦期间，经常是自己一个人，即使她丈夫跟她在一起，也经常是在忙工作。但总而言之，我们并不常见面。如果她路过学校的话，我们会见面一起喝杯咖啡。"

次日

二〇〇五年十月十六日 星期日

十七

北京，朝阳公园，上午

小男孩一直在哭，连他的头发都是湿的。他的妈妈抱着他的屁股，转过他的身子，让他看到她的脸，同时用膝盖上上下下地颠他。他的哥哥站在旁边，用一把黄色的水枪射出一连串的肥皂泡。泡泡像一个个小行星一样飘到哭泣的小男孩的脸上。哭声停止了，他不安看向四周。这时，他的爸爸单膝跪在地上，用相机拍下了这一瞬间。

王江坐在一旁的长椅上。他将目光转向了荷花湖。他睡得很不安稳，但不仅仅是因为哥本哈根和北京之间的时差。他昨夜躺着的时候，耳边一次又一次响起萍对他说"那是你的儿子"。他还是无法接受他当爸爸了这个事实。昨天晚上，在她离开餐厅后，他坐在了室外那张他和迪迪第一次相遇时坐的桌子前。直到服务员委婉地表达他们要关门了，他才离开。迪迪和孩子到底出了什么事？他们现在在哪儿？无论是萍还是黑夜都没有办法给他一个答案。唯一的线索就是朝阳公园。于是，当朝阳的第一缕曙光越过地平线，他就起床洗漱并穿好衣服。吃了一点酸奶和一块面包之后，他离开了公寓，乘电梯前往大楼的地下停车场。这次，摩托车自己就能启动了，虽然还是有点慢。

从他童年开始,王江就对这个位于北京东北部的大公园很熟悉:小湖、大片的草坪、绿地、古树和灌木丛、小餐饮店、各种各样的运动场地,还有儿童游乐场。在很长的一段时间内,他每周日早上都会跟爸爸妈妈一起来这儿,把自行车放公园外,同别人的几百辆自行车停在一起。他妈妈拎着一袋子吃的、水果和装有热茶的保温壶。他爸爸背着卷好的毯子。从四月到九月,他们会把毯子铺到草地上;天冷的时候,他们会先绕着公园走一圈,看看跟上次相比有什么变化。九十年代增添了一大批新的餐馆和新的体育器械。此外,公园里还摆放了西方式的艺术品。有些很有趣,但也有一些很奇怪的。他尤其记得第一次看到一把枪管被打了一个结的手枪。最后他们就会选在"泰国馆"旁边的一个长椅,他妈妈会坐在那儿,把毯子盖在腿上,看着王江和其他的男孩们把五颜六色的风筝放上蓝蓝的天空,伴随着他们的是父母兴奋的喊叫声。等到王江长到十五岁的时候,就不再去朝阳公园活动了。有一天,王江的爸爸病得太厉害了,没法上班。王江记得以前从来没有发生过这种情况。爸爸在北京一家国有制药企业工作。他在床上躺了很多天,那一周的最后一天他住进了医院。在医院的病床上看到他的时候王江很震惊,但更糟糕的是在他的眼睛里看不到希望。他的去世在三个星期之后。王江的爸爸一直没能学完他的医学课程。爸爸在文革期间也被送到了乡下。尽管那时他刚开始学习没多久,他还是在陕西省当了多年的赤脚医生,拼尽全力救治了许多病人。条件特别艰苦，他自己的身体也受到了极大的伤害。等他回到北京以后，放弃了继续完成学业，而是开始做中草药的生意。生意不太顺利，但他后来在国企找到了一份工作。他的愿望和梦想就是王江能够成为一名医生。

王江从长椅上站了起来。他骑着本田一路来到这里，感到手有点冷，不过太阳已经出来了，温度随之上升很快。现在，那个小男孩对着他哥哥的肥皂泡开心地大笑着。他从游乐场往厕所走去。那栋灰色的房子就在几百米外的几棵大树后面。他在女厕所前面停了下来，下意识地抓住了门把手，仿佛想要跟迪迪联系上。一个胖女人推了他一下，对着男厕所的方向点了点头。王江道了歉，给她让了路。

他看向游乐场。迪迪和萍离开了十分钟。男孩坐在一个折叠儿童车里。迪迪的丈夫和家人干了什么？他们没看到有人把孩子推走吗？

朝阳公园的西门离得不远。王江回到游乐场，再从那儿快速走到门口。四分钟。门口有一条小路通向朝阳公园路。拐走孩子的人到了那条路上，就会消失在北京熙熙攘攘的人海之中。

有一个年轻男子正坐在入口处的小屋子内。是了，上周日他肯定也上班。王江问起了关于拐走折叠童车里的男孩的事情。

"你是警察吗？"保安从小屋子里走出来，往地上吐了口唾沫。

"不是，我是孩子妈妈的好朋友。"

保安漠然地看了他一眼。

王江拿出一张二十块钱纸币,"我知道,你看到一个男人和一个女子带着一辆折叠童车和孩子,他们是坐一辆三轮车走的。"

"你知道的就是全部了。"保安失望地说。

"告诉我他们长什么样子。"

他想了一下,"他们就和大多数人一样。直到警察问我是否看到一个穿着红色风雪服、坐在折叠童车里的孩子,我才想起了他们。"

"他们往哪里走了?"

"我怎么知道?三轮车就停在门口。我跟车主说让他赶快走,因为他的三轮车挡路了。"

"骑车的人呢?你能说说他的样子吗?"

保安看了看那张二十元钱的票,王江就给了他。

"记得不清。年纪不大、有点络腮胡、缺一颗门牙。"

王江向他道了谢。他走的时候,注意到保安的小屋子的顶上有一个监控摄像头。

警察局就在几百米外的街上。一栋有蓝色窗框的白色三层建筑。外面停着密密麻麻的警车。这样好吗?王江把犹疑抛到一旁,上了两级台阶,然后推开了玻璃门。长长的柜台后面坐着一个女人和一个男人,他们都在使用电脑工作。他们看起来跟他的年纪差不多大。一位稍年长的女人正站在那打电话。熨烫整齐的浅蓝色衬衫肩膀上的肩章显示,她是级别最高的。她挂了电话之后,他走上前去。

"在朝阳公园拐走孩子的案子？"

"是的，大概半岁的小男孩。"

"我能看一下你的身份证吗。"

这让他始料未及，他迟疑了。

"你的身份证！"

王江找出了身份证，递给了她。她坐了下来，手指在键盘上飞舞。他感到很惊讶，她那保养精致的指甲能以飞快的速度敲击键盘。

"王先生，你为什么关注这个案子？"她埋头看着电脑屏幕，没有看他。

"我是孩子妈妈的好朋友。"

女人看了他一眼。

"我觉得我有可能看到了能够帮助破案的东西。"他知道这次尝试很可能是徒劳的，但这是唯一能了解更多真相的机会了，"警官女士，如果我能跟负责调查的那一位谈一谈的话，我会非常感激的。"

"请坐。"她指着外墙边的一排凳子。

王江坐在了门口。警官看着他的身份证，对着电话说着什么。

十分钟之后，一名年轻男子从柜台后面的门里走了进来。女警官站起来跟她的同事打了个招呼。他们的肩章是一样的。王江的身份证被交到了另一双手上。

"王江先生，我是孙警员。"新来的这个人把柜台打开了一条缝，对他说，"请到这边来。"王江被带到了一个狭窄的走廊上。走了一会儿，孙警员把他带进了一个小会议室，里面有一张桌子、六个凳子和能看到院子的带栏杆的窗户。孙警员背靠着窗户坐下，并要王江坐在对面。

"你说你能够帮助警察破这个案子？"

王江在孙警员友善的笑容背后没有看到任何保留和危险信号。他那张年轻的脸近乎天真。

王江简短地介绍了自己在国外学医，昨天刚刚回到北京，然后听说了他的一个好朋友身上发生的可怕的事情，"有没有可能很快找到孩子？"他毫无表情地结束了自己的话，把球扔给了孙警员。

"你的女性朋友的名字是什么？"

"马迪，但一般叫她迪迪。"

"是她自己告诉你这些的吗？"

"不是，我还没有跟迪迪谈过。我是从她姐姐那里听说的。"

"她叫？"

"马萍。"

孙警员很满意，"你能提供什么信息？"

经典的打乒乓球似的谈话开始了。现在就看谁能够在自己不吐露任何具体信息的前提下，先从对方略有旋转的球里挖出有用的东西，王江想道。

"我不想给您添麻烦。如果男孩找到了，我就不占用您的时间了,孙警官。"

"可惜还没有,但这个案子很重要。这样的案子最近有一些。破案难度很大,因此来自公众的帮助很重要。"

王江点点头表示理解,"没有任何关于人贩子或者他们坐的三轮车的线索?"

孙警员摇了摇头。

"保安无法描述那对夫妻的样貌。他们有没有可能是这附近的人?"

"这很寻常,王先生。这就是问题。我们常常面对的是一个上千人都符合的描述,不过实际上,保安认为那对夫妻可能来自河北省。他听到那个男子对骑三轮车的人讲话时有河北口音。"

那张二十块钱就不应该给那个只会骗钱的人,王江想道,他没有告诉我这个,"河北离北京不远,但也是一个有许多城市的大省。"

孙警员点点头,"你能提供什么呢?"

"我刚从公园过来,刚好看到公园入口里面有一个摄像头,外面的街上也有一个。拐走孩子的人有没有可能被录下来了呢?"

"就这些吗?"

王江把身子往前倾,"找到那个男孩对我来说非常重要。很抱歉我干涉你们的工作了,但是录像你们肯定早已拿到了。"

孙警员看了王江一眼,说道:"找到了一名男子和一名女子推着一个有孩子的折叠童车从出口出来的图像,就在马女士发现孩子不见了之前。但录像质量不太好,无法完全确定身份,但是孩子确实穿着红衣服。"

"那肯定是就是他们偷了孩子。"

"北京穿红衣服的孩子不计其数。"

"当然。"要注意不要急于下结论,王江说着,装出一副在认真思考的样子,"如果我们假设就是他们带走了迪迪的孩子,如果他们都来自河北省,那么坐三轮车太远了。有没有可能他们到了火车站,然后乘坐火车去了河北?"

孙警员明白了他的暗示,"火车站也有监控摄像头……"

"没错!"

"……但是无论是南站还是北京站,在拐走孩子之后的几个小时里售票处的录像都没有拍到。"

"哎呀。"王江叹了口气。

"王先生,你是怎么认识孩子的妈妈的?"

"呃,我们曾经是好朋友。"

"曾经?"

"现在也是,我希望。不过可惜的是我离开北京之后我们就分开了,就像我说的,到现在都没有机会跟她谈谈。"

"嗯,你走了很长时间吗?"

"时间过得很快,不是吗?"

"没错。"孙警员说着把双手的手掌拍在了桌子上。

"你最近跟孩子的妈妈谈过吗?"王江问道。

"我们当然会跟家人保持联系。"说着,孙警员站了起来。

"失去孩子对于妈妈来说打击一定很大,迪迪经常打电话吧?"

"我们会尽我们所能,所以如果……"

王江实在找不到说得过去的理由直接问孙警员,知不知道迪迪在哪里,"谢谢,孙警官。"

"不客气。万一有必要的话,我们最好还是留一下你的手机号码。我想你应该还住在东直门万国城吧。"

孙警员当然有他的地址,很可能也有他的电话号码,而只是想要试探一下。

十八

哥本哈根,上午

这样的天气让阿纳·贝尔曼想起了那个他送完雅各布·伦贝格的母亲回家之后产生的想法。她提到,雅各布有一个哥哥,五年之前死于疾病。没有理由认为这对这个案子有什么影响,但贝尔曼对伦贝格夫人很好奇。居民登记基本上只有一些基本信息:姓名、日期和地址。只有将有关信息集中在一起,才能证明生命的存在。一九五二年出生,一九九九年去世。雅各布的哥哥斯文只活到了四十七岁。更有趣的是，雅各布和斯文各自有自己的父亲。伦贝格夫人结过好几次婚，这可以解释她有所保留的回答。也许一个儿媳妇能够给这个家庭带来更多一点希望。斯文的遗孀英格丽还活着，住在斯蒂文斯市。

贝尔曼知道，他应该让尼古拉森来处理这个案子。如果天气下雨的话，那么他应该会这样做，但太阳出来了，正是适合外出的好天气。他骑车到了警察局，开了一辆警车出来。这最多只是一次关于雅各布和伦贝格家的非正式谈话。他提前给英格丽打了电话。还没有人跟她说过这件事。她听起来有点含糊其辞，但还是同意让他过去。

他顺着高速公路一直开到柯维市南部，开上了去往大赫丁市的古老的乡村道路。反方向的车很久才会经过一辆。他很高兴能短暂地离开哥本哈根。庄稼已经收割了，成群结队的海鸥和白嘴鸦飞来飞去，啄食着掉到褐色土地上的米粒。大赫丁市另外一侧有一条小路，蜿蜒曲折通向一小片房子。在他开近海边时，地平线突然模糊了。一开始他以为是庄稼地里烧荒的烟把田野和树木笼罩在鬼魅一样的光线里，但摇下窗户后他闻到了清新的盐味，他立刻就明白了那是海雾。

一条不长的砂砾路通向一座孤零零的房子，一座年代久远、红色瓦顶的二层黄色小楼。房子的排水管上长着一簇簇的长草。三层窗的木质窗框跟正门一样漆成了海藻绿色。门的两侧，藤蔓的枝条爬满了外墙，使房子呈现出法式的风格。洋红色的尖桩篱栅环绕着长满桦树的花园。

贝尔曼紧贴着路缘停下车，旁边刚好能过一辆小轿车。他锁上车，发现一层的一个窗户半开着。看不见有人。他打开栅栏门，往里走了一步，但被一阵低沉的咆哮声阻止了。右侧二十步开外的地方站着一只尖耳的杜宾犬。用一条很长的坚固的链条被拴在了柱子上，使它没有冲过来。由于他站着没动，它又发出两声蓄势待发的警告，用它闪着寒光的漆黑的眼睛紧紧盯着他。

"别紧张，忠犬，我是这家的朋友。"他高声说道，同时也在估计柱子和铁链能不能拴住它。门口或窗口都没有人。一层的开着的窗户的窗帘在微微地飘动。贝尔曼看了眼手表，他是按时到达的。她应该就在屋里。喏，我总不能站在这儿吧，他这样想着，继续沿着花园小径盯着正门朝前走去。这立刻引来了黑色恶魔的一阵剧烈的咆哮声。狗往前跳了好几次，把链条拉到了极限。柱子摇晃着。他再次停了下来，考虑是不是应该走回去，然后再打一次电话。狗仿佛看出了他的迟疑，更加剧烈地往前冲。他用眼角的余光觉察到一层的窗户有动静，但他还是没法看到任何人，于是他转过身去。就在他快要走出花园时，他听到了一把小提琴拉出的低沉的长音，是一段他曾经听过的一首乐曲的忧伤的前奏。狗安静了下来，歪着头疑惑地看向传来声音的方向。

他有点不好意思地走了回去，按响了门铃，与此同时，时刻警惕着那只四十公斤重的黑色短毛动物张着的大嘴。小提琴声还在继续，节奏轻快起来。他再次把手指按在门铃上，同时按下了门把手。门没锁。他小心翼翼地把它推开。

"你好，有人在家吗？"

前厅空无一人，右侧是通向一层的楼梯。他迈步进去，迅速地关上身后的门。

小提琴声停了下来，就像开始时一样突然。

狗又开始咆哮，但这次叫声中带着一丝无奈。

"我是警方的阿纳·贝尔曼。"他高声说道。稍远一点有一扇通向客厅的门半开着。这时，他听到从一层传来的下楼梯的声音，楼梯上很快出现了一双光着的脚。然后是穿着红色跑步裤的健壮的双腿和稍宽的臀部。她穿着一件宽松的浅色上衣，双手紧紧抓着楼梯扶手慢慢走了下来。她黑色的卷发很多天没梳理过了。

"你好。"他说。

她眼睛紧盯着楼梯，直到她完全走了下来。

"你是英格丽，对吗？"

她呢喃了一句，他也没听懂。

"是你拉的琴吗？"

她点点头，那双深棕色的眼睛也亮了一点。

"很好听。我知道这个曲子，但是想不起是哪首。"

"我也不知道，也许是萨拉萨蒂。"她站在楼梯旁，紧握着双手说道。

"是我早上打的电话。"他边说边朝她走去，并伸出一只手。当她握住他的手时，他注意到，她少了一个乳房。他移开了目光。

"雅各布死了吗？你是这么说的。"她再次揉搓起自己的双手。她的双手很小，指甲缝里一圈黑色。

"你之前不知道吗？"

她微微摇了摇头，又呢喃了几句。他听不懂，而且感到困惑。

"不好意思。我没想到你不……我们能坐一会儿吗？"

她转过身，走进窗户对着大后花园的客厅。他把一件上衣从躺椅上拿开，坐了下来，他有礼貌地看了一眼茶几上的装满了的烟灰缸和用过的杯子。她在他对面的沙发上重重地坐了下来。徐娘半老，肥胖，衣冠不整，但年龄难以消磨掉她那端庄的脸庞。

"你知道什么？"他问道。

"你指的是什么？"

"我在想，我们或许可以谈一下关于你的丈夫的弟弟雅各布的事情。"

"你说他死了。"她的语气有些心不在焉。

"是的，但我以为你的婆婆告诉过你了。他毕竟是你的小叔。"

"现在婆婆也失去了一切。"她的语气很平淡。

贝尔曼开始怀疑，周日上午跑这么远来到斯蒂文斯市这个想法究竟有什么好处。他慢慢地解释道，雅各布被杀害了。但只说了最重要的部分，然后继续问她是否知道或者听说了什么，有可能解释事件为什么会发生。

"你看到我的袜子了吗？"

"什么？"

"我的袜子，我找不到我的袜子了。"

他不解地看着她光着的双脚，然后想到最好还是不理这个问题，"你跟雅各布和他的妻子夏洛特有联系吗？"

她摇了摇头，"她怎么样了？"

他低头看着自己的鞋，来这儿就是一个错误，"我很抱歉冒昧来打扰了。"说着，他从躺椅上站了起来。

"你想做爱吗？"她突然问道，就好像他刚进来的时候她忘记邀请了他一样。

他震惊地看着她。

"如果你想的话，我们可以先在地上放一张报纸。"她看着那很长时间没有用过吸尘器的地毯，补充道。

"你为什么不给我拉一首曲子呢？"他甚至对自己能够不受任何影响而回避了她的问题感到惊讶。

她走了过来，双手抱住了他的腰。

"现在不要走。"她说。她灰白色的头发散发着一股烟草的味道。他甚至希望那只狗当时能挣脱出来，这样他就永远不会走进这个房子了。

"再多拉一段我进来时你拉的曲子吧。"他说着，轻轻地拍着她的后背，"我很长时间没有听到这么好听的曲子了。"

"没有恶意。"她仰头看着他的脸说。

"我知道，去拿小提琴吧，让我听听。"他边说边小心翼翼地挣脱了她的怀抱。

"没有恶意,你相信吗?"

"当然。"

她的脚步声重重地走上了楼梯。

他一直等到低沉的第一乐章响起后才打开大门。他快速地走着,眼睛直直地盯着花园的栅栏门,随时等着听到狗的叫声,但什么都没有发生。他关上栅栏门,停下了脚步,一直等到她拉完。然后他朝着一层的窗帘摆了摆手,便开车走了。

他刚开过西段和南段高速公路在列灵的交汇处,电话铃声打断了他的思路。英格丽到底是谁,她为什么变成了现在这样。

"贝尔曼。"他说着开上了应急车道。

"刑警队长阿纳·贝尔曼,我是中国使馆的杨波警官。"

他眼前浮现出那个身材矮小而健硕、目光炯炯的男子。杨波是中国警方在哥本哈根的代表。大国王街警察局接手的案件很少跟中国有什么关系,但是贝尔曼与杨波有过泛泛之交,因为中国使馆跟很多外国使馆都在分局的管辖区内。正因为如此,他和巡警队长间或被邀请参加大使馆的国庆节活动。杨波大概五十多岁,明显是一个从最基层一步步走来的男人,"杨波警官,这真是我的荣幸。"

"抱歉打扰了,但据我了解,我们的一位公民是你管辖区内一桩恶性犯罪案件的嫌疑人。"

应该是在塞利列街,但贝尔曼仍然感到很惊讶。他还没有听说，已经确定了曾出现在楼道里的亚洲男性的名字，"抱歉，杨波，但我难以确定你说的是什么事情。"

电话那头沉默了一会儿，"很多报纸今天早上头版就刊登了新闻，我们上午也去了警察总局开会，并证实了此事。"

"哦，是的，相信我，我还没有听说此事，也没有看过今天的报纸。我正在从南西兰岛回市里的路上。我能为你做什么？"

"我们能见个面吗，最好是今天，如果可能的话？"

贝尔曼透过前挡风玻璃看到，一辆警车开上了应急车道，停在了他前面。坐在车里的同事们可能正在记录车牌号。贝尔曼想起了六十年代末他在警校上的第一堂课，那是在一个患有精神病的男子杀害了四名年轻的警察之后。当时，警察们开着两辆相互没有联系的警车，前后间隔十五分钟，先后让男子把偷来的车停在路边。他们先后两次都犯了同样的错误，把车停在了他的前面，因此下车时是背对着他的。当时，其中三个人下车之后遇害，第四个试图从副驾驶座上爬出来时被射死。新警察的脑袋里应该牢牢地刻着这句话，永远不要把车开到嫌疑车辆的前方。要么就是这个课已经没了，要么就是前面的警车里的两个人把这句话抛到了脑后。他下车走到车的散热器附近，一辆过路的货车让他很难听见杨波说话。

"几点钟？"

"你认识西桥街上的中国饭店吗？"

"嗯。"

"四点怎么样？"

"就这么定了。"说着，他看到前面的警车里下来两个年轻的同事。两个人都敞着外套，没戴头盔。

他手里拿着手机站在那里。

"有问题吗？"其中一个问道。

"没有，我只是必须接一个电话。"

"我喜欢遵守交通规则的人。你有驾照吗？"

贝尔曼拿出了他的警察执照。

警员看了一眼照片，点了点头，带着他的同伴走回了警车。

"不客气。"贝尔曼说。

快到哥本哈根的时候，他开进了一个服务区，买了四种报纸。他用了半个小时的时间，边喝咖啡，边读了所有关于塞利列街的文章。其中三份报纸的内容大致相同。比昨天报道多了一些细节和案件进展，但没有什么重要信息，也没有曝光新的东西。延斯·尼古拉森显然成功保留了消息。只有日报与众不同。它的头版新闻写道，一名记者被杀，他近期曾在中国当过特派记者，现在正在写一本关于中国的书。这些本身就足以引发各种猜测了。这也是唯一一份发现了警方正在搜捕一名与谋杀案相关的中国人的报纸。

然后，他给特里娜·贝克打了电话。她正在上班。

他问，案件进展如何。

"稍等。"她说。贝尔曼能听出来她离开了一间办公室。过了一会儿,她问他在想什么,此时电话里的回声比之前变大了。他想,特里娜走到外面的圆形大厅里了。

"我读了报纸。涉案的有一名中国人?"

"是的。"

"但没有逮捕他?"

"没有。"

他想起了特里娜说的话,如果一个人要同时服侍两个主人,那么就不得不对其中一个撒谎。

"为什么没有?"

"几乎就在我们找到雅各布和夏洛特的时候,他星期五晚上坐飞机回了北京。"

"就是他吗?"

"看起来是这样。"

"他去过公寓?"

"是的,阿纳,他去过那里,而且还可以告诉你的是,他星期三也去过,但不要告诉别人。我们这边现在烦到了极点,有一家报纸发现了这件事。晨会上我们就像一群小学生一样,被要求回答究竟是否跟媒体说过什么。你问这个干什么?"

"这毕竟是发生在我的管辖区内的犯罪案件。"

"好吧,但你现在知道了。我现在最好要……"

"你去忙之前,告诉我,是否有什么线索可以解释有必要把两个人都杀掉。"

特里娜叹了口气，"我不知道，但有一种猜测是，为了阻止雅各布泄露在中国发生的某件事情而把他除掉了。她因为正好在家所以被连累了。"

"你觉得呢？"

"你自己也去过现场，看到了这两个人。"特里娜态度模糊地回答道。

"三角恋爱关系？"

"谁知道呢，但如果她是该被杀死的那个，为什么不能像对雅各布那样有效地做掉呢？这是一个骇人听闻的案子，阿纳。"

"你为什么这么说？"

"我不知道……"

"特里娜，快说……"

"不要告诉别人，也不是我告诉你的。"

"好的。"贝尔曼说。

"雅各布的舌头被割掉了。这意味着什么或者有利于什么，我们现在还不清楚，但你可以想象，谣言已经四起了。"

十九

北京，朝阳公园外，下午

萍立刻接起了电话。当王江说了自己的名字时，她叹了口气。

她还以为是迪迪。

"你还没有联系上她？"

"没有。"萍答道。

他讲了他去警察局的经过，关于从河北来的夫妻，缺了一颗门牙的骑车的年轻人。

"警察有迪迪的消息吗？他们找到孩子了吗？"

"还没找到孩子。这也是我打电话的原因。你有迪迪在天津的地址吗？"

"为什么你想要过去一趟？"

"我现在也没有别的办法了。"他说。

"坐火车要两个小时，我不知道下一趟车是几点钟。"

"我有摩托车。"

"但是你打算说什么呢？她丈夫可能不会让你跟迪迪说话，或许他们根本就不在那儿。"

"到时候再说。"王江说着朝下看着警察局。里面走出来了一个警官，但离得太远了，他看不清那是不是孙警员。

萍没答话。

"我时间已经不多了。你能不能告诉我地址？"

"我不相信迪迪的丈夫，但我有一个主意。"萍说。

他听着。为什么不呢？然后他看了看自己的手表。已经快两点了。突然他感到一阵疲惫。萍的建议多给了他留了一些时间。他启动了摩托车，回到了自己的公寓，把车停在楼后面。家里还是没有人。每年的这个时候，他妈妈总是在北方的哈尔滨跟她哥哥一家人在一起。除非妈妈从其他人那里知道他回来了，否则她最早也会在一两周以后再回来。他重重地坐进沙发里。就半个小时，他想着想着，很快就进入了梦乡。那是很多年前的十月一日。他跟爸爸妈妈一起到天安门看国庆节的庆祝活动。他太专注于看穿着五颜六色的中国各地民族服饰的小朋友们的盛大游行活动，以至于他从父母身边走开了。突然他看到周围全是陌生人，便大哭起来。一个戴帽子的男人抓住他的肩膀，告诉他应该喊他的爸爸妈妈。他喊啊，喊啊，就在他向四周看的时候，一阵急促的铃声把他拽回了现实中来。

"我已经等了你半个多小时了，你到哪去了？"

"对不起，我……我十五分钟后到。"王江说着从沙发上跳了起来。他草草洗了把脸，抓起外套跑出了门。

摩托车顺利启动，他沿着小区后面的长长的隧道快速骑着，就在马上要转向左边时，三辆警车闪着警灯快速地从对面方向开过来。它们从他旁边呼啸而过，停在了小区的大门外。

王江向相反一个方向转过去，熄了火。萍就站在他们约好的地方，三环上的一个很大的地铁站——亮马桥。她坐在后座上，小心地用手搂着他的腰。王江沿着三环继续骑了一段，然后向北上了京顺路。下午刺眼的太阳斜照在他们的后背上。从他们长长的影子里王江能看到萍长长的头发在风中飞扬，这让他想起了迪迪。尽管是周日，交通还是比较拥堵。成千上万的人利用休息日出去郊游，去参观博物馆，或者只是去逛街买东西。他在飞机上读了《中国日报》，市里今天有国际马拉松比赛。两万三千名参赛者要从天安门跑到奥林匹克公园。

一个城市拥有一千五百万到二千万人口意味着道路上总是拥堵的。很多生活条件比较好的中国人都住在北京以北二十公里处的顺义。直到几年前，它还只是周边的一个村落，那里住着无数菜家和果农，他们的生计主要靠不分昼夜地向首都提供蔬菜和水果。开阔的土地、新鲜的空气，离大城市不远，又靠近北部群山的地理位置，使得顺义在过去的十年里成为了一个真正的城郊地区。投机者和银行家买下了大片土地，建起了成千座昂贵的别墅和住宅小区，名字都非常时尚，如国王花园、北京里维埃拉和名都园。所有的小区周围都有高墙环绕，大门口有自己的警卫。购物中心、学校、诊所、餐厅、运动场、文化活动中心、高尔夫俱乐部和新修的公路很快接踵而至，使得顺义也吸引了在北京工作的外国人。

王江的车在两条车道上的车辆之间不断变道超车。开了半小时之后，萍拍着他的肩膀，示意他该左转弯了。他沿着一条中间有隔离带的路又走了几公里，直到萍在他耳边喊道，"那里！"

当门卫举手向他示意时，他停了下来。栏杆另一边的路通向一栋很大的联排别墅和一个四周插着旗杆的圆形花坛。王江注意到了其中一个指路牌。

"你们要去哪儿？"穿着灰色制服的矮胖的保安好奇地看着摩托车。他的帽子太小了，高高地戴在头顶上。

"去售楼处。"王江说着朝指路牌点点头。

保安走到他们背后，在一个本子上记录下了车牌号，抬起了栏杆。

过了一小会儿，王江在一栋别墅前面停下了车，这是用漆成白色的木头和棕色墙砖建造的两层别墅，看起来很像他在美国电影里看到的房子，带百叶窗的大窗户、内部的车库、朝西的屋顶阳台，有顶棚的入口建筑很大，一座用异国木材制成的沉重的大门十分显眼。

"你确定是这里吗？"他问道。他们至少已经路过了十栋类似的房子，王江估计小区里至少有五十栋一模一样的房子，所有的房子都有修整好的草坪。

萍点了点头。

王江放下摩托车的支撑架，"我们看看有没有人在家。"

大门的门牌上写着,这个房子属于冯氏国际进出口有限公司。

一个戴眼镜的瘦削的年轻女子开了门，疑惑地看着他们。

萍先开口了，"我是这家的亲戚，冯先生在家吗？"

女人带着一丝不确定问道："你们有预约吗？冯经理他……在忙。"

"我想他不会介意我们等一会儿的。"萍上前一步，女孩没有办法只能让他们进屋。她带他们穿过大厅，走进左边的一间小办公室。显然她正在吃饭。桌上放着装有米饭和肉的塑料盒,旁边放着她的筷子和一份杂志,此外没有任何迹象表明她正在工作。女孩绕到办公桌后面,拿起了电话。萍坐在了屋子里唯一的另一把椅子上。

家具不像房子那么贵重,王江这样想道。他能听到电话响了很多声,直到一个带着愠怒的声音接起了电话。女孩试着说明情况,但她忘了问他们的姓名。

"我是天津的冯城的小姨子。"萍说,"告诉冯经理,我有重要的事情要跟他说。不会花很长时间的。"

女孩在电话里转述了一下,她没有坐下。她有点紧张,扶了一下眼镜。短暂的停顿后,听筒里传来了一阵咒骂声。女孩点点头,放下听筒,让他们跟她走。他们再次穿过大厅,走向了对面的一扇门。王江朝着楼梯上瞥了一眼。他听到楼上有说话声。女孩小心地敲了敲门,再次扶了下眼镜。

"请进。"门的另一侧传来声音。

冯经理坐在一个超大的写字台后面,手里拿着几张纸。他把纸放在空无一物的办公桌上,艰难地从椅子上站起来向他们走过来。冯个子不高,但至少有一百公斤重。王江注意到他圆润的脸上有一道红印子,一副睡眼惺忪的样子。

"真意外,小姐……"

"我姓马,"萍说,"马萍,这是我的朋友王江。你肯定记得,不久之前,我妹妹迪迪和她的丈夫、你的表弟城来访的时候,我们还一起去过朝阳公园,而且……"

"哦,对。欢迎,请坐。"冯迟疑地说着,用他短粗的手指指向办公桌前的两张椅子。他走回另一侧,重重地坐在高背椅里。

"嗯,真是……意外。"冯挥手赶走了围绕着他的脸飞的一只苍蝇,"您来此有何贵干呢?"

"我已经一个多礼拜没有联系上我妹妹了,我打电话她也不接。她在这里吗?"

"不,不,她绝对不在这儿。她跟她丈夫在……当天晚上就回天津了。"

"孩子丢了的那天,"萍替他补充道,"为什么她不接电话?"

"我不知道。"冯说着,揉了揉他的肚子。他从抽屉里拿出一个药盒。药盒分成了不同的格子。冯想找点能喝的东西,这时那个瘦削的女孩揣着一个放着三杯茶的托盘走了进来。

冯正要打开药盒时,那只苍蝇又绕着他的脸飞了起来。他和女孩都试图抓住它,但都没成功。冯变得很不耐烦,让女孩出去了。

"我不相信你。"萍说。

"什么?"冯停下了他想把今天的药倒出来的动作。

萍把手猛得拍在桌子上,把经理吓了一跳。

"你们事先知道上周日在公园里会发生什么。男孩的失踪并不是偶然。"萍抬起手,展示她刚拍死的苍蝇。

冯摸了摸肚子,"你怎么能这么说呢?这太荒唐了,而且也很不尊重人。"

"是吗?那为什么你们家没有任何一个人帮我们找孩子? 就在我跟迪迪离开的时间里,一个陌生人是怎么当着你们一大家人的面把孩子带走的?"

冯用不安的眼神看着王江。

"我想知道迪迪在哪里。如果你不帮我,我就告诉警察,说男孩被拐走是你们安排好的。"

"冷静一点,这真是太离奇的指控。"冯终于打开了药盒,用他肥胖的手指从里面拿出了一粒药。

"我还会说你们囚禁了我妹妹。"

"没有,现在……"冯把药盒里的所有药倒在手里,就着茶一起喝了下去。

"那就告诉我真相!"萍说话声音很大,王江忍不住看着门的方向。那个女孩在听着吗?

冯摸了摸自己的脑门,看起来好像是不知道应该站起来把他们赶出去,还是坐着不动。他伸手想拿起桌上的电话,但半道又把手收了回去。

萍站起来,绕过写字台的同时抓起电话,"给你表弟城打电话,把我的话带给他。"她拿起听筒递给冯,但他想用他的短腿把办公椅推到后面去。

"现在!"萍抓起他的手,把听筒塞进他手里。

王江觉得情况有点失控，他站起来，绕过去想把萍拽回来。接下来发生的事情让他始料未及。两个男人冲进了房间里。其中一个毫无警示地在他脸上重重地打了一拳，他朝着墙倒了下去。为了不倒下去，他本能地拽掉了一个窗帘。另外一个人抓住萍，把她拉出了房间。他用余光看到那个瘦削的戴眼镜的女孩双手捂住脸颊，目光惊恐地站在门口。

二十

哥本哈根，西桥，傍晚时分

杨波警官在饭店的包间里四下看了看。从地板到屋顶的浅棕色的木质墙饰，简洁的顶灯和素雅的武夷山九曲溪雕画，都给他一种家的感觉，这也是为什么他把这个位于哥本哈根心脏地带的中国饭店当成使馆最常用的地方，因为在商务宴请时可以不受打扰地进行交谈。房间中央的圆桌已经为两个人布置好。他要求两个盘子的边上都摆上刀叉。没有必要麻烦贝尔曼非要使用筷子。桌子中央的花瓶里插着的兰花，味道不是很浓郁。一切都已准备就绪。杨波穿过餐厅，走到外面的台阶上点燃了一支烟。

通常来讲，他不能经常去哥本哈根警察总局。从外面看，整个建筑就像一个巨大的灰色方块，设计师全部的梦想和夙愿都展示在了内部。神奇而壮观的圆形庭院的四周是纤细的双层廊柱，仰望天空，无论天气如何，景色从未让人失望。从院子经过一个像陵墓一样的入口，就进入了小一点的正方形的纪念陵园，这里的八根柱子更加精美。无论他要去警察总局的哪个地方，不管会不会绕远，他总是会穿过纪念陵园。在这里站一会儿，看看杀蛇人。那是一尊高大的雕像，一个赤裸的男人脚踩一条巨大的蛇，手中的一根沉重的木棒举过头顶。房顶的四方形开口处照进来的变幻的光线在他脸上映照出奇妙的光影，仿佛赋予了雕塑以生命。在纪念庭院最远端的两个角落各有一个长长的陡峭的台阶，通向警察总局迷宫一样的走廊和圆形大厅。

正如所料，上午在谋杀科的会议结果令人失望。使馆领事部的孟主任和助理刘磊陪同他一起参加了会议。福尔默·克努森警长友好地接待了他们。他同此次调查的负责人、刑警队长延斯·尼古拉森一起耐心地听取了大使馆关于进行合作的保证和想要得到更多信息的需求。回答是客气而委婉的，甚至当杨波要求提供有嫌疑的中国公民的名字和他被卷入案件的原因时也是如此。哥本哈根警方无法对媒体写的内容负责，到目前为止还没有指向某个确定嫌疑人的确凿证据。无论他怎么试着旁敲侧击，回答都是一样。这不是他第一次经历这种情况了。当需要用廉价的劳动力生产商品时，中国会感受到西方国家的热情；西方的消费品很乐于卖给巨大的中国市场；西方人喜欢去游览中国长城、故宫，坐着豪华的游轮沿着长江逆流而上，晚上享受足疗或欣赏穿着异国服装的舞蹈。除此之外，西方的风比冬天西伯利亚高原的北风还要冰冷。会议以假笑、拍肩和保持联系的虚假承诺告终。

没有成果的会议给了他很大压力。他在北京的上级从丹麦媒体，而不是从他们自己在哥本哈根的警务参赞这里得到消息，这是让人无法接受的。刑事警长阿纳·贝尔曼在很多方面看来都是一个最佳的突破口。他们之前就互相认识，这场谋杀发生在他的辖区，同样重要的是，杨波知道，贝尔曼自己几年前被丹麦警方外派到国外过。他明白问题所在。

他决定要单独见贝尔曼。当然，年轻的刘磊可能会很失望，但他什么都没说。总会有轮到他的时候的。刘磊是新一代的警察，出身良好家庭，来自大城市，以优异的成绩从最好的大学毕业。相反，他不会明白，一个人在远离首都的偏远农村，每天都在为了生活在田地里无休止地流汗干活，要付出何等的努力才能从这里闯出去。年轻的刘磊不会明白，每日一班的公交车是自由的象征，是摆脱贫穷和脚踏水车的唯一可能，是来到有着无数敞开的大门的大城市，也许走向广阔世界的机会。汽车上只有二十个座位，但每次都有两百个人在等车，很快人们就学会使用胳膊肘和膝盖。从某种程度来说，刘磊和他的同辈人同西方的主流思维更加一致，他们明显觉得过去十年的和平和繁荣一直都是如此，而且不会消失。当需要的时候，只用一代人的时间就会把这些忘记，杨波这样想着，看到一个熟悉的身影沿着西桥街走了过来。他熄灭了烟，看了一眼手表，贝尔曼很准时。

他们握了下手，跟上午在警察总局的握手不同的是，他感觉到了一种温暖的回握。贝尔曼比他高也比他瘦,但他很高兴地看到他们的头发都灰白了,都有了眼袋和抬头纹。

菜上得很快:鸡汤、宫保虾仁、香菇里脊、香葱菠萝鸡、蒜蓉西兰花、清炒莴苣、扬州炒饭,还有切得很精美的苹果、甜瓜和草莓,最后是一篮小面包。当服务员表示菜已经上齐,杨波让她拿一瓶茅台过来。小小的酒杯里倒满了中国最有名的白酒。这种清澈的酒来自杨波的故乡,贵州。这个西南省份的气候和土壤很适宜种植用以酿造茅台的高粱。

他举起酒杯,"干杯!"

"敬什么呢?"贝尔曼带着笑意问道。

"除了警察们的最爱:女人、美食和友谊,还有什么?"

"有一瞬间我有点害怕你是敬我们良好的合作和案件的侦破。"

"那些一会儿再说,我们这才刚刚开始。"他笑着,暗暗希望他对贝尔曼的判断没有出错。

他们把杯中酒喝光了之后,他又往杯子里倒满了酒,讲了他上午在谋杀科的会议。贝尔曼一边吃着一边听。

杨波向贝尔曼递过了烟盒。贝尔曼谢绝了,这让他有点心里没底。他对贝尔曼的了解有多少呢?他没有穿着日常的西装、打着领带,衬衫的领口敞着,看起来很放松。杨波自己也不是很严肃。几十年在体系里一步一步地打拼到现在并不是一件轻松的事情。他很清楚自己的位置在哪里,这比他的职衔的用处要大。像对待敌人一样细心地经营友情，给了他关于自己和他人的长处和弱点的难得而重要的经验。杨波非常清楚他能从什么地方得到支持，在什么地方遭到反对。他很擅长后者，对自己也是如此，但贝尔曼拒绝他的烟的举动让他忽然之间感到自己很脆弱。不论有没有禁烟令，所有的人都有弱点，而在朋友之间展示自己的弱点是一种力量。

"阿纳·贝尔曼，你在警察总局的同事把我蒙在鼓里。这是一句中国的老话，说的是被拒之门外的意思。我的四周震耳欲聋，但却没人告诉我事实的真相。"

"你不是一个人，我也一样。你知道吧，我已经不负责这个案子了。"

"如果我对此有任何疑问，上午的会也明显地解释了这一点。因此第一杯酒是敬友谊的。我们必须分清事情的轻重缓急。现在你可以选择为何敬酒了。"

贝尔曼看了看天花板，"为了诚实。"他说道。

"我们的妈妈如果能看到我们现在的样子，一定会为我们感到骄傲的。"

"我表示非常怀疑。"贝尔曼答道。

他们都大笑了起来，把后背靠到了椅子上。杨波感觉到胸中洋溢着暖意。

"很好。"他说着放下了杯子，"我希望报纸上写的都不是真的，但如果是真的话，那我们就需要互相帮助了。你同意吗？"

贝尔曼缓慢地点了点头。

他开玩笑地说:"你猜,我知不知道你们谋杀科的同事在找的那个人的名字,尽管他不愿意告诉我?"

"知道。"贝尔曼说。

"是的,当然!"

"住在哥本哈根的中国人也没有那么多。"贝尔曼说。

"是的,只有几千人,当警察开始询问、搜查一个房间之时,谣言就会四起。"

"那么他究竟是谁?"

"王江,二十四岁,来自北京。王江是他的名字,就像波是我的名字一样。"

"当然,波。"贝尔曼答道,"王江是可能的杀人犯吗?"

杨波摊开双手,"你可以自己判断。他二〇〇四年来到丹麦,为的是完成他的医学专业。他没有违法记录。王江出身良好的家庭。父亲几年前去世了。母亲还活着,而且很有经济头脑。她通过在恰当的时间在北京买房子赚了很多钱。"

"嗯。"贝尔曼说:"你们找到他了?"

"没有,但是我们知道他昨天中午从哥本哈根飞抵了北京。很遗憾,目前我们掌握的情况并不多。我们正在搜寻他。我认为我们不久就能找到他。"

贝尔曼举起酒杯,"肯定的。干杯!"

"道路艰难。"贝尔曼接着说,因为烈酒而露出一副扭曲的表情。

"这是中国的另一句谚语,叫愚公移山,讲的是一个住在大山里的人为了修通去往山谷的道路,靠自己的力量搬动了整座山的故事。我就出生在大山里。"杨波说。

"中国人怎么杀人?"贝尔曼问道。

这不是杨波所期待的,"先告诉我你们掌握了他的哪些信息。"

贝尔曼把盘子推到了一旁,讲了他所看到的和后来听说的在塞利列街的公寓发生的事情。他迟疑了一下,但最后还是说,雅各布的舌头被割掉了,"这个信息目前是保密的,但你应该已经感觉到了,处处都有着中国的影子。"

情况比杨波想象中还要严重。他可以理解丹麦人的怀疑,但是不明白他们为什么拒绝帮助。

"如果你们逮捕他的话会怎么样呢?"贝尔曼问道。

"只要我们没有从丹麦警方得到官方的文件,那么我们就没有理由拘留他。根据你刚才告诉我的这些,我们会问他关于他跟公寓里的两个人的关系以及他在周三的行踪。"

"如果我们提出要求的话,你们能否把他引渡到丹麦来?"

"你跟我一样清楚这个问题的答案。如果你认为就是王江,那么我们会要求你们提供证据,这样我们的检察机关就会评估是否要以谋杀罪对他进行起诉。如果证据充足,定会如此,我保证。"

"这就是为什么这像是在走上坡路一样。你们的杀人罪可以判死刑。"贝尔曼说道。

"这有什么问题吗？据我所知，你们可以跟美国人合作。他们也有死刑，而我们也可以像他们一样，在一些情况下保证不会使用死刑。"

贝尔曼笑得很勉强。

"这还不够吗？"

"不如我们这样说，我们还不是那么了解你们。你知道，在这个时代公众舆论的影响是什么。"

"难道让杀人犯为自己的行为负责不是一种人权吗？"

贝尔曼没有答话。

"利用一些机会，通过美妙的报告，教训我们尊重在他们本国也只不过存在了三十年的人权。"

"这就是政治。"贝尔曼说道。

"哈，我还以为只有在中国讲政治。"

贝尔曼稍等了片刻，"抱歉我要说脏话了，不过说实话，去他妈的政治。"他说着举起了酒杯。

"随意。"杨波毫无兴致地喝了杯中酒。他没有时间应付那些愤世嫉俗的人，他们活在自己创造的理想世界里，当现实过于严酷就闭上自己的眼睛。

贝尔曼仿佛读懂了他的想法，说道，他还是想抽一根烟。他们默默地抽了一会儿。

"这酒有多少度？"贝尔曼伸手去拿茅台酒瓶问道。

"有六十度。"

他翘起眉毛停了下来。

"继续喝吧,还有一句中国俗语说,只有喝醉后才能看到朋友的真实面目。"杨波说。

他们喝光了酒,贝尔曼又在杯中满上,"重要的是要知道王江说了什么。"

"嗯,是很重要。"

"你们会告诉我们吗?"

"你们会要求我们告诉你们吗?"

贝尔曼叹了口气,"也许,但出牌必须要谨慎。即使走错一小步,就会有一长队的人等着看大臣的脑袋滚到地上。"

"就像用套索抓金鱼一样?"

他点点头,"民主的条件。"

"去他妈的民主。"杨说道。

"这也是中国的俗语?"

"不,是你们自己套上的。"杨波笑了,"柏拉图曾说过,民主是最糟糕的制度中最好的一个。"

"跟列宁和他的同志们一样水平的理论家。"贝尔曼说着指了指他的空杯子。

杨波可以看到他脸上的热度。茅台开始奏效了,他这样想着,伸手去拿酒瓶,"你知道吗……好了,现在我们又满上了。不过你知道为什么每个中国的孩子都知道丹麦吗?"

"不,但你正要告诉我。"贝尔曼盯着杨波递给他的酒杯说道。

"安徒生童话。小美人鱼、卖火柴的小女孩和皇帝的新衣。"

"丹麦人喜欢听外国人的赞美,但我还是要说去他妈的安徒生。你会告诉我王江说了什么吗?"

"你是我的朋友,贝尔曼。为友谊干杯。"

"这可不行。我们已经敬过这个了。"

"那我们应该敬什么?"

"今天吃的这顿饭,真……"

"你不喜欢?"

"……真他妈的好吃。"贝尔曼说完他的话,小心翼翼地举起酒杯放到嘴边。

二十一

天津,下午

孩子已经失踪一周了,迪迪躺在被子里不动。她感觉到城起床了,然后听到他在厨房里的动静。他们已经不在一起吃饭了。城开始从外面带着热的饭菜回家,这样他就不用让她做饭了。其他他们需要的东西,他会周末带回来。今天上午当她听到关门的响声时,她就知道她暂时不会看见他了。接下来整个星期天他都会跟朋友打麻将。

稍晚一点她醒了，与绝望抗争了很久，最后只能以在床垫上又踢又打告终。然后她静静地躺着，思绪再次飞到了窗边。只要纵身一跳，一切马上就都结束了。她盯着天花板上的灯，但泪水划过脸颊流进耳朵带来的瘙痒让她分了神。万一她一不小心砸到过路人怎么办？她从床上跳起来，走到窗户边上，打开窗户，身子探出窗外。高楼下面的人行道上，不时有人经过。迪迪看到一个妈妈手里牵着孩子。她的步幅很小，好让孩子能够跟上。迪迪用力地用手拍着窗框。为什么就不能是我呢？谁说我找不到他了？她凝视着天空，思绪又回到了上周日的朝阳公园。有两个女孩看到一个女人用折叠推车推着孩子走向出口。然后一位保安看到一个三轮车离开了，车上坐着一个女人和一个男人，后座上可能还有一个小孩。她不指望警察，但她不是在报纸上看到过被拐走孩子的家长们聚在一起找孩子？她如果能找到这么一个组织，那她就不是一个人了。但是怎么才能从城的身边逃走呢？他就像一只老鹰一样看着他的钥匙和手机。即使是他去洗澡的时候，他也会在浴室里脱衣服。她没办法靠自己的力量从他手里抢过钥匙，而所有试图偷偷拿走钥匙的企图都破灭了。她在地板上跺着脚，正要关上窗户时，突然注意到附近的一个锅炉房的烟囱里冒出的厚厚的灰黑色的烟。她有了一个主意。她看了看手表。城一两个小时内应该不会回来。还有时间，但是她不能再迟疑了。

她飞快地洗漱，穿上衣服，开始往包里装最必要的东西：身份证件、有限的几张孩子的照片和一些换洗的衣服。她把柜子和抽屉翻了个底朝天,在城留下的外套和脏衣服里找到了四百多块钱。差不多够了。她把包挨着门口放好。她有点疲惫,走进卧室打开窗户,这时她感觉到胃里空荡荡的。街上还是有不少人。想要让他们朝上看应该不难。她的计划是,在床上放火,然后等烟足够浓密的时候开始朝窗外喊叫。但愿她能掌控得好。在消防队赶来破门而入之前,她能坚持多长时间而不会中毒或者被烧死在屋里呢?床到窗户距离很远。如果她把两条被子挂在窗户上,烟和火很快就会冒出窗外。过一会儿,她准备就绪了,但哪里有打火机?她找钱的时候是不是在某个抽屉里看到过?五分钟之后她不安地看着手表。不能因为她找不到火,就让计划无法实现了。燃气灶!她跑到厨房,打着了点火器。传来了嘶嘶的燃气声,然后蓝黄色的火焰跳了出来。这时,门开了。

城漠不关心地看了她一眼,走进了客厅。他手里拿着一个塑料袋。她听到他坐进了沙发里,打开了电视。迪迪站着没动,双手捂着嘴。然后她走进卧室,把被子放回了床上。太阳已经落山了,锅炉房冒出的烟现在完全变成了白色。明天一定会成功的。明天是满月。这是一个好的征兆,只要城一走她就会行动。

当她回到客厅时,他正在吃米饭和肉。电视里正在转播一场篮球比赛。他的外套就放在餐桌上。如果钥匙在兜里的话,当她把外套挂在门厅时就能感觉得到。当她朝桌子走去时,他好像看懂了她的心思。他抬起头,指了指塑料袋。她坐在扶手椅上,把塑料袋拿了过来。足够他们两个人吃的。

这时，他的手机响了。城看着屏幕，站起来朝着餐桌走过来，嘟囔了一句"喂"，显然是他在顺义的表哥。

迪迪转换着电视频道，开始吃还温热着的蔬菜。她的注意力一直集中在一个关于中国宇宙飞船的报道，飞船在太空航行了四天之后将于今晚返回地面，这时城压低了嗓音。她瞥了他一眼，继续慢慢地吃饭。外套还在桌子上。从城问的问题里能听出来，发生了意料之外的事情。他想知道什么时间发生的，然后听着那一头的回答。

"她想干什么？"他问道，忍不住抬眼看着她。迪迪忘记了他放在桌上的外套，转而试着听明白他们在说什么的事情。

"你说什么了吗？"城在听着的同时转过身去，"所以她不是单独一个人，谁，呃，他是谁？"

迪迪感觉像有一股微弱的电流流遍全身。他说的是不是萍？萍知道城的表哥住在哪里，她肯定觉得很奇怪为什么一直没有妹妹的消息。

表哥很明显有很多话要说，除了偶尔的嘟囔和"嗯"之外，城大部分时间在听着。

"如果他们，呃，把他们带上，那问题就解决了。什么？不，不，你做得对。不会有更多人来了……，那个，我回头再打给你。"城挂断了电话，把手机放进兜里。

"你们在说什么？"

"跟你没关系。"

这么多天以来，他们之间冰冷的愤怒就像是一场没有宣告的战争，一瞬间在血色中爆发，她从椅子上跳起来，握紧拳头冲到他面前，"你胡说，是我的姐姐，她在找我！"

他把她推到一旁，走向餐桌。她看出来，他打算拿着外套出门。这可不行。她看向四周，旁边有一个落地花瓶，里面插着人造的竹子，她抓起花瓶，砸到了他的脑后。城发出了一声哀嚎，跪倒在地，后背上满是竹子。他呻吟着倒在地上，手扶着脑后。就在此刻，她从他的外套里掏出了钥匙。

"对不起，我去拿点水。"她冷静地走到门厅，拿上包，关上门，从楼道往下跑。她没有时间等电梯了。

迪迪下了两层楼之后，听到城在喊她的名字。她用最快的速度沿着光秃秃的水泥台阶往楼下跑去。又是一声喊叫，然后是楼道门撞到墙上的声音。迪迪差点被每层都有的垃圾桶绊倒，而当她听到城蹬蹬的脚步声时她开始啜泣。如果他现在抓住她，一切就完了。十二层的灯泡坏了，她不得不放慢脚步。城就在她身后不远处。她摸索着前进，中途又勉强躲开了一个垃圾桶。她把它拖到楼梯平台中央，然后继续在黑暗中下楼。十一层和十层之间灯又亮了。就在这时，从楼上传来了撞击声，紧接着是一声咆哮。她提心吊胆，一边听着楼上传来的人从楼梯上栽下来的撞击声一边继续下楼。

单元门口的保安很意外看到她独自一人，显然他也认为城应该出现。

"他还在下楼。"她说着朝他笑了笑。直到她过了马路,她才敢回头看。保安还站在原地看着她的方向,然后他拿起了电话。

迪迪没有往街角处跑。城还能接电话吗?也许他很快就能站起来,现在正在往门口跑。越往街角跑,她的双腿也越来越软。终于,她开始沿着宽阔的人行道跑了起来,同时紧盯着每一块碎了的地砖,防止自己摔倒。今天是星期天,街上人很多,没有人注意到她。逃跑发生得很突然,她还没有想好在重获自由之后要做什么。她转向了右边的一条小街,开始大口喘气。北京,她想道,我要回去找萍,然后再想我要做什么。她转过身,没有看见任何人,她放慢了速度。这时来了一辆出租车。

"火车站。"她还没有坐到后座上就说。司机起步之后,她再次回头看去。还是没有城的踪影。

小小的售票窗口前面排的队长得让人绝望。列车信息板上显示,下一趟到北京的火车十四分钟之后出发。长队在缓慢地往前走。她前面站着一个比她年纪稍大一点的女人。她手里牵着一个小女孩。她们说着韩语,衣着讲究。她们是从北京来天津玩的,迪迪想道。等到终于轮到前面的女人时,距离开车只剩下几分钟了。她用缓慢但能够让人听明白的中文说,要买两张去北京的票,但窗口里的女人假装没有听懂。

"别这么难缠。你明明听懂了。三张去北京的票,两个大人一个小孩,立刻就要,不然我们就赶不上火车了。"迪迪突然插话进来。售票员惊讶地看着迪迪,把票甩在托盘上。迪迪放下钱,拿起了票。

"来吧，我们得快点儿。你可以上车再给我钱。"她对满面疑惑的的韩国女人说道。

她们找到了座位，小女孩靠着窗户，坐在妈妈对面。迪迪小心地坐在旁边，等车开动之后开始放松下来。车厢里几乎坐满了老老少少的乘客，从他们的高声说话来判断，他们多数来自北京。

孩子的妈妈拿出钱包，递给迪迪一张二十元和一张十元的纸币，"谢谢。"她露出韩国女人特有的那种谦逊的笑容。

迪迪拿过钱，点了点头，这时她注意到，自己的手跟递给她钱的那只白嫩的手比起来是那么粗糙。我不是个淑女，只是个抛弃了自己的丈夫、孩子和家庭的道德败坏的女人，她闭上眼这样想着。城从台阶上摔下来的时候伤的严重吗？他很可能头摔破了，或是颈椎骨折了。如果他告诉警察她用花瓶砸他的头，警察会说什么？她的双手紧握，想着自己可能要进监狱，她看着窗外，火车正在缓慢地经过天津的西部。天黑了，她看了看手表。路上要半小时。火车大概八点左右能到北京。无论如何，她都不能直接去萍的家。那一定是他们找的第一个地方。她还是没有电话，所以没办法给萍打电话提醒她。她闭上眼睛，试图把这些复杂的思绪赶走。

火车开始慢慢地提速，直到铁轨连接处传来规律的响声，她开始打瞌睡。她听到旁边的女孩在跟她妈妈聊天，后来她又感觉到她们在吃零食。迪迪在火车刹车的尖声中醒了过来，窗外正好经过龙潭公园的游乐场。旁边的女孩兴奋地指着装饰着五彩斑斓灯光的过山车和旋转木马,她妈妈朝迪迪微微一笑。他们五分钟之后就会到达北京火车站了。迪迪感觉到肚子咕噜噜地叫。她站了起来,向女人点了点头。车厢尽头处列车员室旁边有一个饮水机。她拿了一个杯子装了点热水。她感觉稍微好了一点。当火车慢慢地接近车站时,乘客们开始站到过道上。迪迪回到车厢里,坐在了第一个空座上。站台近在眼前,只有很少的人在等着接人。眼前出现了一个警察,她很快转开了视线。火车咔哒一声停了下来,人们开始下车。迪迪看向两边的窗户,没想好要不要随着大波的人流一起走。就在女孩和她妈妈经过之后,她站起来跟了上去。她们来到了站台中间。迪迪紧挨着韩国女人身边,别人会以为她们是一起的。女孩好奇地看着她,迪迪问她,她喜不喜欢坐火车。女孩羞涩地看了看她妈妈,妈妈鼓励地点了点头。是的,很好玩,女孩这样回答道,但迪迪没有听到她的话。在出站的台阶旁边,她看到了两个熟悉的面孔正在乘客中找人。其中一个是城在顺义的表哥,另一个是他的同伴。他们俩上周日都去了朝阳公园,就是她的儿子失踪的那天。看来,城伤得不重,他还能往北京打电话。这时,两人看到了她,开始往这边走。迪迪停下脚步看向四周。那个韩国女人感觉到发生了什么事情。她把女儿牵在手里,一边回头看一边犹豫地往前走。迪迪只有一个选择,她必须回到火车上。也许她可以从另一边下车。就在她要踏进最近的车厢时,一个中年的女列车员拦住了她。

"这儿是终点站，火车很快就要回库了。"

"我忘了东西。"迪迪说着从她身边挤了过去。她穿过空荡的车厢往前跑，想要远离那两个男人。她试图打开朝着铁轨另一侧站台的门，但打不开。她身后那个女列车员还在喊着，火车已经到达终点了，所有人都要下车。那两个人肯定也上车了。她继续跑着，就在马上要进入下一个车厢时，她听到了自己的名字。

"迪迪，停下来！"

两人朝她走过来，并肯定她跑不了了。迪迪慢慢地后退。再走几步她就能到达另外一个门口。这时，门自动关上了。她听到女列车员在外面喊着几句她没听懂的话。迪迪转过身，再次朝下一个车厢跑去。也许她能联系上站台上的警察。火车缓慢地开动了。到了下一个门口她试着开门，但门还是锁着的。她看到了警察的身影，但他没有看这个方向。她听到身后的脚步声和笑声正在逼近，这时她看到了一个办法。她小心翼翼地拔出保险销，做好准备。就在两人露面的一瞬间，她用力压下灭火器的把手。一股浓浓的黄色粉末雾直喷在他们脸上，他们发出了高声的哀嚎。两人都捂着脸，咳嗽着退回到了车厢里。迪迪扔下了灭火器，拉动了紧急停车阀。火车猛地停了下来，她被甩到了墙上，但之后她很容易打开了门。警察用好奇的眼神看着她，她目不斜视地走向了楼梯和出站口。她超过边骂边要跟上她的列车员。迪迪看都不看她一眼。等她到达出发大厅时，那对韩国来的母女正在等她。

"出什么事了吗？"她担心地问道。

"已经没事了。"迪迪说着准备离开。

"我丈夫开车在外面等着。我们很愿意载你一程。"

那是一辆纯黑色的挂着外交牌照的轿车。在迪迪和女孩坐进去之后，韩国女人关上了后座的门。然后她坐进了前座，男人奇怪地问在等什么。

一刻钟之后，她在秀水街下了车，她找到了一个投币电话，开始给她姐姐萍打电话。

三天之后

二〇〇五年十月十九日,星期三

二十二

哥本哈根警察总局，中午时分

拉斯·韦斯特贝格提前到达了警察总局的后面，走进了靠近趣伏里公园的大门。尼古拉森说，让他在庭院右边角落里的外部楼梯处等着。他好奇地看着小小的庭院里浅灰色的墙，好像一个大的天井一样，太阳的光线只能将将照射到最上面的紧闭着的小窗户。他微微地颤抖了一下。整个建筑给人一种不舒服的心灵振动，让人联想到三等审问、呼喊、尖叫和摔门的声音。

今天一早他接到了电话。延斯·尼古拉森想知道，他今天晚些时候能否来帮警察一个忙。

"这次是关于什么的？"

"我要复原一下上周三在夏洛特和雅各布·伦贝格的公寓里发生的最重要事件。"

"呃，我有几个约会，但是我可以把它们推迟。"

"很好，我建议十二点半见。"

"好的，但你能否告诉我，你希望我做什么吗？"

"你是心理咨询师，而且你认识夏洛特。可以说，在这个案子里有很多心理学的因素，我想你可以给我们这些笨手笨脚的警察讲一讲。"

韦斯特贝格看了看表。现在是十二点十五分。

在不到一百米开外的地方，延斯·尼古拉森在纪念陵园点燃了一支烟，看着杀蛇人雕塑。很多年之前的一个炎炎夏日的夜里，一个单身的年轻女人在三楼自己的公寓里遭到强奸。后来，男人用收音机的电线勒死了她。正门是锁着的，完好无损，没有证据能够证明她家里来了客人。最终的结论是，因为天气热，她阳台的门开了一个缝。凶手可能是从外面爬进阳台闯入的。根据从邻居处得到的线索，他们逮捕了一个臭名昭著的入室盗窃犯，一个年轻男性，但他表示跟这个案子一点关系都没有。不难想象，他在四下游走时，可能被一扇敞开的阳台门所诱惑。问题是，他是否有能力爬上三楼。后来，一名和他同样身高和体型的突击队员证明了，这对于一名没有恐高症的男性来说轻而易举，有雨水管和楼下的阳台就足够了。这个实验并没有让那名入室盗窃犯认罪。他为什么要冒着掉下楼摔断脖子的风险呢？如果他想入室盗窃，有无数种更容易的办法。在听证会上，被告律师强调，他的客户确实之前被判过刑，但只是因为盗窃，他甚至从来没有动过其他人的一根头发。对于犯罪现场的复原给出了答案。女人被发现时是赤裸的，内裤被扔在地板上，被撕成了碎片，但附近没有睡衣和上衣。根据推测，因为天气炎热，她只穿了内裤。她的胸部很丰满。因此，搞清楚入室盗窃犯所看到的是怎么样的一幅场景之后，所有人都可以肯定，他可能只是来偷东西的，但是当他面对着这样直接的诱惑，他无法拒绝。悔意和对被揭发的恐惧导致了他将她杀害。刑技科在重建现场之后，找到了决定性的证据，证明盗窃犯确实来过公寓：他鞋子上新鲜的划痕，鞋底和鞋面之间卡着的一个混凝土毛刺。毛刺被拿到技术科进行了分析。和女人被杀害的那个建筑的表面是同样的类型和颜色。

昨天，尼古拉森决定要在案件发生一周之后复原伦贝格夫妇被害的现场，尽管他到现在还没有逮捕主要嫌疑人。仿佛有一只撕咬的虫子一直打扰他的思路。他既不聋也不瞎，现在复原还为时过早。部门里的人都没有直说，但是大家都知道还有太多问题没有得到答案，无法得出有用的结论。还有很长的没有被询问过或者需要二次询问的名单，而且还有一部分技术和法医检验结果没有出来。当尼古拉森去找刑技科的曼弗雷德·巴克，请求他带着已有的检验结果去犯罪现场时，他说得很直接。

"浪费时间，你只会把一切重复一遍而已。"

尽管尼古拉森不能直说，但他其实受到了很多压力，他必须要有所作为，尤其是有所进展。自从雅各布和夏洛特被发现的那天晚上开始，流言就开始蔓延。楼道的住户、开锁匠和很多其他人都听到或看到了一些情况。谣言传播的速度比打翻的一杯红酒在白色桌布上蔓延的速度还要快。媒体上周末开始报道此事，就成为各种五花八门的猜测的材料。周一和周二愈演愈烈。各种猜测都有，从因嫉妒导致的情杀，到东欧罪犯的入室抢劫，再到三合会或者其他有权力的人为了阻止或惩罚雅各布揭露秘密而进行的清算。每种猜测都有自己的支持者，媒体和大学里那些自封的专家，是的，甚至还有个别跟案件毫无关联的警方的高层人士也纷纷出来火上浇油。他跟他的调查人员在跟记者们比赛，争取抢先一步跟目击者和其他认识夏洛特和雅各布的人谈话。她有没有情人，当雅各布突然回家时他们是否很震惊？雅各布的书究竟想揭露什么事情？在谋杀时间出现在周围的神秘男人是谁？早在周一就有媒体挖出警方正在搜寻艾格蒙宿舍的一名中国学生。而当媒体发现嫌疑人已经回到国外的家了的时候，尼古拉森就知道宿舍里的某人已经跟记者谈过话了。他们想知道，嫌疑人是怎么侥幸出国的。难道警方不应该阻止他吗？周二，一家上午发行的报纸继续沿着这个角度深挖下去。警方是否有错？为什么没有发布对嫌疑人的通缉令？关于警方高层之间的争吵和阴谋的传闻，以及有太多人进入过夫妇的公寓等等都不是一般的猜测。日报开始对同一单元的另一名住户的住户感兴趣，此人在同一星期早些时候神秘地被逃逸车辆撞死。

在同一天早上，他和谋杀科的负责人福尔默·克努森被叫到了警察局长的办公室。局长要求他们保证每一丝线索都要尽快翻查一遍，内部的争端也必须停止。任何的错误或处置不当都会很快产生糟糕的后果。经过这顿责骂之后，他立刻决定要复原现场，要在凶杀发生一周后的同一天和同一时间进行复原。他对部门里欠缺经验的同事的解释是，可以对犯罪时间段现场的正常环境有一个更深刻的认识。邻居、邮递员、发广告的人、垃圾工都是什么时间来的和走的？公寓里的光线如何，楼房里有什么声音，邻居能否听到吵架声？

他深吸了一口烟，用指尖掐灭了烟头，朝圆形大院走去。就在他把烟头扔进通往圆厅 E 入口处的烟灰缸里时，阿纳·贝尔曼走了出来。

"我们的案子怎么样了？"

"如果你说的是塞利列街的案子，正在按照计划发展。我一定会找出真相的。"他回答道，表示自己该走了。

"媒体已经无孔不入了。"贝尔曼说，让他感到惊讶的是，他看到了一丝同情。

"这对于谋杀科来说一点都不新鲜。"

"但这个案子不一样，媒体上的争论让事情变得更棘手。"贝尔曼说。

"就像我说的，这对我们来说不新鲜。局长还说什么了吗？"他问道，然后没有等到回答就走开了。

十二点五十分，两辆普通警车从亚戈特街驶入了塞利列街。当延斯·尼古拉森看到公寓对面紧靠近公园的人行道上有两个摄制组时，他骂了一句。在大树的遮挡下，两名记者保持着一定的距离，分别时不时指着三层的窗户对自己的摄像机在说话。过路人都停下了脚步看着他们拍摄。

"显然，媒体跟我们的想法一致。"安腾·奥斯特高说着，降低了速度。

道两侧都停满了车。尼古拉森暂时还没看到刑技科的曼弗雷德·巴克是否到了。他转过身,越过后座上的拉斯·韦斯特贝格朝后面看去。他从后窗处他看到,警员托比约恩·拉森坐在另一辆警车里的驾驶座位上,旁边是特里娜·贝克,后面坐着法医专家佩勒·萨德森。

"找一个地方停下来,我们快一点进去。"

警队长延斯·尼古拉森在媒体上是一张熟面孔,记者们很快就发现,有些事情将要发生。两个摄制组都被迅速调到了楼道口。

"有什么决定性的新进展吗?你们准备进行逮捕了吗?你能否确认嫌疑犯是一名中国公民?"

这些问题让人感到身心疲惫。

"还没有。"他说道,安腾·奥斯特高打开了大门。

"为什么你们今天有这么多人来这里?"来自TV二台的一位年轻女人问道。

"我现在无可奉告,直到……"

"你们有怀疑的对象了吗?"记者用毫不掩饰的目光看着韦斯特贝格,打断道。他瘦削的身材和稀疏的头发让他看起来不像一名警察。

"就像我说的,等我们有了决定性的进展之后会通知你们的。"说着,他看到刑技科的曼弗雷德·巴克正在街道上稍远的地方锁车,便松了一口气。除了手提包之外,巴克手里还拿着一个很长的包裹。

等全组的人都进来之后,安腾·奥斯特高关上了大门。他们在楼道里没有遇到任何人。即使有人在家，他们也会躲在深棕色的门后伸着耳朵偷听。柔和的阳光穿过四框都是白色的窗户上的小块玻璃，照在每层的楼梯平台上。这里显然是哥本哈根比较高档的住宅，建造于上个世纪初，几十年来保持了其在城市里的顶级地位。几年前，公寓作为业主自用住房卖出去之后，市政的空瘪账户上增添了一笔不菲的收入。楼道护得不错，柔和的淡绿色墙面，白色的扶手和栏杆，经过几十年来一次次的粉刷，台阶上的厚漆闪闪发亮。一个成年人的重量压在台阶上时，有的地方会咯吱作响。

安腾·奥斯特高用剪钳剪断了封条，打开了门。空气中依然弥漫着死亡的味道，让人想到陈腐的湿衣服。

尼古拉森把大家聚集在客厅，门厅往里的第一个房间。拉斯·韦斯特贝格从灯芯绒裤子的口袋里掏出一条手帕捂在鼻子上。

"我们打开几扇窗户吧。"他对特里娜·贝克说。

她回来的时候所有人还站在原地。没有人愿意坐在伦贝格夫妇的家具上而冒犯他们。亚戈特街上的车辆声和街道上的噪声透过开着的窗户传了进来，打破了沉默。

延斯·尼古拉森看了看每一个人。副队长特里娜·贝克要演夏洛特·伦贝格。安腾·奥斯特高的任务是记住那些他自己可能忽略的细节。安腾已经拿出了他厚厚的笔记本，正在从里层口袋里取那支金色圆珠笔。刑技科的曼弗雷德·巴克负责技术线索，法医专家佩勒·萨德森负责法医调查的结果。他和巴克的客观的发现将作为可靠的猜测的基础。他的一个想法让他也叫上了拉斯·韦斯特贝格。他虽是外人，但他跟夏洛特的关系，以及他上周六晚上透露的她在中国曾有过一个偏执狂患者，这两点都有价值。

"现在是一点十五分。正好是一周之前的这个时候，这个公寓里开始发生的事情，造成了雅各布和夏洛特·伦贝格的死亡。现在，我们要在我们所掌握的情况的基础上，再现当时的情景。我很清楚，现在对于具体的时间点和谁在公寓里还都不能确定。当我们完成之后，我期待这些问题都能得到答案，我们能知道当时究竟发生了什么。"

"没有一种知识是完美的。"巴克嘟囔着。

"当你以为完美的时候，往往是悲剧的开端。"萨德森笑着补充道。

尼古拉森看着表，按照时间计划进行："主要问题有五个：凶手是怎么进来的？是不是不止一个人？他在这儿的期间都做了什么？他是怎么离开的？他留下了哪些痕迹？"

"但在我们寻找答案之前，我们先听一听这一天是怎么开始的。"尼古拉森看向特里娜。

"雅各布和夏洛特什么时间起床的，这一点尚不能确定，但洗碗机里的餐巾显示他们两人都吃了早餐。我猜测，她应该一直忙着用在卧室里发现的那个旅行箱打行李。他们当天晚上八点半要飞往维也纳。雅各布在九点钟左右离开公寓，骑车去上班。他九点半左右到达了日报报社。"

"他们有车吗？"巴克问道，显然是在担心有重要的线索被忽视了。

"没有，他们才从中国回来不长时间。而且只有夏洛特有驾照。雅各布有酒驾记录。"特里娜说，"他十点钟参加了一个编辑会议。会议持续了一个小时。他们讨论了二十四小时内发生的国际新闻。根据雅各布的同事所说，在他的行为举止和其他日程活动中，没有任何迹象能够解释之后发生的事情。他十二点十五分和一点半之间离开了报社。他的秘书认为他去吃午饭了，但她不能肯定，也不知道他是不是一个人。雅各布回来后继续处理当天的材料直到三点钟。他的一名同事在三点之前接到了三个打给编辑部的电话。其中一个电话是总机转给雅各布的。这名同事在忙着其他事情，只记得雅各布主要在听着，最后说'好吧'。之后，他就离开了编辑部。他对秘书说，他必须要回家，而且不会再回来了。他的自行车是在单元门口被发现的。"

"我们可以推断，雅各布最早是在三点半左右回到了家。日报的前台知道是谁给雅各布打的电话吗？"

"已经问了她能否追踪那个号码，但她不知道。"特里娜说。

"如果他们拿到了那个号码，我们能否确保他们把号码给我们？可能某个编辑觉得这是独立撰写一篇好报道的极好机会。"安腾说道。

"我表示怀疑。毕竟是他们的一名员工被杀害了。很显然，在他被杀几个小时之前的电话对于破案有决定性的意义。"特里娜说道。

尼古拉森没有时间思考了,"安腾,让律师搞一份法院调查批准,警方要拿到所有上周三两点半到三点十五之间给日报社打电话的号码。调查批准要责成日报社和电话公司给我们提供这些信息。"

安腾记在了他的本子上。

他再次看向特里娜,"夏洛特呢?"

"除了一件衣服她什么都没穿。如前所说,我认为她上午一直在归置衣物。九点十分她给王江打了电话。通话持续了一分钟。这一天里没有其他通话。之前的几天里有一些通话,主要是给雅各布打的电话,还有一次是打给王江的,但也有给其他人的,有一些是患者。还有一次是打给你的电话。"特里娜看向拉斯·韦斯特贝格说道。

"啊,是的。她几天以前给我打过电话,谈谈一个患者的事情。王江是谁?"韦斯特贝格问道。

"显然不是患者,否则你作为督导人肯定会认识他的。"尼古拉森说道。

"是的,我就是这个意思。"

没有人再说话了,特里娜继续说道,"托比约恩和我跟一部分夏洛特的患者谈过话,没有人表现异常。他们说,她是一名优秀的心理咨询师,认真对待他们的问题,而且能够帮助他们。

除了谈话治疗之外,她还会推荐各种形式的冥想,偶尔还有针灸。"

"她的病人主要是什么类型的?"法医专家佩勒·萨德森问道。

"主要是女性。一名患有焦虑症,还有一名由于患有癌症而抑郁,还有几名有强烈的自我消极感。目前为止只有一名男性患者,他一个月以前来找夏洛特进行咨询,因为他想要戒烟。有趣的是,夏洛特的一个女性朋友说,夏洛特自己也需要心理治疗。我不知道我们是否应该严肃对待这一点,但很显然她患有疑病症。她很害怕自己会得什么严重的疾病,经常觉得身体各处疼痛。她每天都吃不同种类的药,也包括中药。"

"啊,这就可以解释为什么给中国人打电话了。"安腾说道。

"这是一种可能性。"特里娜答道。

"当我们考虑到她的穿着,她可能要接受妇科检查。"安腾说道。

"你的想象力倒是没有什么错误。"特里娜说。

"在我们进一步深挖究竟谁与谁、什么时候发生了关系之前,我希望我们能按照正确的顺序走。"尼古拉森正说着,突然被门厅处传来的嗡鸣声打断了。韦斯特贝格听到这声音就跳了起来,巴克看起来也很惊讶。

特里娜走到门厅的对讲器前说:"喂。"

"是我。"从街道上传来了声音。

她站在原地透过猫眼看向外面。很快她打开了门,让托比约恩进来。

尼古拉森看着曼弗雷德·巴克说:"不知道我的下列推断是否正确:中国学生王江上周三中午时分曾来到过这里,夏洛特给他开了门。"

"至少无论是正门还是厨房的门都没有被撬开的痕迹。唯一值得注意的是,我在正门的门锁内部找到了新鲜的划痕。巡警当天晚上叫了开锁匠,夏洛特和雅各布被发现,所以就可以合理地解释这一点。至于谁来过公寓,我可以肯定地说,有一些生物痕迹和很多指纹。主要出现在门和门框上、桌面上、椅背和扶手上,"巴克说着,指向朝向街道的房间里的餐桌。"没有找到确定属于凶手的指纹。我这样说是因为找到的指纹里都没有雅各布或者夏洛特的血迹。他们的指纹当然到处都是。此外还有一些没有被鉴别出来的。不确定是什么时候留下的,但有一个例外:厨房桌子上两个还有剩余白葡萄酒的酒杯里找到了完整的指纹。我期待着从杯子的边缘提取的DNA。冰箱里有一瓶还剩一半的白葡萄酒,瓶塞在垃圾箱里。夏洛特的指纹在其中一个杯子上。但雅各布的指纹不在另外一个上,通过跟在中国学生的宿舍里发现的指纹进行比对,我可以说,上周三跟夏洛特一起喝酒的人就是他。"

"厨房桌子上还有其他用过的盘子吗?"尼古拉森问道。

"没有,洗碗机里半满着,装着几天来的马克杯、玻璃杯、盘子和叉子。所有的都检查过了,只有雅各布和夏洛特碰过。"

"学生王江来这里的理由是什么？"

特里娜先首先发言，"有两个可能性，它们并不互相排斥。第一个可能：夏洛特在自己的笔记本里王江的号码前面写了'JW医生'。她星期三早上给他打电话请他过来，因为他要对她进行某种治疗。这样看来，并不是第一次了。厨房的柜子里有好几种中国茶和草药。他也有可能是来给她针灸或者按摩的。"

萨德森清了清嗓子说："如果她接受了针灸治疗，那么耳朵、肘部、膝关节和手脚上应该有针眼。但我没有找到类似的针痕。"

"那么只可能是按摩了。"安腾说道。

"确实如此，"萨德森说道，"但不要忘了，在我们国家，按摩也被用来治疗一些疾病，比如颈椎和脊椎的毛病。事实上，针灸是推拿的一种特殊形式，在东方广泛流行。"

"第二个可能呢？"尼古拉森说道。

"王江是来跟夏洛特发生性关系的，或者说'治疗'最后是以这种形式结束的。可能那些插花是他带来的。"特里娜说。

尼古拉森点点头，"我们知不知道他们是怎么相遇的？王江已经在这儿待了一年多，而夏洛特不久之前刚从中国回来。"

特里娜摇摇头，看着有了想法的安腾，"他们很容易在王江在北京期间认识的。夏洛特和雅各布在那里住了很长时间。尽管我们的心理治疗师对此并不了解，可能是因为他们的关系就是从夏洛特给他进行治疗开始的。"

尼古拉森转向了萨德森，"如果王江是来做，呃，推拿的，他进行到了什么程度？"

法医专家佩勒·萨德森一贯忧郁的脸上出现了转瞬即逝的笑容。他把眼镜架在脑门上，用眼睛扫视着，"从我的尸检报告来看，夏洛特无论是身体内部还是外部都没有发现精液。"

"安全套和事后洗澡。"安腾说道，"我们周五才第一次进入公寓。两个昼夜后浴室早就干透了。"

延斯·尼古拉森看着拉斯·韦斯特贝格，"夏洛特有婚外情吗？"

心理治疗师看起来有点不自在。

"我们到餐厅里坐吧。"尼古拉森说道。

韦斯特贝格拉出一张餐椅坐了下来，"我之前没有想过，但现在的情况不可否认地指向了那个方向。"

"为什么？"

韦斯特贝格疑惑地看着其他人，"难道这不是你们一直在想的吗？"

"难道不可能是王江只是来给夏洛特进行某种中医治疗的，之后就离开了？她可能一开始是穿着衣服的，然后去洗了澡。"尼古拉森一脸耐心地看着韦斯特贝格。

"也许，说实话我不知道。我跟夏洛特其实也没有那么熟。她很友善，长得也不难看，而且又是最好的年纪，谁知道……而夏洛特和年轻的中国人之间确实发生了什么，之后发生的事情就是最好的证据。"

"没错!"尼古拉森走到窗边朝下看去,又来了一个摄制组,"在一个下午的时间里,一次普通的拜访演变成了一场可怕的暴力。"说着,他转过身。

安腾看起来有点失去耐性了,"雅各布在意料之外的时间回到了家里。如果我们进一步逼问其他住户的话,不出意料会有某个人对于中国人趁着丈夫不在家的时间来拜访夏洛特有所不满。这个人给雅各布工作的地方打了电话。他突如其来回到家里,让床上的一对人感到吃惊。他们之间出现了打斗,某一瞬间雅各布遭到致命的一击。王江则慌乱不堪,为了不暴露自己,不得不也杀死夏洛特。"安藤的目光似乎在说:这能有多难?

"那么现在该轮到我了。"巴克说道。他把带来的长长的包裹放在餐桌上,揭开了棕色的纸。一把用透明的塑料袋保护着的剑出现在眼前,"这就是砍断雅各布颈部的凶器。"他说着抓住了手柄,"雅各布的血和一截头发留在了剑刃上。让我们从卧室开始。"巴克把剑放回桌子上,走向了卧室的门。

"除了床上用品之外,其他的一切都跟上周五一样。床没有铺好。床单上找到了微小的精液痕迹。DNA检测还没有完成。床上有两个枕头,夏洛特的血迹出现在一个上面,但她并不是在那里头部被打伤的。"巴克绕过双人床尾处地毯上暗色的血迹,向右走进了卧室,"特里娜,到这里来一下。"

其他组员也跟着走进了卧室。

"站在这儿。"他说道,抓住特里娜的肩膀,让她站在角落里的立式衣架左侧一步的位置上。

"你比一米五九的夏洛特要高一点,但这不会影响判断。我花了一点时间才搞清楚,夏洛特是受到了什么东西的击打。你们也许还记得,伤口并不是很普通。用来打她的东西砸碎了她的太阳穴,留下了一个很深的伤口。会不会是厨房用具、灯柱,或者是倒在了一个家具的角上?我一直无法肯定,直到我仔细地看了看你这个沉默的仆人。"巴克看着立式衣架说道。

一根长长的漆黑色的金属管架在宽大的圆形底座上。顶端有一圈分布均匀的六个弯曲的金属角,像是一个皇冠。

巴克指着距离特里娜最近的一个金属角,"你们看,每个角都是一个四厘米宽的铁板,末端是斜着的,这样便于用衣架挂衣服,这样每一个金属角的形状都如同一个凿子一样。我的看法是,夏洛特于星期三的某一个时间站在了这个位置。她右脸被打了一下,撞到了衣架上,左侧太阳穴正好撞到这个金属角。它没有移动,因为衣架完全处在角落里。"巴克为了证明自己的结论,猛地向右侧推动衣架。在金属撞到墙之前,最多也就移动了半公分的距离。

佩勒·萨德森走到立式衣架旁边,把眼镜架在脑门上,仔细地端详着金属角,"你找到血迹了吗?"

"不多,但是足够了,我还在等着你告诉我,那是夏洛特的血。"

"她被打的那一下应该很重。相比人们摔倒时撞到尖锐的或者坚硬的物体上，她的体重不会带来加重伤害的效果。"萨德森估计了一下从挂衣角到特里娜的太阳穴的距离，"夏洛特右侧颧骨肿了起来。她的头骨骨折处并不大，但恰好是整个头骨最薄的位置。她被打的这一下使得一些骨头的碎片进入了脑部，划破了一个重要的血管。我就省略掉那些拉丁语的名字了，总之就是严重的颅内出血。如果她迅速得到治疗，或许还能得救。她被打时或者短时间之后肯定失去了意识。颅内出血导致在接下来的几小时和几天里颅内压升高，最终导致脑死亡。"

特里娜打破了沉默，"右侧头部的击打，我们现在说的是一位左撇子吗？"

"或者是用手背击打的。"尼古拉森说道。

"如果是这样的话，"特里娜继续说道，"那么夏洛特本来不应该被杀害。那么她为什么会被打……雅各布？"

"是的，"巴克走到床尾处，指着地毯上暗色的一摊血迹，"大多数血迹是雅各布的，但这一块是夏洛特的。"他指着外侧边缘处的一块污迹。"这不单单是她被抱到床上时滴到地毯上的血液。她在这里躺了一段时间。当我把这一点跟在她的和服后背上发现的雅各布的血迹放在一起考虑时，那么就出现了另外一幅画面，和雅各布回家时发现夏洛特跟一个中国人在床上是不相吻合的。我的看法是，她被刻意地腹部朝下摆在了这个位置，左脸朝向地毯。如果卧室的门是开着的，那么雅各布进门的一瞬间就会看到她躺在地上。"

巴克最后的话仿佛给房间里带来了一股寒意。所有人都知道，案件出现了没有人预料到的转折。杀害雅各布不是一场偶然发生的赤手空拳的搏斗。凶手一直在等待他，设下诱饵，等着他落入陷阱。

二十三

哥本哈根，海勒鲁普，当天晚些时候

贝尔曼熄灭了发动机，但还坐在车里，听着新闻之前的最后一段音乐。中国大使馆就坐落在不远的别墅街上。午后，他接到杨波的电话。问他今天能否来使馆开会？贝尔曼知道只有一个理由，他答应了。尼古拉森必须要想一想，他到底想要什么。

贝尔曼下车之前，听播音员读了一遍新闻的标题。没有关于塞利列街的案子的。王储刚出生的儿子和即将到来的对萨达姆·侯赛因在巴格达进行的审判才是人们关注的焦点。

杨波站在白色的贵族式别墅的门口处。

"我的助理刘磊。"他指着穿着西装的高大健壮的年轻男人说道。

"我们去年十月见面的时候是不是讨论足球来着？"贝尔曼抓着刘磊宽大的手掌问道。

"啊，别提了。我们的国家足球队早就伤透了我的心。"他另外一只手拍着脑门说道。

"男子还是女子？"

"我们的女子国家队是我们的骄傲，但男子就不行了，哎呀。我们刚刚在汉堡的一场国家队比赛里输给了德国人。"

杨波领着贝尔曼到了一个小会议室，那是一个摆着组白皮沙发的客厅，墙边的书架上放着杂志和书籍。刘磊端着三个有盖的茶杯过来。贝尔曼很高兴，杨波没有提到他们的上一次见面。他问破案是否有进展。

"你知道的，我是边缘人物。"

杨波狡黠一笑，耸了耸肩。贝尔曼知道对于中国人来说不能在下属面前丢脸的重要性。杨波有什么牌？

"据我所知，还没有任何人被逮捕，这将是一个重要的突破口。"他开了一个头，说道。

杨波变得严肃起来，"当涉及到谋杀案时，丹麦警方的破案率几乎达到百分之一百。用不了太长时间你们就能找到正确的人。"

贝尔曼思考了一下提示词的含义后说道，今天谋杀科到了伦贝格夫妇的公寓里，并试图着复原犯罪现场。

杨波看着他的助理，"刘磊，你在谋杀科工作过吗？"

"很遗憾我还没有过这个荣幸，杨主任。"

贝尔曼摊开双手表示同意，但他能感觉到杨波完全知道塞利列街正在干什么。

"有经验的调查人员会知道,这个过程会带来全新的,从办公桌上看不到的视角。如果能幸运地逮捕一名嫌疑人,并劝他配合,去扮演自己的角色,将会具有巨大的价值。如果做不到的话,那么就需要一名警察承担这个任务。从另一个角度来说,这也能带来额外的加分,特别是如果这个人有能力投入角色的话。你同意吗,贝尔曼?"

刘磊看着贝尔曼。很显然,他很好奇地想看看他是否能够接住抛过来的球,还是这一切都是杨波如往常一样在对他进行指导。

"你肯定在想,我们不只是要试验命案是怎样发生的,还有为什么发生。"

杨波看着刘磊,他脸上的表情泄露了他没有明白贝尔曼想要说什么。

"刘磊,理论和研究对于增长知识很有必要,但是我们不能忘了,理论是建立在对现实的观察的基础上的,要用系统化和实践来检验所积累的经验。不经一事,不长一智。"

"没有实践就无法增长知识。"刘磊顺从地说。

"没错!努力学习就能增长知识,但是不一定会变得更睿智。关于杀死一个人或者想要杀死一个人的动机,'为什么'这个问题的答案是通过询问被害人身边的人、同事、家人,当然还有嫌疑人得来的。"

刘磊迅速地点了点头,泄露了他的不耐烦。

"这样说可能很沉闷,如果想要破案,重要的是要设身处地地回到犯罪现场，这样说可能很平淡无奇。但是相信我，谋杀往往是出于最平淡无奇的理由。当我们可以简单地回答十分简单的问题时，我们就离真相不远了。当他站在被害人的门前时，他在想什么？我怎么才能用最简单的方式进去，同时又不暴露进去的目的？我是应该静静地等待，还是应该迅速解决问题？我要对那个即将死亡的人说什么？我要怎么做？是赤手空拳还是需要一个凶器？我怎么才能清理掉痕迹，不被人发现地逃走？从字面上来理解，如果我们能站在凶手的位置上，做他做过的事情，有些时候我们就能得到他为什么要做这些事情的答案。"

"当然，杨波先生，真相往往掩埋在平淡和普通的事物中。"

"掩埋是一个比你想象的要好的词。"

时间差不多了，杨波该回到这个案子上了。贝尔曼向他抛出了最后一手，"无论王江是否认识伦贝格夫妇，无论他在命案当天是否来过公寓，都不能证明他就是凶手。我们还处于调查的阶段。"

杨波呷了一口茶，声音很大，然后小心地把盖子盖回茶杯上，"尽管我们还是没有从丹麦警方处收到正式的协助请求，但这个学生已经引起了很多负面的关注，同样也牵连到中国。就像我之前在警察总局的会议上说过的，如果需要的话，我们已经准备好协助丹麦警方。能够具体证明这一点的是，我可以告诉你，昨天王江就因此案接受了调查。但显而易见的是：由于我们不知道细节，所以只能是一次表面上的询问。"

"他因为我们的案子被逮捕了吗?"

"我没有这么说。"

"但他被逮捕了吗?"

"是的。"

"然后呢?"

"他拒绝承认任何犯罪行为,据我了解,他对于伦贝格夫妇悲惨的命运感到震惊。"

"他交代了星期三去过公寓?"

杨波点点头,"他中午时分去跟女士聊过天。他走的时候她很好。"

"他有没有说他为什么要去那儿,还发生了什么事情?"

"如果你们想要更多信息,丹麦警方必须提出正式请求。"

贝尔曼靠在椅子上,给了杨波一个意味深长的眼神,"好吧,谢谢。这个信息至少能让我们的调查继续。王江还在被拘留过程中?"

杨波看了他一眼,"据我所知是的,但是,如果检控方想要继续拘留他,那就必须有更多的证据。"

贝尔曼松了一口气,但是他非常清楚,不能再浪费时间了,"我们下一步怎么办?"

杨波简要地叙述了他的一些想法。

二十四

东桥,下午

特里娜·贝克看了看拉斯·韦斯特贝格说:"我关上窗户你有意见吗?有过堂风。"

他摇了摇头。

"你大概能把雅各布的死亡时间具体到什么时候?"尼古拉森问佩勒·萨德森。

"我上周五晚上九点十五分对他进行尸检时,尸僵开始缓解,双手和下肢上的尸斑已经变成了深红色。因为我们知道他在三点半的时候还活着,那么我认为死亡时间是在四点到五点之间。"

门厅再次传来嗡鸣声。特里娜正要走出卧室,但尼古拉森制止了她,他朝着走向门厅的安腾点点头。尼古拉森看着手表,"稍等。"他朝着安腾喊道。

"现在时间是三点半。上周三,大约半个小时之前,雅各布接到了那个电话,让他离开了工作单位。如果他是骑车直接回家的话,那么他应该就在这个时间到了。现在我们有机会测试巴克的猜测了。你带包装纸了吗?"

曼弗雷德·巴克知道他想做什么,便从包里拿出了一大张卷好的纸,走进卧室,铺到双人床尾处的地上,盖住了血迹。

"特里娜？"尼古拉森说道。

"你想让我躺在那儿？"

"是的，"他答道，"但你不需要穿和服。"

等特里娜就位之后，安腾得到指令，打开门请楼道里的访客进来。

很快，门铃响了。没有人应答。然后传来了敲门声。还是没有回应。除了巴克以外，所有人都聚在朝向街道的餐厅里，这样就可以直观地透过那扇门看到客厅里的情景。

"嘿，你们在吗？是我。"这是大门外传来的声音。然后扶手被按下，没有上锁的门开了。很快，托本·汉森警员出现在客厅里。他的呼吸声很重，疑惑地看着卧室地板上的女人身影。托本向前快走了几步，这时才注意到餐厅里的其他人。

"跟着你的第一直觉走！"尼古拉森命令道。

托本顺从他的话，冲到了卧室里，在特里娜·贝克前面弯下身。就在托本把手放在特里娜的后背上的一瞬间，巴克从卧室门后的藏身处走了出来。他把剑高高举过头顶，双手紧握剑柄。托本只来得及抬头看了一眼，巴克就迅速地砍了下来。他让剑刃停在托本的颈部上方。然后他把剑放到床上，抓住托本左侧的肩膀，用双手把他向后拽，他刚好后背朝下倒在特里娜旁边。尼古拉森和其他人都在餐厅里看着屋里发生的情况。

"你们会发现地毯上最大的一摊血迹就在托本的颈部现在的位置。"他说，"你们看那边地毯上几条血迹。那是雅各布的血。

它们一直延伸到书房的椅子上。毋庸置疑，雅各布是在这里被杀害的，但我还认为，凶手在这里再次给了他第二次击打，这次是朝着脸中央。"巴克拿起剑，托本还躺在地上，眼睛明显很不舒服地跟随着他的动作。特里娜已经从令她别扭的位置站起来了。巴克缓慢地把剑的平面朝着托本的脸移动，以此来证明雅各布的鼻子是怎么被打断的。

"我的部分完成了。"托本说着，推开了巴克的胳膊，艰难地站了起来，擦了擦脑门上的汗。

"我注意到，你进门的时候在喘。"

"哎，那是因为我上楼上得很匆忙。根据我的理解，雅各布回家路上应该也是很着急的。据我判断，他并不是什么运动员，体型跟我差不多。从日报骑车回来，再上三楼是有点费力的。"托本说着，把一只手放在自己的肚子上，"我自从当上刑警之后每年都会长一公斤。到今年我已经当了二十二年的刑警了。"他的话让现场的气氛有所缓解。

大家聚集到书房里。扶手椅依然被摆在房间的中央，对着写字台放着。巴克把剑放在写字台上，剑尖朝向房间里。

"我要坐在那儿吗？"托本指着雅各布坐过的椅子说道。

"首先你还是先躺在旁边的地上吧。为什么？因为只可能是凶手把雅各布放在椅子上的，而当我们考虑到他的体型，任何人都很明白，需要的力气比大多数女人要大。问题是，为什么有这个必要？我们不要忘了，凶手对于雅各布的暴行终止于剪掉他的舌头。"巴克用意味深长的眼神看着尼古拉森。

"那可能……"韦斯特贝格停下了，他没有接着说下去，大家也都没有说话。特里娜第一个打破了沉默。

"椅子放在屋子的中央一定有什么意义。会不会它原本的位置是在窗户边上的沙发床床尾旁边？如果这里是夏洛特为她的患者们进行咨询的地方，那么他们一定是躺在沙发床上，而她背朝着窗户，坐在沙发床床尾处的扶手椅上。"

"我以为，只有在动画片里，心理治疗师才会用到沙发床。"安腾说道。

所有人都看向拉斯·韦斯特贝格。

"心理治疗床很好用。患者可以用也可以不用，但是当人放松下来，眼里看不到任何其他人的时候，谈话会更容易一些。因此我认为，椅子应该是放在这里的。"他指着沙发床床头后面的空位，"我们不需要看着患者。我们是用声音来控制谈话的。最根本的是，要让他感觉到他不是在独自一个人面对他的问题。他可以把问题交给我，而不是其他人。事实上，一个牧师、一个好朋友，或是在这个案子的情况下，一名警察的倾听都能达到同样的效果。"

特里娜小心翼翼地坐在椅子的外沿上，看了看屋子四周说道："好吧，但我的观点是，凶手在杀死雅各布之后肯定做出了一些考量。是为了传递某种信息，还是为了迷惑警方？为什么要把椅子搬到房间中央？为什么要费力地把雅各布拖到这儿，再把他弄到椅子上去？无论他是正面还是背面把雅各布弄起来，他身上也一定会浸满了雅各布的血。"

"看起来，好像在那之后凶手坐在了写字台后面，跟雅各布进行了一场谈话。"安腾说道，"你们看，剑尖是朝前的。确认其罪。令人几乎觉得，好像他在杀人之后对已经被处决的人进行了死后的审判。"

"关于这把剑我们掌握了哪些情况？"尼古拉森问道。

"据兵器博物馆的专家说，它肯定来自中国，是一柄大约有两百年历史的古剑。这是一种粗糙但杀伤力很强的近身作战武器，不需要精细的击剑技巧。剑身很宽，手柄上缠绕着一种坚韧的线，末端有一个铁环。据我了解，这种武器在中国很多大城市用几千克朗就能买到。"

"是凶手带来的吗？"

"也许是，也许不是。"巴克拿起剑，走到面朝卧室的墙边的书架旁边，把手柄末端的铁环挂在了一个空的钩子上面，"你们可以看到，屋子里还有很多其他的中国元素，所以很有可能是雅各布自己在中国买的。"

"你们看一下现在的时间。"特里娜说着，指向写字台后面墙上的一个挂钟。两个指针都指向了十二。

"这不是偶然的。"巴克说道，"挂钟里的电池被取出来了。"

"没有指纹？"尼古拉森冷淡地说道。

"没有。我认为他并没有戴手套。不然也很容易被看到。他只是过后进行了清理。"

"你们找到舌头了吗?"拉斯·韦斯特贝格看着曼弗雷德·巴克问道,但是法医专家佩勒·萨德森回答了她。

"被塞到他喉咙一半的位置了。可以这么说,如果他没有因为颈部的伤而死的话,他也会因窒息而死。双重保险。剪掉舌头一举两得:一是可以阻止他说话,也确实做到了这一点,同时把舌头塞到喉咙里。"

"舌头是怎么被剪掉的?"韦斯特贝格问道。

巴克说,厨房的抽屉里有一把杀鸡用的剪刀。上面没有找到任何痕迹,相反它是完全干净的。

现场再次出现了短暂的寂静。

"夏洛特呢?"托比约恩问道,"我们之前看到她的时候她在卧室的地上,但她并不是在那里被发现的。"

"是的,"巴克说着走回了卧室,"我的猜测是,他在杀害了雅各布之后,把夏洛特放在了靠近窗户那边的床上。她的血沾在了枕头上。我认为,他很清楚她快要死了。听起来有点毛骨悚然,但是那些花……我认为是他临走之前把花放在了她的胸前。也许是忏悔的表现。然而,两天之后,夏洛特在这里被发现了。"巴克走到窗户边,指着床左侧的地板,"就在这儿发现了最大的一摊夏洛特的血迹。我的看法是,她试图从床上爬起来,但是她体力不支。她腹部朝下掉下了床。被子被拽下来了一截,那些花被压在了她身体下方。"

"这有可能吗？"尼古拉森问道。

"我相信。"佩勒·萨德森说道："我们都知道，当她被发现的时候她还活着。"

延斯·尼古拉森看向韦斯特贝格，并说道："现在你已经看到、听到了很可能已经发生的事情。你能不能从心理学的角度帮我们想一想，我们现在面对的是什么样的凶手？"

拉斯·韦斯特贝格条件反射地用一只手拂过头顶，确保头发不会掉到侧面去。

光线开始变得昏暗。安腾打开了房顶上的灯。

"这一切都来得太突然了。有很多让人不舒服的细节，我没办法立刻说太多。"

"如果我们假设，楼下的住户熙乐在六点钟左右看到的神秘男人就是我们要找的凶手，如果他在三点半到四点之间杀死了雅各布，那么他在杀人之后停留了相当长时间。你认为他脑袋里在想什么？"尼古拉森问道。

"很显然，他把时间用来清除自己的痕迹。可能他也在等着天黑，这样他就可以不被人发现地逃走。"托比约恩说道。

尼古拉森锐利的目光从托比约恩移到了韦斯特贝格身上，并说："我们所说的是两个小时。他难道不害怕会有人来吗？"

"可能他正行进在伟大而至高无上的征途上。"韦斯特贝格迟疑地说道，"在那一天里，他就是上帝。他对于一切有着终极的权力和控制。也许他想在现场停留得越久越好，以此来延长这种感受。"

二十五

警察局，当天晚些时候

阿纳·贝尔曼冲掉了手上的泡沫，用冷水拍了拍脸。他一边擦脸，一边看着镜子。警察局老旧的厕所里的照明很关怀老年人，他一边想着，一边回想着刚才的谈话。福尔默·克努森走了进来，站到小便池前，拉下拉链，看着天花板，好像能使得排水更轻松一样。

"嗨。"

"嗨。"贝尔曼用梳子梳了梳头，整理了一下领带。无论怎么样，他直到最后都要保持形象。

当哗哗的水声传来时，福尔默看向贝尔曼。"你现在在这儿干什么？距离会议开始还有……不，这是一个愚蠢的问题。你去了在星花走廊那边的会议。"

"你没有白拿侦探补贴。"贝尔曼说道，但目光没有离开镜子。

"这并不难。"福尔默说，"我今天白天也得到了同样的消息。保罗和总局局长？"

"嗯。"

"我们的出生证明上的年份写错了，但无论是刑警总队长还是警察总局局长都让我申请降为副警长。我有文件能够证明我是皇家任命的刑警队长。为什么我们不得不降级？去他们的关于统一警察体系的美好计划。你应该听听我给我老婆打电话并告诉她这个消息时，她是怎么说的。"

"看起来一切都已经定下来了。"贝尔曼说。

"他们可能是这么以为的，但是一定会有抗争的。你知道要撤销刑警队吗？他们在想什么？"福尔默抖了几下，好挤出最后几滴尿。

"记着，三次之后就是游戏了。"贝尔曼说道。

"你说什么？"

贝尔曼放弃了这个话题，挪开了一点，在洗手池边给福尔默腾出地方。

"这是一场灾难。这下巡警队彻底骑到我们头上来了。我认可他们的聪明，抓住了警察改革所带来的机遇。我们都在传有多少警务区能够存活下来，是不是巡警队和刑警队只有一个头儿？我们太傻了，还以为我们作为警察，'无论穿不穿制服'都一致同意要竭尽全力，避免律师得以霸占我们的领导职位？然后就在整个改革要执行的时候就来了这么一出。我看你还是收回关于侦探补贴的话吧。闭嘴吧，我们一直以来都瞎了。从明年开始丹麦就没有刑警了。请告诉我哪怕一个世界上没有刑警的其他国家的名字。"福尔默甩了甩手上的水，从墙上的纸巾盒里抽了一张纸巾。

贝尔曼没有答话。

"如果把所有的警察都放在一个大机构里，按照即时的要求，去应对各种各样的情况，那么代价会很大。我们的人，花了半生时间成为专家，去应对火灾、强奸案、谋杀案、抢劫案、帮派。这就跟外科医生和眼科大夫以后要被派去一般门诊一样。如果我们的人都穿上制服去保护某个受到威胁的对象，后果会怎么样？就因为政治家们没有勇气直接承认，跟你和我刚当上警察那会儿比起来，社会已经变了。我们警察的数量仍然没变，但在今天的丹麦有一半警察在补休、休年假或者休产假。

"警察局再也不受保护了。我们跟所有其他的公务员站到了同一条船上。口号是要节省开支、提高效率。

"你知道吗，"福尔默把食指放到贝尔曼的胸前说道："这一切都是胡扯。所有的一切都始于他们把所谓的高效率转化方案强加给我们所有人。一堆漂亮的词藻紧跟着就是没完没了，连放一个屁都要登记。音调是怎么样的，要持续多长时间，是在什么情况干的，是否有利于某人？控制，再控制，一直到最荒唐的细节。在我们部门，我们大约要用十四个工作日侦破一起简单的凶杀案，比如孩子的父亲在杀害孩子的母亲之后自首的案子。那些稍微复杂一些的，凶手相对容易追捕归案的，大概需要一两个月。你自己也知道，最难啃的可能需要数年。去年，我们有一个人用了整整一年的时间来登记、撰写关于所有的细枝末节的事情的报告。如果今后我们要把所有的同事放在一个大机构里，每天早上抽签决定我们要派他们去做什么，这对于罪犯来说简直就是理想中的黄金国。"

"对了，这个国家肯定没有刑警，但我不认为最后会变成这样。"贝尔曼说。福尔默把纸巾揉成一团，扔进了纸篓里，"那你就比警察所允许的范围还要蠢。"

当他们走进谋杀科中心区的长长的走廊尽头里福尔默的办公室时，电话响了。他指着椅子示意贝尔曼可以坐下。

"不，我目前没有进一步的信息了，但欢迎你明天再打电话。"

贝尔曼能听到电话听筒里传出的一个女人急切的声音。

"我知道你们那边派了不少人，而且你面临着最后期限。耐心有时候是值得的。明天再打电话吧。再见。"

"我时不时会怀疑我到底是部门的头儿还是电话接线员。最近几天它就没有停过。谢天谢地，昨天突然来了一个有千里眼的男人，坚持要接受询问。衣着体面、善于表达、很有礼貌。像这样的案子，什么都需要听一听。警员托本·汉森接待并听取了他的谈话。谈话没有什么结果。这名男子显然受到在报纸上读到的消息的影响，提供了一堆模糊的信息，同时还提了一些问题。警方没有注意到吗？这所公寓在很长时间里受到神秘的亚洲裔的人的监视。是否知道伦贝格跟中国有密切的联系？公寓里有没有找到非伦理道德性行为的痕迹？诸如此类。这时，托本注意到楼下的街上停着一辆电视台的车，外面站着一名记者，看起来是在听着什么。然后他再次仔细看了一眼那个千里眼，发现他外套的边上隐藏着一个小麦克风。"

贝尔曼笑了。

福尔默苦涩地把电话推远了一点，"会议已经推迟了半个小时。尼古拉森一组人正在从塞利列街回来的路上。他们在那边花了整整一天。"

"有什么转变吗？"贝尔曼问道。

"是有预谋的，雅各布·伦贝格是被蓄意谋杀的。"

"他妻子呢？"

"显然是一个意外。"

"我去过很多犯罪现场，但从来没有一个像这样的现场，让我感觉就好像特意为我们安排的一样。"

"或者凶手只是不愿意隐瞒伦贝格死有余辜这件事。"福尔默双手扶住腰，"这该死的后背快要折磨死我了。你想喝咖啡吗？"

福尔默离开办公室期间，贝尔曼思量着他刚才的话。如果雅各布该被杀死，那么关于偶然发生的三角关系情杀这个猜测就不攻自破了，但是该怎么解释，是他而不是夏洛特在意料之外的时间回到家中的呢？为什么她就恰好赤裸着？他想到了已装好的行李箱和去维也纳的旅行。究竟是谁要走？

福尔默回来了，"咖啡至少已经煮了三遍了。你要感谢我给你罐啤酒。我只找到了一罐，而且不是凉的。"他说着递给贝尔曼一个玻璃杯子。他倒上啤酒，坐到自己的办公桌后面，"明年改革开始之后你的立场是什么？"他擦了擦嘴，放下了杯子。

"整个队伍会被指派新的领导。在看到他们的肩上多一个星的影子之前，他们会签署一份要求成果和忠诚的加冕声明，然后才能去掌舵。我只能随波逐流，接下来的几年会有很高的风浪。"贝尔曼说。

福尔默看着窗外，"我不干了。这是正确的时间点。我不想加入争斗，我本来就只剩下一年半了。"

"提前一年半载又能怎么样？反正你早就已经还清了房子和车子的贷款。"贝尔曼说。

"我唯一害怕的事情就是会丧失斗志。有太多没有奋斗目标的人都会这样。"

两个人都沉默了一段时间。

"那个中国人还是有最大嫌疑的吗？"贝尔曼问道。

福尔默点了点头，但没有转过身来，"谢谢你打电话告诉我，他在北京被逮捕了。我跟保罗和总局局长说了你跟中国人见面的事情。总局局长听后差点把咖啡喝呛了。"

"尼古拉森肯定很高兴，他的嫌疑人被抓到了。"贝尔曼说着，放下了空杯子。

福尔默转过身，"这不是尼古拉森的风格。此事由我负责。我的部门里不需要这样的调查员，这种人一旦有很小的机会，就会找其他球员上场，要么是因为腿被踢了一脚，要么因为踢进了一个球。我们只有侦破案件才能赢得比赛。现在谁还会想这些呢？不过尼古拉森确实很好奇，并想知道为什么中国人单单把消息告诉你。我也在想这个问题。"

贝尔曼跟他说了周日晚上跟杨波警官共进晚餐的情况,"他感觉当天白天跟你们的会面如同撞上了一堵墙。"

"确实如此。我授权有限。保罗已经跟总局局长谈过了,他也联系了司法部。你可以想象,他们一想到要跟中国人合作就希望上帝能保佑他们。此外,你也够老练了,应该不会喝一顿酒就倒戈。"福尔默吸了吸鼻子。

"这理由听起来颇具官方色彩。"

门口传来了短促的敲门声。

"请进!"

保罗·克里斯滕森,哥本哈根刑警总队负责人,走了进来。贝尔曼和克努森迅速交换了一个眼神。今天,刑警总队长失去了绝大部分他自二〇〇一年上任以来在所有下属的刑警队长们心中建立的信誉。这可以从他的脸上看出来。

"我也想参加这次会议。"他说。

福尔默张开了双臂。

阿纳·贝尔曼在走廊上遇到了特里娜·贝克和托比约恩·拉森。他们刚刚从塞利列街回来,正准备开始写今天工作的简报。贝尔曼悄悄地拽住特里娜的胳膊。等到走廊里只剩下他们二人时,他问她现在最重要的问题是什么。她稍微思考了一下,正要回答时,尼古拉森和安腾·奥斯特高出来了。

"会议在餐厅里举行。"尼古拉森说完,继续沿着走廊走去。

全组人都聚集在餐厅里。延斯·尼古拉森旁边坐着安腾·奥斯特高。他们等着见到阿纳·贝尔曼,但没想到会看到刑警总队长。

"你要不要自己讲一下为什么你也在这里?"福尔默说道。

保罗·克里斯滕森假装没有注意到他尖锐的语气,"不用怀疑,你作为谋杀科的主任全权负责此案的调查,尽管案件发生在阿纳的管辖区,也可以不考虑我在场。我把破案工作全部交给你们,但是很显然此案涉及到了政治的因素,而这是我的工作范围。"

没有人说话。

"好的,我来听一下我们现在的进展,还有那个中国人都做了什么。"

所有人都看向贝尔曼。

"他们想知道,现在针对那个中国学生有哪些证据。"

"如果他们拿到证据,就会把他送到丹麦?"福尔默问道。

"不,中国不会把公民交给外国。"

"那就无所谓了。"福尔默说道。

"也不完全是。"贝尔曼说道,"这样看来也不是什么奇怪的事情。一般来说,哪个国家都不会把自己的公民送到其他国家。直到最近,欧洲内部才开始放缓这个政策。如果能提供足够的证据,他们会在北京对他进行审判。"

福尔默和安腾都摇了摇头。

"他们不傻。如果一个丹麦人在中国杀人之后逃到了丹麦,我们会怎么说?问题是,在中国犯凶杀罪可以判死刑。"保罗·克里斯滕森说道。

"不止是这样。"安腾补充道,"如果雅各布·伦贝格之所以被干掉,是因为他成了那边某个人的眼中钉,抱歉我这么说,但这个中国人根本就没有可能在中国被审判。"

保罗·克里斯滕森看向福尔默,"我们是否有足够的理由相信伦贝格确实在这方面想要揭露一些东西?"

福尔默把球传给了尼古拉森。

"下面一点至少可以排除了,即不是某个偶然入室的盗窃犯惊讶地发现家里有人或者有人刚好回家。除此之外,一切还都无法确定。但可以确定的是,那个学生当天来过公寓,而且他认识夏洛特·伦贝格。无论他是偶然认识了她,还是他被其他人派到了这里,现在都不可能确定。凶手并没有掩盖雅各布才是目标这个事实。可以思考一下他之所以给我们这个信号的动机是什么。但是请告诉我,"他看着贝尔曼继续道,"如果我们要跟中国人玩这场假面舞会的话,那么我们为什么不要求知道那个学生跟中国警方说了什么?"

"是的,或者更好的是,为什么不能让我们自己询问他。我愿意去北京。"安腾补充道。

"这个你就别想了。"福尔默说道。

保罗·克里斯滕森很难看出来他们怎么解决这个问题,"即使他认罪,他也不会被引渡回来,而司法部几乎也不愿意向中国提供证据。"

"大使馆的杨波表示,他可以担保,即使那个学生有罪也不会被判死刑。在其他中国人在外国犯下谋杀罪之后逃回中国的案子里曾有过先例。"贝尔曼说。

"这种担保毫无价值。"

贝尔曼知道，不只安腾一个人这么想。警方对于在棘手的情况下涉足新道路持怀疑态度并不鲜见。探索未知的领域很艰难，可能会面临犯错的风险，一旦出错也会面临遭到批评的风险。"无论如何，都必须给中国人一个答复，不然那个学生就会被释放。我不知道谁愿意为此承担后果。"贝尔曼说。

"你有多大的把握能肯定，凶手是那个中国学生？"保罗看向尼古拉森。

"百分之九十。"他思考了一下之后说道。

保罗·克里斯滕森站了起来。"让我考虑一下。"

五天以后

二〇〇五年十月二十四日,星期一

二十六

　　一片漆黑。无论他看向哪里，什么都看不到。贝尔曼用手摸索着，感觉到他躺在一张床上。他的头重如千斤。他口干欲裂，舌头仿佛失去了知觉。他闭上双眼，然后再张开。没有区别。他胸中涌出一种想吐的感觉。他试着通过慢慢的深呼吸来把这种惧怕感压下去，同时伸手到旁边想要找到一盏灯、一个开关，或者只是一个边缘，但什么都没有。他再次闭上眼睛。他是在梦乡里吗？在梦里他无论双腿怎么奔跑都哪儿也去不了。还是他瞎了？然后，他缓慢地侧着身子一厘米一厘米地转过去。头很痛，他必须控制着让自己不要吐出来。终于他挪到了床的边缘，慢慢地把双腿伸了出去。他的双脚伸出很长才碰到柔软的地毯上，但周围的一切仍然是漆黑的。他快要疯了。他在哪儿，为什么他什么都不记得了？他颤颤悠悠地站了起来，开始伸着手在黑暗里缓慢地走。过了一会儿，救星出现了，前面几米外有一条细细的、垂直光线。就在这时他踩到了什么硬的东西，他跪到了地上才没有摔倒。等他到达光线处时，他的手摸到了一个把手。他打开了门，面前是空旷的酒店走廊。正对面的墙上挂着一幅长方形的画。白云飘浮在灰色的山顶上，山谷中偶有几座曲檐小屋，一座弯弯的小桥横跨山谷中的溪水两岸。眼前终于亮了，手表显示的时间是三点四十五分。贝尔曼在门边找到了开关，打开了门厅的灯，关上了门。他的一只鞋侧躺在地板中央。他在黑暗中踩到了它,他现在还能感觉到脚心的疼痛。他的衣服被扔在窗户旁边的扶手椅上,衬衫半垂在地上。贝尔曼抚了下脑门,感觉到发际线附近肿了起来。他小心地拉开了一边的窗帘。放眼望去都是漆黑的夜空下林立的高楼。大多数的窗户都是黑着的,但依然有很多地方亮着灯。楼下宽阔的街道上不时会经过一辆车。对面的一栋楼的屋顶上,红色的霓虹灯显示着四个中国汉字。他在电视下面的冰箱里找到了一瓶水,一口气灌了下去。然后他拿着一罐可乐坐在床边的扶手椅上,一边望着沉睡中的城市,一边努力唤醒自己的记忆。

今天应该是星期一。昨天下午他跟杨波一起来到了北京。他们在飞机上喝了不少酒。中国警方的一个年轻男子到机场接机,开着一辆黑色的大奔驰把他们送到了饭店,然后杨波坚持要请他吃晚饭。

"你来我的城市做客,我们中国人的传统是必须要招待我们的客人。你不能饿着肚子睡觉。"

他当然不只想要吃饭。北京的交通很拥堵,他们转来转去最后来到了故宫东侧的一条狭窄的街上。两旁的树很密,树冠彼此交叉,低矮的房屋里有许多小商店。餐厅坐落在一个不起眼的门脸后面,里面有各式各样的包间,装饰着许多中国手工艺品:绘画、木雕、花瓶和雕塑。狭长的走廊上,每一个转弯处都站着身着丝绸旗袍的服务员，她们面带微笑，举止优雅地为你指路。贝尔曼完全想不起来这个夜晚是怎么结束的。只记得放了辣椒的菜味道鲜美，他又喝了太多的中国啤酒和茅台。那天晚上的某个时间，有人播放了高亢而有节奏感的音乐，然后出现了一个穿着紧身化装舞服、披着黄色长披肩的消瘦身影，开始在场地中间跳舞。他的脸上戴着一个彩色的面具，头顶上是一个插着两条长长的红色羽毛的皇冠似的东西。这场表演只持续了几分钟。每一次音乐的节奏变化时，舞者都会一甩头，一刹那间面具就变换了颜色，有热情的红色、严肃的白色，还有明丽的黄色和恶毒的黑色。

他为什么来到了这儿？在上周三的会议上，保罗·克里斯滕森曾说了。周四和周五的大部分时间都过去了，保罗和总局局长同司法部的人多次开会。这个案子也远远超过了保罗的工作范畴。周五下午他被叫去开会。福尔默·克努森也在场。

"我们已经跟中国使馆取得了联系。已经谈好，你，阿纳，周日前往北京谈判，搞清中国对此案的看法。"

"这还继续是谋杀科的案子吗？"福尔默问道。

"是的，但是你的部门是哥本哈根警察总局的一部分，我们已经决定让阿纳去了。我已经得到许可，我们同北京负责此案的人员举行一次高层的会议。你不要在中国进行任何调查工作。这次会议的目的就是听，弄明白中国人有什么，能做什么和想做什么？"

贝尔曼注意到，保罗并没有提到是否提供证据的问题。

"我有什么筹码?"

"什么都没有。"

"但是我们可以告诉他们这个案子的情况,还是我们所掌握的那个学生的情况?"

"你不能带任何的书面材料。福尔默稍后可以给你一份此案最重要的细节的汇总。尽可能让中国人提供更多的信息。向他们施压,让他们跟我们合作。让他们告诉我们他们所掌握的那个学生的信息,以及他们询问他的结果。"

"如果他们提出我可以自己与他谈话呢?"

"随机应变。"

贝尔曼喝光了最后一点可乐,站了起来,拉上窗帘。他来北京只不过是为了摆摆样子,这样对外就可以说,所有可能的事情都已经做了。如果案件没有成功侦破,那就是中国人的责任了。他摸了摸脑门上的肿块,感觉这种头痛可能要好多天才能消退。

那辆黑色的奔驰驶过了高大的彩色木大门,继续开到北京贵宾楼饭店的门口,一名门童来迎接了他们。杨波警官下了车,系好西装外套的扣子,看了眼手表。九点半。从中国警方的公安部到酒店只用了不到五分钟。还有时间,天气在这个季节来说还算不错。多云,但也有阳光。他点了一支烟,走到了酒店的进门车道上。凉爽的空气能让他昏沉的头好一点。他希望贝尔曼已经准备好了。昨天他一直把他送到了房间,并提醒他今天的会议时间是十点钟。贝尔曼一边晃晃悠悠地把房卡插进门锁里，一边点了点头。然后他们道了别。杨波才在走廊上走了几步，就听到贝尔曼的房间里传来了很大的碰撞声。他走回去敲了敲门。一切还好吗？嗯，是的，贝尔曼哼了几声。

宽阔的长安街上，交通一如既往地繁忙，但仍然以沉稳的节奏移动着，像一条没有尽头的长龙，很少见其头尾。公安部标志性的建筑就在对面，在这条街上几百米远的地方，是到天安门广场之前倒数第二座建筑。一个星期之前，两名返回地球的航天员被称为英雄，受到人们的热烈欢迎；上周的后几天，罪犯通过网络贩卖儿童的事件被曝光，引起了民众强烈的反响；周末前，内蒙古地区发现了危险的禽流感病例，成千上万只鸡鸭鹅被宰杀。这种传染病在过去的一个月里出现在德国、东欧和泰国。公众的舆论在高兴、愤怒和恐惧之间迅速地转换。

阿纳·贝尔曼手中拿着一个黑色的文件夹，站在了酒店的门口。他穿着一套深色的西装和白色的衬衫，打着酒红色的领带。

"很准时。"杨波说着伸出了手。贝尔曼的胡须剃得很干净，浓密的灰色头发分得笔直。他微红的双眼泄露了他昨晚上喝了不少酒。

"早上好，你穿制服很英俊。"

杨波满意地笑了笑，把贝尔曼请上了等在那里的车。

一个小时之后，韩鞠峰副局长站起来，绕过长长的发亮的会议桌，在门口等待着贝尔曼把他的文件装进包里。

在杨波的陪同下，副局长跟着贝尔曼一路下楼走到公安部门口处宽敞明亮的大厅里。明亮的砖地板上方，八根巨大的柱子撑起了一个正方形内嵌着圆形的房顶。光线透过面向长安街一面的巨大的玻璃幕墙照了进来。至少丹麦警察和中国警察的建筑风格差得不远，贝尔曼这样想着，然后他很快握住了韩鞠峰伸出的手。

"再次真诚地感谢丹麦警方对我们的信任，并把你不远万里派到北京来。我们会尽快联系你。"韩鞠峰副局长转身看向杨波，"在我们下次开会之前，给贝尔曼先生都安排了什么活动？"

"警长要去使馆开会，但肯定不会让他错过城市里最重要的景点。"杨波会意地答道。

坐在黑色奔驰的后座上，贝尔曼看到他们二人站在门口宽阔的台阶上向他挥手。他得到了半截承诺。

二十七

哥本哈根警察总局，同一天的晚些时候

就在特里娜·贝克穿过绿色的旋转门走进谋杀科的走廊上时，托比约恩从延斯·尼古拉森的办公室走了出来。他的脸色很不好。

"早上好，你来得好早。"她一边拉开外套的拉链一边说道。

托比约恩回头看着尼古拉森敞开着的门,"我被调查组赶走了。"

"什么,这是为什么?"

"显然已经不再需要我了。"

特里娜感觉到这并不是全部,但托比约恩没有再说话,只是一脸苦相地看着走廊。

"那我呢?"

他耸了耸肩。

"他说什么关于阿纳的事情了吗?"

托比约恩似乎没有听懂。

"没什么。"她说。

"好吧,那我去收拾我的东西了。"说完他就走了。

她是应该继续工作,还是去虎口拔牙呢?尼古拉森要赶走托比约恩肯定有什么理由,可能跟她也有关系。阿纳·贝尔曼周六打电话说,他接到临时通知要去北京搞什么后援行动。她太了解他了,因此没有多问,只是问了他打电话有什么事。他还是想知道,调查过程中最重要的问题是什么,除了那个学生之外,在中国是否还有什么东西能够给案子带来光明。她很想问他为什么不跟延斯·尼古拉森讨论这件事情,但是她还是说,过去几天的调查显示,夏洛特回丹麦之前的一个月曾经治疗过一名男子。她选择给他匿名,叫"双子",原因不明。

"他为什么值得关注?"

"根据日志，她认识他的时间并不长，但他显然撞死了一个男人。"

"交通事故？"

"也许是，但如果我是夏洛特，我会把它写进去，但她并没有。她只写了他寻求她的帮助的原因是'撞死他人'。"

"没有地点和时间？"

"没有。"

"也没有间接说明患者是谁？"

"没有，他可能是中国人，也可能是外国人。"

贝尔曼问，那个学生是在哪个星座出生的。她已经调查过了，他是双子座。

"那我们不就又回到了出发点上，那个学生就是我们要找的人？"

"除非他是真正的双子，因为夏洛特在北京治疗这个病人的同时，王江正在哥本哈根读书。"

星期天是自从塞利列街的谋杀案发生以来她的第一个休息日。她洗熨了一大堆衣服，打扫了卫生，又买了接下来几天的吃的，但这并没有赶走她脑海中的思绪，这些琐碎的事务反而激发了新的想法和问题。在近两个星期的时间里，她像一个演员在为一个重要角色做准备一样，一点点地默默深入探究着夏洛特的生活和她在被杀之前的行为。上周四，技术人员破解了笔记本电脑所有的密码，显然那是她的电脑。在无数邮件、文件和照片之中，仍然有一部分是跟雅各布有关的。托本·汉森负责这一部分。她读了所有的病例日志以便更了解夏洛特。安腾认为,"双子"应该没什么价值,因为王江那段时间在丹麦。

夏洛特仅四十二岁,比特里娜要年轻。尽管相差六岁,但夏洛特已经开始意识到身体正在缓慢地进行衰老。明显的标志就是月经的时间和给女性朋友的邮件里不时会提到体重、胸部下垂,还有发现下巴上依然没有长出杂毛,等等。偶尔谈到雅各布时,略带苦涩的语气,这说明了,尽管他年纪已经不小,但仍然表现得好像比实际年龄年轻二十岁一样。

延斯·尼古拉森站在办公桌后面,弯着腰整理一些文件。特里娜进来的时候他抬起了头。

"你跟托比约恩谈过了?"

她点点头。

他轻轻地把文件往桌子上一拍,"我没法留着他。昨天我才知道,他跟拉斯·韦斯特贝格有私交。显然他们已经认识很长时间了。"

他不会把我看成是阿纳派来的奸细吧,她想到,"这有什么特殊意义吗?"

"我无法让任何人有任何机会来质疑我们的工作,你看看这儿。"他说着把文件拿了起来,"目前为止已经收到了议员提出的十四个问题,他们再次要求福尔默给出答复。这些是由司法部转交给总局长的,现在这些问题都堆到了我这里。我们在追踪那个中国人之前耽误了多长时间？而发生在这个时刻的理由是什么？为什么迄今为止警察仍然没有询问在媒体上出现过的重要证人？他们可能想的是那个电视新闻栏目出现过的那个出租车司机，他说自己星期三下午载着雅各布·伦贝格从市政厅到了剧院宾馆，然后雅各布在人行道上跟两名神秘的外国男性见了面。如果这是真的，那么雅各布的自行车在同一时间自己从日报回到了塞利列街。或者他们想的是那个想从托本那里打探内部消息来卖给媒体的疯了的骗子。还有你怎么看这两个问题的：为了将有嫌疑的中国人引渡到丹麦，警方做了些什么？警方是否已经将中国学生的身份告知了中国警方？第二个问题特别有意思，有三名议员都想知道答案。无论我们怎么回应，因为政治立场的不同，这很可能被变成一场丑闻。我们要么是做得还不够，无法迅速把他缉拿归案；要么就是我们把他送回了中国，受到永无休止的审问。显然，玩弄警察比解决陈旧的学校、医院过长的等候时间、未融入社会的移民、糟糕的经济和气候变化这些种种问题要有意思的多。"

"你昨天没休息吗？"特里娜问道。

他把议会的问题扔在了写字台上。有几张掉到了地上。

"是的。早餐的餐桌上，我八岁的女儿缠着想要跟她姐姐一样有一个手机。我跟我老婆难得一致反对。然后发生了什么？一个小时之后，她把我拉到了她的卧室里，给我看她刚刚做好的PPT演示文稿。上面写着所有她为什么应该有一部手机的论据。"

他们都笑了起来。

"你知道贝尔曼去中国了吗?"尼古拉森问道。

他希望我说不,特里娜想着,看着地板说,"他周六给我打电话,让我转达问候,然后说他没有自己申请,而且他也不想……"

"好了,你不用说了。我们十五分钟之后在餐厅见。"尼古拉森弯下腰,从地板上捡起了文件。

安腾·奥斯特高用嘴唇的边缘小口地喝着热咖啡。他面前的桌子上,笔记本、烟盒、金打火机、手机和一根尾端带橡皮的削尖了的铅笔等距离地摆放着。

上帝知道他的暗兜里是不是装着尺子,特里娜想着,给自己倒了一杯咖啡,然后坐在了他对面。

托本·汉森把头凑了过来,"早上好,会议什么时候开始?"

"六分四十秒之后。"安腾看了看表说道。

"原谅我,如果我迟到了七秒钟的话。"托本回答道,然后消失在走廊上。

特里娜无视了安腾的目光,看向窗外。今天是典型的灰蒙蒙的天气。

"你听说那个好消息了吗?"

她疑惑地看着他。

"你们分局的头儿被派到中国去织网了。我们只需要等着他胳膊底下夹着王江回来就行了。"

托比约恩走了进来,把背包扔在了桌上,然后坐在了安腾的右手边,伸手去拿咖啡壶。

"我们马上就要开内部调查会议了。"安腾说。

"是的，是的，你别紧张。我很快就会干了这杯咖啡，然后去大国王街，固定上白班，周末休息，再也不用操心这个案子。"

安腾转向特里娜，"你知道他要去中国，对吧？"

"你想说什么？"

"听说他老婆离开了他，所以他总得跟别人交流。"

特里娜眯起了眼睛盯着安腾的目光。

"呃，好吧，我不是那个意思。"

"不明白。"

"妈的，他那边有什么可指望的？"

"如果你跳着踢踏舞就是为了知道阿纳是个什么样的头儿，我可以告诉你他很糟糕，尤其涉及到耍阴谋诡计这方面。"她再次转开了目光。这不是谎话。在某种程度上来说，阿纳是一个糟糕的头儿。他对于无处不在的涉及到资源分配、改变排班等等重要决定的游戏唯恐避之不及、毫无兴趣。这些都需要暗箱操作。也许他不能阻止自己的分局被关闭，但他也没有做出任何努力。阿纳把他的精力都放在了案件的细节上。这也不再是他的任务了。

"哦，不过可以说他运气不错，给你们俩找到了下家。"安腾说着，伸手去拿咖啡杯。但他始终没有碰到手柄。托比约恩重重地靠向了安腾，同时伸手去拿桌子中央的糖罐。他巧妙地碰倒了安腾的杯子，于是咖啡流到了他的手机、打火机和那包法国烟上。

二十八

北京，午后

就在安腾的怒吼声在整个警察总局的走廊中嗡嗡作响时，贝尔曼正坐在前往三里屯地区的丹麦大使馆的出租车上。这是哥本哈根安排的约会。警察总局局长和保罗·克里斯滕森不是唯一想要了解他跟中国人的会谈情况的人。奥勒·保罗森大使等着在三点钟会见他。在跟韩副局长和杨波会谈之后，他回到宾馆倒头就睡。一个小时之后，宿醉带来的头痛欲裂终于有稍许缓解。

"你可以叫我麦斯。"司机一边说着，一边娴熟地在车道间穿梭着，"我的真名对外国人来说太难了。"他爽朗地笑着，然后指着仪表盘上的一个金色的相框说，他刚当了爸爸，有了一个女儿。相框里放着一张照片，上面是脸颊相贴的一个女人和一个孩子。

所有车道上的车都很多。贝尔曼以为会看到很多骑自行车的人，但是只有个别的三轮货车和孤零零的一辆三轮车。车的红色后座上坐着一对打扮时髦的、年纪跟他差不多的外国夫妇，他们在欣赏周围的风景。一个双颊凹陷的男人站在踏板上用力蹬着，好让车子往前走。

贝尔曼有好几次差点把车底盘从车上跺下去,因为他觉得麦斯肯定要撞上前面的车或者是并过来的车。

"放心吧,你坐的不是刚从农村进城的农民开的车。"麦斯笑了笑,到路口时,从左转道上野蛮地直插入了直行道,至少超过了二十辆车。让贝尔曼感到惊讶的是,他没有听到后面传来任何急促的喇叭声。只有当没有人开快车的时候才会这样,他想到。也许自行车已经收起来了,但司机们的想法和开车的方式还是像骑自行车一样。

麦斯驶离了北京东北部的三环路,开上了辅路。道路两侧的银杏树种植得很密,它们金黄色的树叶的影子斑驳地映照在一个接着一个大使馆的建筑物上,这些建筑的周围是高墙和铁栅栏,并且有身着制服的士兵守卫。丹麦大使馆离三环路最近。

出租车的车程大约半个小时,计价器上显示的金额为四十五元。贝尔曼寄给麦斯一张五十元,麦斯坚持要找给他五块钱。

"如果你下次需要用到我的话,就给我打电话。"麦斯边说边笑着递过自己的名片。

门卫指了指长长的车道尽头的办公楼,它的两侧是一层高的灰色砖石建筑。贝尔曼按其所指来到了一座种有胡桃树的四方形庭院。大使馆比他想象的要大一些。一个身着白色衬衫和牛仔裤、蓄着淡淡的长胡须的年轻男子正在前台等着他,领带系得很松。

"你好,我是托马斯·克拉玛。大使正在等你。不巧的是他的时间有点紧,突然出了一点急事。希望你不介意我也参加会议,我除了是大使秘书之外,也负责媒体事务。"说着他们便穿过了安全门。贝尔曼摇了摇头,尽管他不理解克拉玛提出的第二个理由。他被带着左拐右转穿过了有落地窗的长走廊,它有窗户的一侧都是朝着庭院的。克拉玛最后停在了走廊尽头的一个门前。外面的墙上挂满了自一九一二年以来所有大使的照片。

"我们到了,"他说。

大使奥勒·保罗森从电脑前转过椅子,站起来请他坐在对面的沙发上。他大约六十岁出头,体格健壮,透着一股沉稳和权威的气息。

"在我们这个纬度很少有机会接待你们警察——法律的化身人物,欢迎你。"他眨着眼说道。贝尔曼伸出了手。警察在某些情况下被看成是貂群里的狐狸,但从他的经验来看,驻外的外交官,甚至高层政客往往也对警察的工作很感兴趣。暴力、死亡和诈骗,除了那些必须去破案的人外,对所有的局外人都具有引人的新鲜感。

奥勒·保罗森直入正题,"跟中国警方的会谈有什么成果?"

"在他们面对同样的案情时,如果我们能保证提供协助,他们就会协助我们。"

保罗森点点头,"这不奇怪。但是,国内关于这起案件里的中国因素的主流看法有点不切实际。什么能够帮助你们破案?"

贝尔曼有很多想法,但他选择了最保险的一个,"如果我能详细了解被逮捕的学生在伦贝格夫妇被害当天做了什么的话,最好是从他自己的嘴里说出来。"

"如果一个丹麦人因为被怀疑在国外杀了人而在国内被捕,那么会允许中国警方跟他直接谈话吗?"

"我在会议上说,会给予积极考虑。"贝尔曼回答道。

大使看起来松了一口气,"他们同意你跟那个学生谈话了吗?"

"会积极考虑。这取决于学生自己是否情愿。"

"我们只从媒体上了解到这起案件。确定是他吗?"托马斯·克拉玛问道。

贝尔曼耸了耸肩,"已经足够对他进行指控,但是距离定罪还有很长一段路。他在第一次审讯时承认案发当天到过公寓里,但他否认杀害了任何人。"

"我也会这样做。"克拉玛说道。

"无论如何我都希望他愿意跟我谈话。"

"否则就会雪上加霜?"

"是啊,通常无罪者都会尽其所能地解释为什么警方的判断有误,但是在这个案子里不太管用。"

"为什么不?"奥勒·保罗森问道。

"如果我们不能移交证据,他就会被释放了。"

"他们真的这么说。有没有可能把他送到丹麦?"

贝尔曼摇了摇头。

保罗森大使飞快地看了一眼手表,"嗯,我们只能顺其自然了。谢谢你的通报。我们接下来几天保持联络,如果有什么我们可以做的,请告知我们。"

"你们认识雅各布·伦贝格吗?"

保罗森看向托马斯·克拉玛,"是的,我们认识。"接着他说,"他在很长一段时间里都是这里的常驻记者之一,我们经常同他们保持工作上的联系。我们在报纸上获知他被杀害之后,感到非常震惊。"

"你们知道他为什么会被杀害吗?"

他们都摇了摇头。

"没有什么传言?"

"至少我没有听说过。"克拉玛说道。

"关于雅各布·伦贝格被杀害的原因有一些猜测——包括中国有人想要阻止他曝光私下收受贿赂的腐败官员,他们征用了大量的农村土地用于建筑项目。这在你们听来如何?"贝尔曼问道。

"这个国家有腐败现象不是什么秘密,对普通的中国人来说也是如此。报纸每周都会报道此类新闻。丹麦记者也没有落后。如果雅各布·伦贝格因为这个理由而被杀害,那么一定有什么不同寻常之处。"奥勒·保罗森说道,然后向他道歉,因为他不得不赶去参加另外一个会议。

托马斯·克拉玛跟着他到了使馆的大门口,"我想了一下,雅各布·伦贝格有没有写过什么特别敏感的报道。最容易的办法就是去问一个法国记者。"

"一个法国记者？"

"是的，他们共用同一个办公室。驻外的特派记者常常跟其他的外国同事一同工作。他们不会因为国内的媒体报道而产生竞争。"

"告诉我名字！"

"帕斯卡·塞比赫。"

二十九

哥本哈根警察总局，上午

谋凶科里充斥着疲惫的气氛。大家已经连续两个星期不分昼夜地工作了，但调查仍然没有取得实质性的进展。当全组人再次聚集在餐厅里时，尼古拉森惜字如金。他把工作限制在解决尚未弄清的事情上。安腾·奥斯特高忙着检查，碰洒了的咖啡毁了他的不少文件。

调查许可带来的结果是，在星期三下午给日报报社打过电话的一长串电话号码，这并没有让他们站起来欢呼雀跃，但是，夏洛特的电话号码让大家眼前一亮，要么是她自己给雅各布打了电话，要么是凶手用这个电话找借口让雅各布提前回家。尼古拉森更倾向于第二种可能性。之后，他可能从夏洛特的手机里删掉了这次通话，这更加证明了凶手在跟警察玩捉迷藏。

尼古拉森避免提到贝尔曼，直到谋凶科的一个年轻人直接问他去中国干什么了。

"哗众取宠。不要期待能帮我们达到目的地。中国视角本来也只是众多可能性中的一个。"

特里娜吓了一跳。他是因为自己没有被派到中国去而试图在同事面前挽回脸面吗，还是背后有什么深意？

所有的猜测都需要继续调查——无论可能性大小。尼古拉森还希望对塞利列街周边区域进行再一次的问询。要找到那些可能被漏掉了的见证到有价值的线索的人。这时传来了一片叹息声。

特里娜建议再次对艾格蒙宿舍进行调查。时间已经过去了一个星期，这个案子成为了媒体的日常素材。可能会有某个学生知道王江的事情，但之前没有机会讲。尼古拉森同意了。

一个小时之后，特里娜跟托本驶入了停车场，特里娜朝着站在宿舍门前的年轻中国女孩挥了挥手。杰西卡也挥了挥手，同时把黑色的冬衣紧紧地裹在她瘦小的身体上。当特里娜打电话问她在不在家时，她说她在。她的女朋友一整天都去参加讲座了。

"我们能去公共厨房聊天吗？"杰西卡一边上楼一边问道。

"最好是去你的房间。"特里娜说道。

"好吧，那我去拿一下我的茶。"

当他们在走廊上等候的时候，特里娜看到红色卷发的卡斯珀·哈默正随意地躺在厨房里的沙发上。他抽着一根烟，跟正准备在电炉前做饭的一个高个子男生聊天。卡斯珀看到杰西卡进来之后，注意到了特里娜和托本。他迟疑地站起来走了出来。

"如果我能相信报纸的话，我短时间见不到乔治了吧。"他抚着薄薄的胡子说道。

"你有他的消息吗？"

"没有，我也不认为会有。就像我上回说的，我们只是邻居。"他看向厨房里，杰西卡正在把杯子和茶壶放在一个托盘上，"中国人大部分时间都是跟他们自己人在一起。"他说道。

"如果你听说了什么的话，你知道该往哪里打电话。"特里娜说道。卡斯珀的语气里带着一丝算计。

"是真的吗，提供关键线索的人能得到一万克朗的酬金？"卡斯珀让开了一步，让杰西卡能够端着手里的托盘走过去。

特里娜看向托本，他也没有听说过这个消息。

"你是从哪里知道的？"她问道，然后他们跟上了杰西卡。

"你们不读网络报纸吗？"他朝着他们喊道。

特里娜端详着这个年轻的女孩，看着她把茶倒进没有手柄的极小的陶瓷杯子里。她的动作很娴熟，但她黑色的眼睛里流露出一丝不安。

"闻起来真香。"她说着看向托本。

"可不是嘛。这到底是什么茶？"

杰西卡扬起目光，把一缕头发别在耳后，"我想你们应该不知道大红袍。"她递给他们一人一个茶杯。

"大红袍，不知道，我们从来没听说过，对吧？"托本说着，嗅了一下淡红色的茶。

"这是福建省的武夷山上产的一种茶叶，一个最喜欢喝这种茶的古代的皇帝给它起了这个名字。"

"你喜欢待在丹麦吗？"特里娜抿了一口茶问道。

"我的父母为了给我这个机会牺牲了很多，所以我当然既高兴又感恩。"

"丹麦和中国最大的区别是什么？"

她笑了，"你们的空气更干净，我喜欢动物园，也喜欢沿着厄勒海峡散步。哥本哈根很漂亮，但除了步行街和火车站之外的地方都很安静。在中国正好相反。你身边永远有无数的人，我就像所有离家很远的中国人一样，想念三个"F"——家人、朋友和美食①。"

"那丹麦人呢？"特里娜问道。

杰西卡放下小小的杯子，"你们总是直截了当地问一些私人问题，女性可以完全公开地说她们有好几个孩子，尽管她们既没有结婚，也不跟孩子们的爸爸住在一起。"

托本笑了。

"还有很奇怪的是，我的很多丹麦朋友到学校才吃早饭。"

---

① 三个词的英文首字母正好都是 F。

"你学的是什么？"

"生物化学？"

"听起来很难。"托本说。

杰西卡耸了耸肩。

"对你来说不难？"

"去年，我们要列一个清单，写上我们做过多少实验。结果显示，在我来丹麦之前，我做过的实验比我所有的丹麦同学加起来还要多。"

特里娜感觉他们已经兜了很大一个圈子了，"我们上次谈话时，你提到，王江回中国是因为个人原因。出了什么事？"

"我们不太习惯谈论私人问题。"

"我明白，但你现在知道了，了解让他突然离开的原因是一桩很重要的事情。"特里娜说。

杰西卡点点头，低头看着自己的手，"我不知道王江是否做什么错事，但他肯定没有杀人，我可以肯定。"

"他可能会做什么错事？"

杰西卡耸耸肩。

"王江有没有提到过，他在中国卷入了一场严重的车祸？"

"没有，我从没听说过。"

"王江在丹麦期间遇到了什么问题吗？"

"没有，除了刚才你们见到的卡斯珀。"杰西卡小心地一笑。

特里娜和托本看起来都很困惑。

"嗯，如果你们不介意我这样说的话，尽管丹麦人常常说他们不排斥外国人，但并不永远是这样的。无论王江花多少额外的精力打扫厨房，对于卡斯珀来说永远都不够。他说，我们在这里是客人，所以我们应该入乡随俗。但如果我们是客人，那他也应该像对待客人一样对待我们。"

特里娜点点头，"你或你的朋友在王江离开丹麦之后有没有跟他联系过？"

"没有，我们没有任何他的消息。"

"之前有没有发生过王江突然回国的事情？"

"没有，他来丹麦之后就没有回过家。我们常常谈起，要是能回家该有多好。"

"你确定吗，学生的假期那么长。"

"是的，他妈妈春节期间来看过他。暑假他去了伦敦和巴黎。"

"王江有女朋友吗？"

杰西卡抬起头，"至少没有丹麦女朋友。"

"那在国内？"

"我觉得没有。"她说道。

"你告诉过我，他的邮箱地址是 I am back soon（我会很快回来），这听起来很可能是一个承诺。"

三十

爱尔兰酒吧，北京，下午

当贝尔曼下午四点半左右踏进这个昏暗的店里时，店里已经坐满了一半的人。在屋内的不同地方的天花板下吊着四个大屏幕电视，里面正在以静音模式转播着不同频道的体育比赛。扬声器正在播放着重低音的嘻哈音乐。天花板下还挂着很多足球俱乐部的衣服和旗子。多数客人都是男性，或站着，或坐在店里最后面长长的吧台前的吧台椅上，两个穿着保罗衫的中国服务员正努力跟上点单的节奏，把啤酒杯端到吧台上。

大使秘书托马斯·克拉玛带着一丝不安，吞吞吐吐地把帕斯卡·塞比赫的电话号码给了贝尔曼。当贝尔曼打电话给这个法国记者介绍自己是何人的时候，他毫不犹豫地接了电话。

"你现在在哪里？"

"我刚离开三里屯的丹麦大使馆。"

"好的。沿着路走到头，然后左转。走到红绿灯路口时，右转。爱尔兰酒吧在左侧不远处。你最多只需要十五分钟。你来的时候我肯定到了。"

贝尔曼环视了一圈，最后他看到了朝着街道的角落里的一张桌子上扬起的手，整面墙都是玻璃做的。帕斯卡·塞比赫站起来跟他打了招呼。他个子不高，但肯定适合加入橄榄球队。四十五岁左右，短发，体格壮实，唯一能把脖子和头区分开的是他的络腮胡。塞比赫不是一个人。

"劳伦斯·海克特。"他指着一个个子很高、头发稀疏、五十多岁的男人说，"自从雅各布·伦贝格回丹麦之后，我们就共用一间办公室了。"

海克特的大肚子显示出，他一定是像爱尔兰酒吧这样的地方的常客。

塞比赫向已经拿着三杯啤酒走过来的服务员示意了一下。

"首先要说明一下。劳伦斯来自苏格兰，不是英格兰，而这是一家爱尔兰酒吧，不是英格兰酒吧。"塞比赫说着举起了杯子，从海克特的大肚子里传来了低沉的笑声。

"你不喜欢英国人？"贝尔曼说着擦了擦嘴。

"法国人恨英国人。"

海克特的肚子又颤了颤，"英国人很难决定他们到底是最恨德国人，还是法国人。"

"我可以肯定我们排在第一位，如果不是这样我会失望的。"

"为什么？"贝尔曼问道。

"很多充足的理由。如果你想要的话，我可以列一个清单，但是我需要花一个星期时间。好了，玩笑先放在一边。欢迎来到北京。你想谈论关于雅各布的事情。如果我能相信我在丹麦的同行的话，这个案子几乎已经侦破了。"

贝尔曼如履薄冰。无论是哥本哈根还是杨波都不会愿意让他跟记者谈话，来深挖雅各布·伦贝格在中国的过去，"言论自由，众所周知。"他说。

"所以说还有漏洞。"塞比赫满怀期待地说。

"一个案子只有到了宣判的时候才算是告破，警方需要有证据来证明嫌疑人的可能性、意愿和动机。这需要了解发生了什么和为什么。"

塞比赫慢慢地转动着自己的啤酒杯，看着杯子在桌子上留下的一圈水迹，"暂且不提这个案子背后一定有一个故事，雅各布是一个好同事，作为一名拉丁人，我希望杀害他的凶手将付出代价。"

贝尔曼并不着急。

"你想知道什么？"塞比赫问道。

"这次会面之后没有人会写什么吧？"

海克特的肚子又跳了跳，但当他看到塞比赫的目光后，他喝光了自己的酒，与此同时抬起了手。

"有什么事的话可以打我的电话！"

贝尔曼点点头，拿出自己的名片递给他。

雅各布·伦贝格于二〇〇〇年来到北京。在那之前他在香港做自由撰稿人，直到一九九七年英国人把殖民地归还中国之后，很多西方的记者都涌入了北京。跟预想中不同的是，中国人并没有在原本的殖民地施行他们自己的制度，其结果就是没有什么新的东西可报道。随之而来的是中国占据了越来越多的世界性话题。北京成为了与华盛顿和布鲁塞尔比肩的中心。

"中国什么都有,无论你是真的对这个国家和它的人民感兴趣,还是你只是为了金钱而写作。在这里做记者是让人欣羡的,这个有着庞大的人口的社会在过去二十五年里取得了史无前例的经济和社会发展。一个在过去两百年里受尽屈辱的古老巨人,现在再次站起来了。这个过程难以避免给身上带来淤青和伤痕。尽管中国人已经摆脱了饥荒,所有人都能够接受教育,但是富人和穷人之间仍然存在着巨大的差距。即使是最迟钝的外国记者,就算是一只手插在兜里,都能发现这里跟我们自己国家的小地方相比,还有极大的发展空间:污染、食品安全、腐败、在恶劣环境中工作的煤矿工人,以及成百万从贫穷的外省来到大城市的农民工,他们在参与建设的同时,也期盼着自己能享受到国家发展的成果。"

"雅各布有什么特殊之处吗?"

"跟大多数其他人一样,他写的都是国内想要的内容:政治、经济等等。"

"这给他带来什么麻烦了吗?"

塞比赫干笑了一下,"当然。我们之中能读和写当地语言的人很少。如果你想要更进一步,不满足于引用一般的官方来源、非政府组织、高校人士,或者偶尔某个王女士或王先生的话,就会比较麻烦。"

"但通常不会因此而死。"

"不会。"

"听说雅各布·伦贝格要写一本可能有些中国人不喜欢的书,是关于腐败的。"贝尔曼试探着。

塞比赫摸了摸下巴,"我不知道是怎么回事。这里有许多关于一些神秘企业的故事。它们买下北京和其他大城市的老旧住宅区,然后通过拆掉旧楼建新楼来谋取巨大利润。还有关于官员通过给程度不同的非法建筑发放许可,或者无视居民投诉来私下收受贿赂的报道。但这些是我们所有人每天都写的东西。"

"没有人来为难你们?"

塞比赫再次发出沙哑的笑声,"当然我们有时会有麻烦。但我还是要说,这远不足以造成一个外国记者被谋杀——更别说在他自己的国家,尽管这样说会伤到我这颗记者的心。你们的调查指向这个方向吗?"

"很难说。如果雅各布得到了某个事件的线索,并可能样造成这样结局,你会知道吗?"

"我很希望我知道,尤其是为了我自己。我们几乎合作完成所有的报道。"

"没有任何直接的生命威胁,也没有不速之客到办公室或者他家去找麻烦?"

"可惜没有,不然那会成为很好的素材的。"

"他为什么离开了这里?"

"在国内的一个编辑职位。雅各布已经在北京和中国待腻了。五年之后,他已经写够了关于中国的报道,受够了搜集新素材的困难,也受够了努力去解释这个国家是多么庞大而复杂。他的书大概就是一系列文章的汇总,要么是曾经在日报上公开发表过的,要么是被他的编辑刷下来的文章,因为抢先报道国内的读者可能会感兴趣的新闻是编辑们之间的永恒的抗争。"

"他有个人问题吗?"

"谁没有呢,为什么会死?"塞比赫看着他们二人。

"对金钱、地位或女人的追逐。"海克特说道。

"事情就是这样的。"塞比赫说,"按照一些丹麦报纸所说,雅各布提前回到家,发现自己的妻子赤裸着跟一个男人藏在衣柜里。"

"太法国式了。"海克特笑着说。

塞比赫摊开双手,"我跟雅各布能够合得来的一个原因就是,他身上有不少法国人的特点。可能他妻子决定到了该让他也尝尝同样的味道的时候了?你们有一个中国嫌疑人,他是谁?"

贝尔曼斟酌着该怎么避免被塞比赫榨出更多东西,同时又不妨碍他自己去深挖,"一个年轻学生,没什么特别的。我希望有一天能得到他的关于此案的版本。也许他会确认这就是一场平淡无奇的三角恋爱悲剧。你认识雅各布的妻子夏洛特吗?"

"漂亮,但是很少来我们办公室,即使她来的时候她也很少说话。她是心理分析师。"帕斯卡·塞比赫再次摊开双手来强调他的重点，"有时候她会一起参加为外国记者举办的年度招待会。那时候大家就知道为什么雅各布会爱上她了。"

"你认识她在这边的交际圈里的人吗？"

塞比赫想了一下，"你可以去'老书虫'试试。"他说道。

三十一

哥本哈根，艾格蒙宿舍，当天晚些时分

杰西卡踮起脚尖在冰箱里找盛着昨天晚餐剩菜的饭盒。应该还有一盒鱼。希望不会有人为了腾地方又把她的饭菜扔了。就在她正努力够最上层的架子时，她突然感到周围有一种冰冷的气息，一种不只是自己一个人的感觉。她并没有听到有人进来，她转过身。卡斯珀就站在她身后不远处。

"你为什么要偷偷摸摸地进来？吓了我一跳。"

"抱歉，你找的是这个吗？"他伸出手，在最上层的架子上推开了几样东西，拿出了一个小盒子。

"谢谢。"说着，她从他身边走了过去。他的道歉不怎么可信，而且她怀疑他是故意把盒子藏在最上层的。她不喜欢卡斯珀。他既懒惰，又阴晴不定。他时而兴高采烈，时而变得自闭而易怒；双重人格，一个有着两个人格的人。

卡斯珀坐到沙发里上，"警察呢？"

"你觉得呢?"她把盒子放进微波炉里。

"他们还在找乔治?"

"那他们只能去中国了。"她答道。

"呵呵,那可不容易。"

她看着他,"王江没有做坏事。"

两天以后

二〇〇五年十月二十六日 星期三

三十二

哥本哈根警察局,近晚七点

福尔默·克努森用期待的目光看着自己的副手。作为一名老师,他用了多年时间把尼古拉森带到了现在的位置上,只待时候到了就会接替他的工作。警察的工作就跟所有真正的手工艺行业一样,都是建立在把知识、经验和技能一代一代传承下去的基础上。这是一个漫长的过程,需要很多时间。

但是这么显而易见的事实在衡量警察的未来时却起不到多大作用。所有人都只追求眼前的成果。就好像期待一个孩子能起到什么作用一样。

"我无能为力。"他重复道。

"如果保罗出去跟媒体说,那个中国学生已经在中国被捕了,我们基本上就可以放弃破案了。"尼古拉森说道。

"这不是如果的问题。事情已经发生了。今天已经是这对夫妇被害整整两个星期了。自那天起,对于要拿出成果的压力与日俱增。耐心已经不是一种美德了。雅各布·伦贝格的母亲已经多次直接找到总局局长,要求竭尽全力让那个中国人承担罪责。日报报社,还有所有的媒体,跟一些议会里的政治家们一起争相来火上浇油。可能只有神才知道究竟是谁发布了悬赏。工作条件确实不理想，但这为什么会妨碍你破案呢？难道你已经不再相信那个中国人是凶手了？"

"百分之九十九可以肯定。昨天，夫妇的床上的床单上残留的精液中的DNA检测结果出来了。跟公寓里的一个酒杯上的唾液是匹配的，王江的宿舍里至少有八处检测到了同样的DNA。"

"那么还有什么问题？"

"对于公众来说，那个中国人是一个理想的嫌疑人。如果我们确认他也是我们最主要的嫌疑人，那么我们就永远不能在哥本哈根见到他了。无论中国人会不会释放他，他都不可能再次踏上丹麦的土地。"

"剩下的百分之一是什么？"

尼古拉森揉了下鼻子，"如果一个目击者在中午时分在楼梯上看到的人是王江的话，那么跟谋杀时间发生在下午是不相符的。当然他有可能在没有人看到的情况下再次返回，但这又需要有一个解释。同样还有打给雅各布·伦贝格的电话。他突然回到家，惊讶地发现夏洛特正在跟一个陌生人在床上的说法也站不住脚。有可能要跟夏洛特一起去维也纳的不是雅各布，而是王江。如果雅各布不愿意放她走，可能他们会决定把他除掉。这中间肯定出了什么问题，因为夏洛特最后在头上留下了一个大洞。而雅各布被杀害的方式在我看来也不太像过度谋杀。这就把我们引向了阴谋论，雅各布是因为他的作品而被杀害的。也就是说，有人派王江来完成任务。他讨夏洛特的欢心就是为了找到合适的时间，同时确保他能够删除雅各布的文稿。你记得吧，公寓里少了一台电脑。但是问题又来了，为什么要多此一举地布置犯罪现场？放在夏洛特胸前的花、被拖到椅子上剪掉舌头的雅各布、桌上的剑、钟等等？我们知道王江去过公寓，现在也知道他跟夏洛特发生了关系。换言之，他有很多动机杀死雅各布。这使他成为了关键人物。但是，如果我们回到嫉妒和报复的动机上来看，就不能完全排除，还有另外一个人对夏洛特有意思，而这就会颠覆一切。因此我保留剩下的百分之一。"

"是谁？"

"你不会想听的。"

"是谁！"

"就像我说的，我相信中国人，但是，如果不是他，你肯定会说我在犯罪现场做了一件典型的蠢事。"

"你不可能是破坏了线索吧？"

"恰恰相反，我让一个可能的嫌疑人进了公寓，在谋杀案发生之后。"

福尔默·克努森瞪着眼睛说，"那个心理分析师！？"

"是的，他是她在大学里的老师，后来成了她的督导人。在一个病态的警察思维看来，这让人浮想联翩。另一方面，他看起来既没有胆量也没有能力杀人。因此，我决定进一步试探他，让他直面公寓里发生的一切。我的借口是，他可以帮助提供他对于凶手行为的评估。刑技科已经检测了屋子里的一切痕迹，但依然有很多不明的指纹。韦斯特贝格被允许走进公寓，但是所有他碰过的东西都被登记了。某一时刻他拽了一把椅子出来。我根本就没有理由要他的指纹。但这样一来他的指纹就送上门来了。他在此之前至少来过公寓一次。他的指纹也出现在了马桶的水箱上。而复原现场时他绝对没有去过那里。"

福尔默·克努森对尼古拉森没有早告诉他这件事感到很生气。无论如何他都还是谋凶科的头儿，"韦斯特贝格很可能以前多次到公寓进行寻常的拜访。无论如何，他是夏洛特的同事。他为什么要做这么极端的事？"

"我也没这么说，而是你自己要问剩下的百分之一的。"

"他有不在场证明吗？"

"我还没有问过，如果我不指控他的话我该找什么理由？"

"你有贝尔曼的消息吗？他跟中国人谈过了吗？"

尼古拉森摇了摇头。

"该是时候了。"福尔默在电话表里翻了翻，拨了一个号码。过了一会儿电话才连通，又过了一小会儿，电话才被接起来。

"喂，是你吗，阿纳？"

听筒里传来了咕哝的同意声。

"你的声音有点奇怪，信号可能不好。"福尔默说着，然后看到尼古拉森示意让他打开免提。

"你现在能听见我说话吗？"贝尔曼提高了声音。

"是的，现在好了。听着，阿纳。我打电话是想告诉你，你可能是对的，犯罪现场显示不止一种可能性。"

"你半夜两点给我打电话就是要告诉我，我可能是对的？你就不能等到你能说我是错的时候再打电话吗？"

福尔默朝着尼古拉森眨眨眼，"你说你那边是夜里吗？这里才晚上七点。"

"算了，我现在醒了，你想说什么？"

"我跟延斯在一起，我们想知道，你跟那个中国学生谈过话了吗？"

"还没有。"

"为什么没有？"

"到目前为止，我只跟中国警方的一名高层见过面。那是在星期一。他承诺会积极考虑我们要向王江提问的愿望，但从那之后就没有下文了。我催促过，但被杨波拖住了。他反而问我哥本哈根是否决定要移交证据。"

"那你他妈的这四天都在那边干什么了？"

"如果你想听实话的话，杨波尽其所能让我不会觉得无聊。每天都有一辆高档轿车拉着我四处转，参观北京的各大景点：天安门、故宫、颐和园和一些不同的寺庙。我都快对焚香过敏了。今天我们去了长城，只花了不长时间就到了。连晚上都安排了晚餐、中国的传统舞等等……"

"谢谢，你不用再说了，我们明白了，你很忙。"

贝尔曼的笑声在整个房间里回荡，"好了，玩笑先放在一边。

我有几次成功地摆脱了杨波。有一天我偶然见到了一个认识雅各布的人。看样子,他的书只是一些公开发表过的报纸文章的汇总,而他回丹麦的原因是他找到了一个很好的工作职位。他也很有女人缘。"

"谁说的?"尼古拉森问道。

"一名跟他共用同一间办公室的法国记者。如果这是真的,那么阴谋论就说不通了。"

"这依然不能排除那个中国人的嫌疑。"尼古拉森反驳道。

"是的。"贝尔曼说,"还有别的。我不知道这有什么价值,但还是要告诉你们一下。昨天我去了一个叫做'老书虫'的地方。那是一个类似书店、咖啡厅的地方,很多外国人在那里见面。我又一次完全偶然地跟一个叫萨姆的中国女人聊了起来。她跟夏洛特很熟。她也知道在哥本哈根发生的事情。"

"运气总是眷顾傻瓜。"福尔默嘟囔着看向天花板。

尼古拉森摇摇头,"萨姆能说什么?夏洛特一直有自卑情结,而雅各布到处沾花惹草也伤害了她的虚荣心。她把自己的计划告知了自己的闺蜜,说她早就想要把他斩首,然后再把自己的头撞到一个尖锐的物体上自杀。"

"我觉得萨姆没有这么说。"贝尔曼讽刺地说道。

"好吧,我们来听一听。"

"你们知道她在中国有患者对吧?"

"是的,是的,然后呢?"

"萨姆认为其中一个特别值得关注。那是一个年轻的男子,正巧是夏洛特春天的时候在'老书虫'与他交谈过。他曾经告诉她,他觉得有恶魔在加害他。当萨姆听到这话时,她还以为他是以此为理由跟夏洛特搭讪。但是有一天,夏洛特说,他故意撞死了一个人。按照萨姆所说,夏洛特既被他吸引,但又有些怕他。不是吊你们的胃口,很可惜我不得不说,萨姆既没有亲眼见过他,也不知道他的名字。但她很确定他是一个丹麦人。"

福尔默带着疑问看向尼古拉。

"如果我们假设,一个认识夏洛特的中国女人,在北京恰好在完全偶然的情况下碰到你,那又有什么意义呢——除了宣告一个中国人在交通杀人案中无罪?"

"可能确实没什么用。我只是觉得,我们现在正讨论我在这边干了什么,因此我提一下这件事情。萨姆答应会在'老书虫'接受询问。可能会有人认识或者至少见过他。"

"很好。"福尔默说,"盯紧你的朋友杨波,直到你见到那个学生为止。在此期间,我们会深挖一下雅各布和夏洛特的过去。"

他放下听筒,"你暂且不要动韦斯特贝格。"

尼古拉森摊开双手表示不赞成。

"但我们要把他调查清楚。他的不在场证明、婚姻、子女、跟夏洛特的关系、是否去过中国,所有的一切。如果有必要兵行险招的话,我们也就知道我们的处境了。"

次日

二〇〇五年十月二十七日 星期四

三十三

北京西北部，中午时分

它们的数量太多了，她根本数不清，至少有五十只。一群鸽子在钟楼和鼓楼之间不停地盘旋飞翔。它们仿佛被一只大手控制着一样。只有个别的几只没有立刻对信号做出反应，飞得太远或是太低，但很快又会回到位置上。迪迪坐着看鸽群看了很长时间。它们朝上飞时扇动着翅膀，然后一瞬间停下来，把翅膀伸平，接着再向下俯冲，直到再次上升。

她开始觉得有些冷，绝望地看向两个高大的塔之间的广场，塔顶上是典型的尾端上挑的中式屋檐。十一点钟时，她听到低沉的鼓声响起。现在已经不再是因为有火灾或是灾难，而是为了游客。另一个塔上的大钟保持着沉默。

广场上都是居住在钟鼓楼背面的一大片胡同里的居民。还有一群群从附近的大路上走过来的游客。三轮车夫在忙着往红色的后座上招徕顾客，不时地从迪迪面前经过。每一次她都目不转睛地盯着他们的脸看，如果她有怀疑的话，就会跟着跑过去。

她已经在北京待了一个多星期了。她打电话之后，萍惊喜万分，不到半个小时就来到了秀水街对面的小咖啡厅里。拥抱和亲吻之后，姐姐立刻说出王江回来了这件事。这让她始料未及，更让她没想到的是，王江一直在努力找她的孩子，而且已经知道了那个骑车的人长什么样子。萍告诉她，王江在顺义城的表哥家出事之后，就被警察带走了，她感到无比沮丧。从那天起，她们轮番给警察局打电话，得到的都是一样的回答："等他被释放时会通知你们。"

王江的努力不能白费。必须要找到那个骑车的人。每天早上她都会到大街上去找。这还有一个好处，就是假设城突然出现在萍的家，他也找不到她。她又有了一个手机。奇怪的是，一旦没有了这个小小的机器，人们就会觉得仿佛少了点什么。她不会再让它离开她的视线。如果发生什么事情，萍会给她打电话的。一开始的几天她去了朝阳公园，然后又去了故宫门口，那里也有很多三轮车。她无数次问着同样的问题："你认识一个缺一颗门牙、留着小胡子的年轻男人吗？"多数人都不理睬她，但一旦她觉得有点积极的可能时，她就会在纸上写下自己的名字和电话。在故宫那里，有一个跟她来自同一个省份的年长的骑车人建议她去鼓楼那边，因为他觉得在那里看见过一个符合她的描述的年轻人。

她已经跟一个缺一颗门牙的年轻男子谈过了，但他从来没去过朝阳公园。

迪迪走向对面的咖啡厅想取取暖。她半路上在水果摊上买了一包瓜子。

"你还在找你男朋友？"那个脸色黝黑、体格健壮的女人笑着问她。她的手很粗糙，显示出她的摊上所有的水果都是自家种的，每天早上很早就运到广场上来。

"不是我男朋友。"迪迪答道，给了女人三块钱，"但他也许能帮我找到我两个星期以前被偷走的孩子。"

"啊。"女人说着，一边仔细看了一眼迪迪，一边把瓜子装进袋子里。

她在咖啡厅里点了最便宜的绿茶，然后拿出了剩下的馒头。萍愿意跟妹妹分享一切，但是她也没有多少钱。迪迪坐在窗边，这样她还能看到来来往往的人。她坐在那儿，从馒头上掰下了一小块，这样能让她多撑一段时间，突然水果摊的女人进来了。

"妹妹，快来，快！"

迪迪跳起来跟了上去。水果摊的女人指着鼓楼门口处，两个欧洲来的年轻女孩正从一辆三轮车上下来。为了讨好这些姑娘，车夫朝着她们露出一脸笑容,也露出了门牙上的一个很大的黑洞。迪迪飞奔了过去。她冲到了她们二人中间,女孩们惊讶地看着她。

"我想跟你谈谈。"她急切地说。

他收了钱之后，才正眼看她。

"我载你一段路，可以边走边聊。我可以给你打折。二十块钱半小时。"他说道。

"哎，我只是想知道你上上个周日去没去过朝阳公园。"

"应该去过。"他想了想说道。

"你是不是三点左右的时候拉了带着一个小男孩的一对男女。

男孩坐在手推车里,穿着红色的风雪服。"

"风雪服上是不是有黄色的老虎?"他问道。

"是,是,有的。你拉他们去了哪里?"

"二十块钱可不算多。"他答道。

"但对于这个信息来说足够了。"她的回答似乎有点太快了。

"我刚才听说他们可能偷了你的孩子。"

"天啊,你就只想着钱。帮帮我吧!"

"丰中公交车站。"于是他说道。

她还想知道他是否看见他们坐了哪趟汽车。他摸了摸自己的小胡子,她又答应给他双倍的钱。然后他想起来,汽车是开往河北廊坊的。

"拉我去丰中。"她说。

三十四

稍早之前,北京东部

他们已经一言不发地开了快半个小时了。一开始往东开,然后向北,现在又往东。车在三车道的路上缓慢地行驶着。这是一个有雾的阴郁的下午。杨波警官一开始还靠向了阿纳·贝尔曼这一侧,看着他们往哪里开,但现在他又回到了自己的位置上,目视前方。他看起来很疲倦。连着喝了几个晚上的酒,杨波自己的身体也有所感觉，但他在过去的一周里跟贝尔曼更加熟悉了。

今天早上，韩鞠峰副总局长把他叫到自己的办公室下达了指示。然后，杨波就给贝尔曼打了电话，让他做好准备一个小时后出发。

"学生？"

"我们去看守所的路上再细说。"

昨天晚上，王江被从顺义的当地拘留所转移到了豆各庄看守中心。杨波知道这是为什么。这个中心是中国最先进的监狱之一，条件不比任何西方的监狱差。他去过哥本哈根警察局，也去过附近的监狱。又老又破——比他在中国见过的强不了多少。丹麦人没有那种隐蔽的牢房，它们的灰色或黄褐色的墙上尽是一些亵渎神明的语句和涂鸦。谁也不会因为有人前来探视，就特意通通风或者打扫卫生。

道路两侧的建筑从密密麻麻的高楼变成了作坊和大工厂。到处都是未被开发的区域。交通开始变得畅通了。他看了看手表，身体靠向前面，拍了下司机的肩膀。

"开快点，我们不想迟到。"他用中文说道，然后转向贝尔曼，"我们快到了。"

贝尔曼等着他继续。

"你能见到他吗？当然。你能询问他丹麦的案子吗？当然不能。"

"但你可以替我问问题。"

杨波笑了,"没错。"

"用中文?"

"不然呢?"

"你会帮我翻译?"

"不会。"

"但你中间可以暂停一次,万一他的回答很重要的话,我就可以跟上你们。"

"你有什么问题?"

贝尔曼从公文包里拿出一份文件。

杨波戴上眼镜读了一下。他注意到,这两页纸是用英语写的,使用的是谋凶科的信纸。

过了一会儿,司机离开了主路开上了小路。他们越过了一条小河,然后司机右转进入了一条长长的路,两侧都是田地。开了五百米之后,看守所的建筑就在右手边的高墙和瞭望塔之后。

"这么多问题。"

"宁多勿少。我不知道我还有没有第二次机会了。"贝尔曼回答道。

杨波扫了一遍清单,"凡是好的审问都至少有一个中心问题。今天最重要的问题是哪个?"

贝尔曼指了指其中的两个。

监狱的大门打开了。有人在等着他们。司机朝着主楼继续往前开。监狱长和三名穿着制服的工作人员正在外面的台阶上等着,并欢迎他们二人的到来。然后，监狱长带着他们参观了探视区、图书馆、教室、医务室、食堂、厨房和一间牢房。总的来说无论是设施还是布置都是最先进的。地板光滑可鉴，墙上的油漆没有一丝一毫的损坏。杨波也是第一次来这里，他也感到很惊讶。牢房长七米，宽五米。四张床床头朝着长边的墙并排放着。对面是犯人共用的浴室和厕所，它们也是牢房的一部分。监狱长没有掩饰自己的自豪，带着他们到了审问室。王江已经坐在木制的椅子上等着了。对面的一个小桌子前坐着一名来自顺义警察局的警员。当杨波和阿纳·贝尔曼走进来时，他们都站了起来。王江几乎跟贝尔曼一样高。

杨波示意他们可以坐下了。他和贝尔曼坐在了那名警员的旁边。他已经准备好了电脑。就在杨波用简短的几句话交代那名警员要记下所有的对话时，他注意到，贝尔曼正在观察王江的脸。他右眼处有明显的肿胀和淤青。

"王江，你能听懂并且会说英语？"

"是的。"

"你知道我们是谁，还有今天谈话的目的！"

"丹麦警方想知道，我是否跟一个谋杀案有关。"

"你愿意说出你所知道的一切吗？"

王江点点头，用好奇的眼神看着贝尔曼。

"好的，但是先用英语简单地说一下，你的眼睛是怎么弄的。"

王江讲了去顺义的拜访，他不是暴力分子，而是受害者。他的女性朋友跟她的一个男性亲戚在谈话时发生了口角。他只是想阻止事情激化。不幸的是，几个男的冲进来把他打了一顿。

杨波看向贝尔曼，他点了点头。

"我现在要用中文问你问题。你可以自己决定是否回答。如果你要回答，也要用中文，我不想听到谎话。"

王江点点头。

杨波摘下了眼镜，"你认识住在哥本哈根一个公寓里的夏洛特·伦贝格吗？"

"是的。"

旁边的警官开始把问题和回答输进电脑。

"你是在中国认识她的，还是在丹麦认识她的？"

"我第一次见到她是在哥本哈根。那是春天的时候，她刚刚搬回丹麦。她对传统中医很感兴趣。"

"她生病了吗？"

"不严重，她有头痛和关节痛，她认为我们的药比西医的药要更健康。"

"你知道她是心理分析师吗？"

"是的，她告诉我了。"

"你有跟她讨论过心理问题，作为你的帮助的回报吗？"

"没有，我没有这类问题。"

"在你回北京的两天以前，十月十二日，星期三，你是否去夏洛特·伦贝格的家拜访过她？"

"是的，她早上给我打电话，问我能不能来。最好尽快。因为她的后背很疼，想要在当天晚些时候去奥地利旅行之前想办法解决一下。"

在警员记录答案的同时，杨波低头看着贝尔曼的问题。

"你是否带了花？"

王江的脸色变得苍白，"花？"

"记着我一开始时说的话！"

"我不想回答这个问题。"

"你在那里待了多长时间？"

"我大概十一点到的，在那待了一个多小时。"

"公寓里除了你和夏洛特·伦贝格之外还有其他人吗？"

王江摇了摇头，并转移开了视线。

杨波摘下眼镜，"夏洛特·伦贝格的丈夫回到家，发现你正跟他妻子在一起？"

"没有！"

"你是否杀害了夏洛特·伦贝格和他的丈夫？"

"天哪，没有，没有，没有。我不认识她丈夫。我从来没见过他，而且我永远不可能伤害夏洛特。我离开她的时候她还很开心。那之后发生了什么我就不知道了。相信我。我不明白为什么会发生这么可怕的事情。"

"有人知道你那天要去找夏洛特吗？"

"没有。"

"你为什么两天之后要离开哥本哈根?"

王江没有答话。

"你听懂问题了吗?"

"我只能说,那跟我去找夏洛特没有任何关系。我要处理点私人的事情,但我不想说。"

"如果考虑到这个情况的话,事情会被理解成另外的样子。"

"那也不会改变我的决定。"

杨波点点头,看了一眼贝尔曼,"你一开始是怎么联系上夏洛特的?"

"是一个同学告诉我,他认识一位想找一名中医的女士。"

"是谁?"

王江摸了摸脸颊,"这有什么意义吗?"

"所有事情都有意义。"

"是卡斯珀,我的大学宿舍的邻居。"

三十五

北京北部的顺义,傍晚时分

警员用手指着表格最下方的空白处,"签字。"他说道。

王江浏览了一下,签字确认他已经拿回了所有的个人物品。他在往口袋里装东西的同时打开了手机。

"我的摩托车哪儿?"

警员朝外面的路指着,"冯经理让我们把它从他的入口处移走。你被禁止再去找他,明白吗?"

"好的,我会离他远点儿。"短信开始涌进了他的手机。

"你暂时不能离开北京。每天都要到东直门的警察局报到一次。明白吗?"

"好的。"王江心不在焉地回答着,并打开了第一条短信。是萍发的,下一条也是。

他找到了停在外面的本田摩托车,然后拨通了电话。

萍松了一口气,"你在哪里?"

他告诉她,他刚刚从顺义的警察局出来。

"啊,那么远。迪迪一个小时以前打过电话。"

王江感觉到大脑里一片空白,"你说什么?"

"是的,她几天以前突然出现了。王江,我至少给你打了一千次电话。现在没时间给你解释太多,但她知道你回来了。她打电话是因为……"

"孩子呢?"

"还没有找到。这就是她打电话的原因。迪迪找到了那个骑三轮车的人,就是星期天拉走了偷孩子的那对夫妇的那个人。他们从朝阳公园去了丰中公交车站,然后他看到他们坐上了去廊坊的汽车。"

啊,他想道,警察不应该只看火车站的录像就满足了吧。

"你在听着吗，王江？"

"嗯，嗯，迪迪现在在哪儿？"

"她正在去廊坊的路上。她是从汽车上打的电话，不超过半个小时以前。"

廊坊是距离北京两个小时车程的一个小城市。如果沿着往天津方向的高速公路往南，如果把油门踩到底的话，大概一个半小时就能到了。

"给迪迪打电话，让她在廊坊公交站等着我。"

"但是……"

"萍，按我说的做。"说着他启动了摩托车。

北京市内的交通很拥挤，王江一路都在应急车道上行驶。二十分钟之后，他开上了三环，然后向南驶去。那里的交通状况还是一样糟糕。很多地方几乎完全堵死了。要离开市里还需要时间。他脑海中想着迪迪和过去这些天的经历。在他离开之后，夏洛特那儿到底发生了什么？为什么他们要问他花的事情？过了一会儿，他来到了通往天津的高速路入口。交通开始变得顺畅起来，他不再需要不停刹车和绕行，时速终于上了一百公里。发动机不时的轰鸣声让他的思绪平静了下来。他见到迪迪时要说什么？她会说什么？他们在廊坊到底要怎么做？幸好跟北京相比，廊坊只是一个小城市，但是依然跟大海捞针一样。他每通过一个高压电线塔或一座桥，他就离她越近，离北京越远。现在就差有一个警车拦下他，然后发现他被禁止离开北京。他把速度降到了法定的九十公里。路上的车越来越少,两侧的房屋也越来越少。一块农田接着一块农田。玉米地、菜地,偶尔还有果树。丰收季节已经开始了。

公交站位于廊坊的西部。无数的蓝色、红色和白色的汽车到达又离开,驶向各地。旁边就是火车站。它们好像两个很大的蚁穴一样。几百张拎着大包小裹的人的面孔,但就是没有他找的那一个。反而迪迪比较容易找到他。他慢慢地在刚刚下车、要离开或者在等人的旅客之间穿梭着。他已经绕着广场转了好几圈,看遍了所有方向,但就是没有。火车站前有一队新兵站成了四排。所有人胸前都佩戴了一朵大大的红玫瑰绢花。王江知道,他们是要去服兵役。一大帮穿着黄色衣服的女人在为他们唱歌跳舞,旁边是五名男性的演奏者和一位双手拿着一个小旗子、表情激动的指挥。还是没看到迪迪。他从早上开始就没有吃饭。他回到了汽车站,找了一个小吃摊,要了一碗面条汤。在女人把还冒着热气的面汤盛出来的时候,他再次看向周围,然后给萍打了电话。他走得太匆忙,忘了要迪迪的电话号码。

"我在公交站了,但是我找不到她。她在哪儿?"

"她跟一个男的走了。我告诉她你在路上了。"

"把她的号码给我。"王江说道。

三十六

北京，在此之前，看监狱内

"你肯定觉得很奇怪，我为什么对王江突然忙着回北京的理由不那么关心。"

贝尔曼已经习惯了杨波回答他并没有提出的问题。对王江的审问最多只用了半个小时。等他被带走之后，杨波让他的同事坐到一边，直接给贝尔曼从电脑屏幕上读了所有的问题和答案。

"只有一个理由。"

"当然！我已经知道他为什么要回家了。"杨波满意地说道。

"你比我聪明，因为我仍然不能肯定王江是无辜的。"

杨波大声笑着看着他的中国同事，但同时拍了拍贝尔曼的肩膀，"不要忘了，知识让人变得博学，但不会让人变得睿智。王江着急离开哥本哈根是因为，在谋杀发生的当天下午，他接到了北京的一个女性朋友打来的电话。那是一个很长的故事，我也不能保证所有的细节都是真实的，但是很多事情表明，王江是一个孩子的父亲，而这个孩子在谋杀发生之前的那个周日被人从北京拐走了。"

贝尔曼没有掩饰他的怀疑。

杨波摊开双手，"我承认这不一定能证明他是无辜的，但是你得承认，这可以削弱指向他的间接证据。"

"你之前为什么没有告诉我？"

"很简单，因为王江是在来到北京之后的第二天就说出了这件事。他一开始去警察局是想要知道，有没有孩子的消息。显然，他对于这个案子有着超乎寻常的兴趣，而且他自己已经进行了调查。"

"为什么孩子和孩子的妈妈没有跟他一起去丹麦？"

"这在中国很普遍，爸爸或者妈妈在一段时间里，或者很多年里在离家很远的地方工作或学习。如果父母双方都不在，那么就由祖父母来照顾孩子。"杨波犹豫了一下，然后继续说道，"很不幸，拐卖儿童对我们来说是个问题。我们八十年代开始实行独生子女政策，以控制人口爆炸，给我们所有人平等的温饱、受教育甚至是合理生存的机会。少数民族是个例外，可以生多个孩子。现在，两个独生子女可以在他们组成家庭之后要第二个孩子。问题是，男孩被认为比女孩重要。中国仍然是一个发展中国家，也是一个农业社会。男孩可以继承和发展农村的家业。而女孩在结婚之后就搬走了。那么当自己老了之后，谁能来照顾自己呢？然后就是那些自己无法生育子女的夫妻。不幸的是，有很多人愿意花钱买一个孩子。"

回到车里的路上，贝尔曼感觉到了尿意。有两名干警给他带路，杨波也跟着去了。厕所的规格可以媲美国际大酒店。他对准了便池里的苍蝇，当它飞起来的时候，他忍不住笑了起来。所以中国人的完美还是有限度的。杨波疑惑地看着他，然后放了一个屁。

贝尔曼把它视为一种自信的表现，"你认为不是他。"

"你是因为这个才笑的？"杨波问道。

贝尔曼摇摇头，"你们什么时候放他走？"

杨波慢慢地拉好拉链，"你有什么可以提供给我的吗？"

贝尔曼知道他指的是什么，"还是没有哥本哈根那边的消息，抱歉。"

"今天晚些时候。王江将会得知自己不得离开北京，也许会有人对此感到高兴。"

贝尔曼已经预料到了。中国人已经遵守了他们一方的承诺，也没有掩饰哥本哈根对移交证据说不的后果将是什么。

"我会为这个理由抛弃我的朋友吗？当然不会！对伦贝格夫妇的谋杀是一场令人作呕但又很有意思的犯罪。我在考虑你在哥本哈根问过我的一件事。你永远没有得的答复是关于中国人是怎么杀人的。就是这个问题，在多年以前这里发生的一起谋杀案里也出现过。我认识一个最适合回答你的问题的人。"

杨波在回市中心的路上在车里打了电话。贝尔曼听不懂在说什么，但是不难听出那种友善近乎尊敬的语调。半个小时之后，车子停在了一个建筑风格跟哥本哈根共济会类似的像陵墓一样的建筑外。他们到了公安部后面的一条小路上。贝尔曼好奇地看向四周。他仿佛身处法国南部的城市一样。两旁是树冠茂盛的梧桐树和明显源自欧洲风格的建筑。

杨波注意到了他的目光，"我们现在待的地方是以前的租界区。在几十年的时间里，欧洲人在这儿跟我们其他人隔绝开来。他们在厚厚的围墙里建起了属于他们自己的北京的一部分。所有的使馆也都在这里。第二次世界大战之后才有所改变。"

他跟着杨波，瞥到一块黄铜牌子，上面写着他们正在走进北京警察博物馆。一个又高又瘦、满头白发的男子在里面站着等他们。

"我向你介绍一下，这是退休警官薛先生。"

贝尔曼握住了这个高大的男人伸出来的手。浓浓的眉毛下面一双黑色的眼睛正在好奇地打量着他。眼睛周围的皱纹和较宽的嘴角表明，薛很爱笑。

"这位警官一直到一九九九年都是北京刑侦部门的负责人，每当全国各地发生了棘手的谋杀案，还依然还会向他请教经验和知识。"

薛微微一鞠躬，"作为中国人，我建议我们还是先谈正事。之后你可以参观博物馆。"他用流利的英语说着，然后带他们到了大厅左侧的一个会议室。

贝尔曼开始爱喝热茶了。接下来的半个小时里，他讲述了两个星期前在哥本哈根发生的事情。他从熙乐的报警电话讲起，因为她在楼梯上看到了嫌疑人，紧接着第二天她被撞死，然后详细说明了伦贝格夫妇是如何被发现的，接着一步一步地叙述了警方的调查和法医检验结果。最后,他讲了不到一个小时之前对王江进行的审问。没有任何隐瞒,也没有隐瞒雅各布和夏洛特在北京的过去,他再次感觉到,这个过程也让整个事件在他自己的头脑里变得清晰了。重要的部分从没有意义的部分中凸显出来,又出现了新的和被忽视的问题。无论是薛还是杨波都没有打断他,也没有做笔记。

讲完后,他感觉到口干,拿起杯子喝了一口。

"非同一般。"薛用双手托住下巴说道,"我总结一下,我们三个人都明白,无论是男人还是女人,之所以会成为杀人犯,只有那么几个、却是全人类共同的理由:恐惧、嫉妒、仇恨、报复、金钱或精神病。我不提意外事故导致的杀人,不包括恐怖谋杀。不幸的是,真正的动机很少能经得起推敲。凶杀要么是冲动时发生的,要么是预谋的,也可能是多多少少有计划的,但很少会有仪式的元素,尤其是在我们国家。我先来说一说中国现在的杀人犯都是怎么犯罪的。我们与武器相关的法律非常严苛,所以赤手空拳、可用来击打的物体和刀是最常见的凶器。冲动杀人和预谋杀人都是这样,也包括雇佣杀人。钱对于所有中国人来说都很重要,对于罪犯来说也是如此。谋杀是很不划算的买卖,会破坏家庭和生意关系,也会引来警察。因此罪犯只有在迫不得已的情况下才会杀人。方式有两种。比较典型的是,要杀死一位领导或者一个叛徒,往往会打破他的头或者割断他的喉咙。某些情况下,他在此之前可能会受到不同形式的折磨来作为惩罚。使用这种方式是为了向外界传递一个信息。如果没有传递信息的必要的话，谋杀会被伪装成事故或者自杀。把尸体抛到深水里会加重罪行。这样死者的家属就永远无法为他安置墓地，他就会被永远遗弃，永远孤独了。对我们来说没有什么比这个更糟的了。"

"大多数听起来都很熟悉。"贝尔曼说道。

"很好。现在说说你们的凶手。毋庸置疑，他想要通过他的行为建造一个迷宫一样的堡垒来挑战你们。死胡同很多，但只有一条真正通往出口的路。连入口都被他隐藏起来了。钥匙永远都藏在关于为什么的问题里！我看到的是一个对伦贝格先生有着很深的仇恨的男人。他应该受到惩罚，应该去死。斩首，尤其是死后在他脸上的那一击，是心怀怒火的明显标志。是事先计划好就在那一天，还是突然出现了机会，由于伦贝格夫人的在场以及她的死亡情况，变得不确定起来。伦贝格先生一定是以一种不可饶恕的方式伤害了凶手或给凶手造成了创伤，但是另一方面，我不认为跟工作有关。有趣的是，舌头呈 V 型被剪断。如果我的理解正确的话，受害人剩下的舌头像一条蛇。"

贝尔曼点点头。

"你们的结论是什么？"薛问道。

"误入歧途，或者雅各布·伦贝格被比作是一条蛇。"

"这让我想到了一个著名的古老传说，莎士比亚笔下那个有名的丹麦王子哈姆雷特的故事，就是有一条蛇对着他的王后母亲耳语，才导致了国王的悲惨命运吧？"

贝尔曼不确定地看向杨波,他也耸了耸肩。

薛继续说道:"一九三七年,北京发生了一起不同寻常的谋杀案。一天早上,一个十七岁的英国女孩被发现在租界区围墙外面被杀害。她衣衫不整,喉咙被割断了,最不同寻常的是,她的心脏和肺被取走了。震惊和恐惧像火焰一样迅速在城里蔓延,也引发了政治上的纠纷。外国人无法想象,一个西方人可以犯下如此凶残的罪行。那时的北京已处在艰难时刻。日本人正调兵遣将,我们国内也处在内部纠纷当中。毛主席汇集力量,准备推翻旧政权。战争来临了,杀害女孩的凶手永远没有被真正找到。"

贝尔曼听懂了他的邀请,"但非官方的说法呢?"

"我可以说的是,所有的努力最终都会证明一个基本的原则,凶手首先要在被害人身边找。"

他们出来的时候天气还有雾,而且气温明显下降了。贝尔曼拉紧外套,等着杨波说话。

"十月份被称作黄金月,也是秋天的末尾。"他说着掏出了烟。他们都点上烟之后,他建议他们走一走。他们来到了一个离博物馆不远处的一条林荫大道中间的公园里,在一个长椅上坐下来。不少老年人在这里遛着小狗。贝尔曼惊讶地看到,有一个男人放下他手中的鸟笼,从笼子里拿出一只像椋鸟一样的鸟,往空中扔了一把面包屑。小鸟从他手里飞了出去,把面包叼在嘴里又飞了回来。

"你变得更睿智了吗？"杨波问道。

"至少我变得更博学了。"

他们都笑了。

"我在这儿没有看到很多大狗。"贝尔曼说道。

"是的，它们都被我们吃了。"

他惊讶地看着杨波。

"不要太天真。北京禁止养大狗。你只有在六环外才能看见五公斤以上的狗。我们不愿意在城市里的狗粪大蛋糕中跑步。"

左边站着一个老头，他的公狗看上了一个年轻女人的母狗。跟她相反，他很满意自己能有机会跟她说话。她目光看向了别处，拽了拽牵狗绳。

杨波又掏出了一根烟。

贝尔曼站了起来。他的中国之行结束了。是时候该给哥本哈根打电话了。可能对那个中国学生的解释他们不能完全满意，但是它至少已经引出了新的可能、而且很重要的信息。可惜的是，他没能弄清夏洛特的"双子"的具体名字。如果有的话，特里娜会很高兴的。

杨波转过来看着他，"中国洗脱嫌疑了吗？"

又有一个男人牵着一只稍微大一点的狗走进了公园，它直奔着母狗而去。

贝尔曼伸展了一下后背，"想象一下，我们坐在哥本哈根的一个公园里，很多人带着自己的狗，或多或少接受过训练，主人们大概知道它们会做什么。这时突然出现了一个中国男人。他手中用一根很长的细线牵着一条龙。龙的影子太大了,差不多覆盖了整个公园。"

杨波把烟拿出来,看着烟头,"西方花了很多年的时间,和平冷静地、不受干涉地去塑造高尚行为的准则。我对此表示尊敬,但总的来说,我们很多人感觉到,你们并没有忘记该怎样使用权力。"

贝尔曼没有答话。

"我们的龙很大,而且它被关起来了很多年,但是龙在中国的语境里并不是一个危险的事物。龙象征着吉祥、智慧和美德。相信我,我们基本上可以理解和控制它。龙代表着全新的开始。中国的俗话说,龙抬头,年才算过完。中国人会把上一年的污秽和晦气从家里扫出去,然后我们迎来新的一年。"

"这里已经没有什么可做的了。我明天就回国。"贝尔曼说道。

"那么我们今天晚上会很忙。"

"不能再来茅台了!"

"当然要,现在你肯定已经真正了解我们了。今天晚上我们要为我们的友谊和你在哥本哈根的案子能够真正告破而干杯。"

三十七

河北廊坊,傍晚时分

那句小心的"喂"让王江浑身一颤。

"喂?"又是一声。

"迪迪,是我,王江。你在哪儿?"

他听到她正在问别人,然后答道:"我们正在穿过烈士陵园。"

"那是哪里?我在汽车站。"

"离得不远。你再走一点就到了火车站。陵园就在对面。"

"在那儿等我,答应我!"

"好。"

一阵刺耳的刹车声让他看向左边。他看到一趟火车正从两栋楼中间进入火车站。年轻的新兵们拎起了行李。很多人不安地回头看着。

迪迪站在公园的门口朝他挥手。王江过马路时差点被一辆公交车撞到。他把摩托车靠在一棵树底下,最后几步走了过去。她的头发还是散发着同样的香气,她的手还是同样温暖。当他注意到那个长胡子老头时,他放开了她。他站在稍远一点的地方,表情有点不好意思,手里拄着一根又长又粗的竹棒。他蓝色的外套和灰色的裤子又破又旧。

"他是谁?"

"你知道什么?"她飞快地擦干脸颊。

"你姐姐什么也没有对我隐瞒。"他说着,没有放开她的手。

"他可以帮我们。"

这对于老头来说是关键的话。他长满皱纹的脸上表情很急切,"他们一下车我就看到他们了,就像我注意到这位马小姐一样。完全不是典型的旅客,而是藏着秘密的人。"

"他知道他们住在哪里,就是偷了我们的儿子的人。"迪迪哭着抓住了王江的胳膊。

"是的,离这儿不远。我可以带你们去。"男人说着,往边上一瘸一拐地走去。王江取了摩托车,然后用尽全力在公园里推着它走。迪迪一边跟着挑夫,一边不停地看着他。她瘦了。

老头沿着陵园后面的一条路走着。干枯的树叶沙沙作响。再来一场秋风它们就会落下来了。穿过一个广场,又到了一条新的路上,边上有一些小饭馆。他们已经来到了老城区。人行道凹凸不平。王江提醒迪迪注意有一个地方的井盖没了。如果不是一个好心人在窟窿里插了一根大树枝的话,可能会很危险。排水沟里到处都是厨余垃圾。

老头停了下来,指着道路另一侧的一个大门。它通向一个住宅楼,"他们进了第一个单元。"他说道。

"你确定吗?"

"完全确定。我站在这儿等到灯亮了才走。一层右手边。我看到那个女人抱着孩子从窗户边经过。完全确定!"老人看着王江,又看了看迪迪。他的眼中写着一个钱字。

"好吧。在这儿等着我们回来。"

楼道很狭窄,楼梯又黑又窄。墙壁已经很久没有粉刷过了。

王江把迪迪挡在自己身后，敲了敲一层右手边那扇灰色的凹凸不平的铁门。过了一小会儿，门才开了一个缝，一个年轻女人的脸出现在门后。她的长发很凌乱，双眼下面的眼袋很大。她看着王江，眼中露出了害怕的神色。

"我们是来找孩子的。"他用威严的语气说道，希望女人会以为他们是政府的人。

"是谁？"传来了一阵沙哑的嗓音。

女人的目光转向了屋子里的一个人，又看看王江，"我不知道。"她小声说。

"我们是来找孩子的。"王江再次高声重复道。

门被一个穿着汗衫的肥胖男子打开了。他的头发极短，手里拿着一根烟。

"你们是谁？"一股浓重的啤酒气味朝着王江扑面而来。在顺义发生的事情他还记忆犹新，他在考虑，如果发生肢体冲突的话他是否能打得过这个男人。

迪迪挤了上来，眼睛直直地盯着那个女人。

"我认得你，就是你两个星期之前在朝阳公园偷了我的孩子！他在哪儿？"

女人瞪大了双眼，她躲到了男人身后，他用鄙视的目光看着迪迪和王江。

"不许你指责我姐姐。我们不知道你们在说什么。滚！"

"如果你不立刻交出我儿子，我们就带着警察一起来。"迪迪指着男人的胸口说道。

那个女人小心地摇了摇她弟弟的胳膊。他不理会她,"我数到三。"他说着,并真的从门后掏出一根木棒来。

"事情的经过都被公园外面的监控摄像机拍下来了。"王江尝试着说,"能看到你们带着孩子坐着三轮车走了。"

"弟弟。"女人哀求着,但她弟弟毫不动容,"一!"

"走吧,迪迪,我们还是……"

"不管他是数到两百还是数到五,我哪里都不去,不然他们就有时间把我们的孩子藏起来了。"

"二!"

王江抓住迪迪的胳膊,"我们到街上去等。我们可以报警。"

"不!"

"哎,孩子不在我们这里。"女人哀求道。

"证明给我看,让我们进去找!"

"你们不能……"

那个胖子没来得及再多说了。他姐姐一把推开他,打开了门。迪迪快速走了进去。王江正要跟上时,一只大手挡在了他的胸前,"你在这里待着。"那个胖子说着摔上了门。

王江能听到高声说话的声音,他不停地敲着门。一分钟,两分钟,三分钟。门始终关着,门里边很安静。

"迪迪,发生什么了?"他一边砸门一边喊道。

"没事,等一下。"迪迪的声音听起来很平静。但王江感觉却恰恰相反。他又等了几分钟，还是没有动静。门里传来了微弱的说话声。其中一个声音像是迪迪的。这时他失去了耐性，重重地敲着门。

"开门！"

没有反应。

他早就应该报警的，现在除了破门而入没有其他办法了。

"最后一遍，开门！"

他退后了一步，正准备助跑，这时门开了。

迪迪出来了，没有孩子。有眼袋的女人哭过了，低着头关上了门。王江从迪迪的脸上什么都看不出来，马上朝她跑了过去。

"发生了什么事？"

"等我们出去再说。"说着，她继续从楼道门往外走。拿着竹棒的老头还站在对面的人行道上。迪迪示意让他到稍远一点的地方等着。等他们走到了从公寓里看不到的地方，老头一瘸一拐地向他们走了过来。

"没有孩子？"他的语气很失望，拄着竹棒站着。

迪迪摇了摇头。

"哎，我完全确定。你们跟谁谈过了？是一个又高又胖的男人和一个胆小的女人。一层右手边。"

"是的，就是他们。他们没有孩子。"

他挠了挠自己的胡子。

"谢谢你的帮忙。"迪迪说着递给他几张纸币。

"真奇怪,也许应该让警察来调查一下。"他困惑地说。

"他们已经调查过了。"迪迪说道,"如果有结果的话,我们会回来找你。"

王江带着后座上的迪迪骑着摩托车离开时,那个拿着竹棒的老头还站在人行道上。

"往南开。"她在他耳边说,"我们要去萝荣村。"

三十八

与此同时,在北京的酒店里

太阳快要落山了。对面大楼的红色大字已经点亮,但它们需要费一番工夫才能穿过日益严重的空气污染。再远一点的一栋高楼顶上,一盏孤零零的红灯一闪一闪的灯光令人昏昏欲睡。这是在北京的最后一个夜晚。贝尔曼转过身来看着床。行李已经收拾好了,只差洗漱用品和最后的几件衣服。他不知道下次将会是何时、何种情况下回到这里。现在才五点钟出头。还有半个小时,杨波就会在大堂里等他。现在在哥本哈根是中午。他拨通了警察总局的电话找福尔默·克努森,电话被转了过去。

"福尔默去吃午饭了。"一名秘书说。

"延斯·尼古拉森呢?"

"他们一起去的。"

贝尔曼叹了口气。接下来打电话就很难了,明天他正在回家的路上,由于时差,在哥本哈根还不会有人起床上班。

"你是再打电话还是跟特里娜·贝克说话呢?"

"好的,给我接通她的电话吧。"

贝尔曼接通了特里娜的电话,跟她说了今天白天跟王江谈话的情况。

"他承认自己上午去找过夏洛特·伦贝格。尽管他没有直说,但他们的关系明显不仅仅是中国医生给丹麦心理分析师治病。没有谎言也没有找托辞,但他坚持说,他中午时分离开的时候夏洛特没有受伤,心情很好。那之后发生了什么他不清楚。他没有见到雅各布。"

"你相信吗?"特里娜问道。

贝尔曼已经准备好了回答这个问题,"无论说了是何等痛心,我都信。"

"或许这能让我们免于挨骂。让我有点惊讶的是,除了所有我们该做的工作之外,尼古拉森还让人开始深挖心理分析师拉斯·韦斯特贝格的过去。他是夏洛特的督导人。部门里有人说这是关门前的恐慌,我不知道……"

"你是说韦斯特贝格还是尼古拉森?"贝尔曼问道。

"主要是后者。他非要调查出韦斯特贝格春天的时候是否去过中国。由于你提供的信息,即他是丹麦人的信息,'双子'再次引起了重视。你没有偶然之中再发现什么,比如一个名字?"

"可惜没有。"

"嗯,那现在呢,你什么时候回来?"

"明天晚上。王江已经被释放了,现在应该正坐在城市里的某个地方疗伤吧。"

"这么快!如果这件事被人知道的话,我们还是免不了挨骂。不少人都认定那个学生是答案。"特里娜说道。

"王江最后说,他是通过一个宿舍的邻居认识的夏洛特。你看这有什么用吗?"

"是的,是一名以自我为中心的总毕不了业的大学生,名叫卡斯珀,一个红头发的家伙。我跟他聊过几次,我也很惊讶他们会有这种联系。至少卡斯珀对此只字未提。我第二次见到他的时候,报纸上关于这个案子的报道已经很多了,他肯定知道是关于夏洛特的。"

"嗯。"贝尔曼说,"关于雅各布你了解多少?他并不是一直跟夏洛特是夫妻,尽管他们一起,呃……"

"不能肯定,他是否想过要永远跟她在一起?"特里娜接着他的话说完。

"雅各布对他母亲言听计从。"贝尔曼说道,"我开车送伦贝格夫人回家的时候就看出来了。她是那种会让儿子跟另外一个女人在一起变得异常艰难的类型。说到星座,雅各布是什么星座的?"

"嗯,他是十一月出生的,应该是天蝎座,怎么了?"

"只是好奇。"贝尔曼答道。

"嗯,我会再从他对母亲言听计从的角度调查一下。等你回来我们再聊。"

"好的。"贝尔曼回答道,并挂断了电话。然后他感觉自己似乎忘了问特里娜一件事,但这时,前台往房间里打来电话说杨波在等他,他就把这件事抛到了脑后。

三十九

廊坊,河北,傍晚时分

天几乎全黑了,雾气也越来越重。他们刚刚经过铁路上方的高架桥,他们面前的路,一眼望去,通向远处的地平线。夜晚的凉风刺痛了脸颊和双手。王江感觉到迪迪更加紧贴着他的后背,而他的脑海里有无数问题要寻找答案。他们快要路过廊坊的最后一栋楼房时,视线所及之处都是农田,他把车开到了路边。

迪迪抬起了头。他一言不发,于是她把双臂从他的腰上松开了。他感觉到有一只手放在了他的肩膀上。

"出什么事了?"她问道。

"我的天,公寓里发生了什么,我们现在要去哪里?还有……"他转过身,"你为什么从来没有给我打电话告诉我?"

她盯着他看了很久,他先移开了视线。

"那不是你的错。"她说道,"让你回来是不对的,就因为……"

"就因为你要生孩子了!"

"那会是我对我们两个人的回忆。我相信,如果你知道的话,肯定会回来。但你的家人会说什么?过了一段时间你会怎么想?强迫或者压力不会带来幸福的。"

他看着远方。前面还是开阔的农田,远处从一堆房子上方冉冉升起了细细的、灰黑色的烟柱。

"我们的儿子在那里的某个地方吗?"他问道。

"他们把他卖给了一对没有孩子的夫妻,萝荣村的一个牙医。我们到了下个城市要左转,然后继续走,直到一条小河。萝荣村就在河对岸。"她从兜里拿出一片纸,"这是名字。"

"公寓里发生了什么?"

迪迪跳上了后座,"别再等了。我路上告诉你。"王江发动了摩托车。

那两个人是来自中国南方的云南省中挝边境处的一对姐弟。他们都没上过学,还有其他的兄弟姐妹。有一天,他们的父母把他们两个卖给了一个过路的男人。这个人把他们带到了河北。她十三岁,他十岁。他们被派到农田里去干活,但是过了没多久她就怀孕了。后来,她又生了三个孩子。但是她没能留下任何一个孩子,后来对自己的生活也自暴自弃了。等到弟弟长大了,有一天他们就一起离开了。他们学会了很多赚钱的办法。有一次,他们偷孩子被人发现了。孩子的父母和过路人把他们揍了一顿。

烧煤的味道飘浮在空中，天几乎黑透了。最后的几公里路是崎岖的碎石路。路的两旁都是黄色的玉米地。远处的田里，有一些孩子在捡剩在地里的玉米棒，把它们放到筐里，越来越大的风把褐色的烟灰朝着他们吹过去。当他们过了一条河之后，王江看见一些屋顶上飘浮着炊烟。他们隐约能看到山的另一边。迪迪抱得他更紧了。一条骨瘦如柴的狗在村子边上的垃圾堆上好奇地看着他们。王江以步行的速度开着摩托车。经过了一个又一个房子。有一处立着一个写着卖豆浆的牌子，另外一处是修车的牌子。经过日晒雨淋，这些牌子已变得字迹模糊。他们经过了水果摊、烟草店和服装店，一个路边小餐馆，还有几个作坊。无论居民们是在用铁锹把煤堆起来，跟隔壁大婶聊天，在玩耍，或是在抽烟，他们都无一例外地对这对骑着摩托车的年轻男女表示出极大的兴趣。王江很难想象在这样的地方还有牙医诊所。他比过去任何时候都感觉到离开哥本哈根，甚至是北京，是那么遥远。我们前方的路还有多长啊，他想着。迪迪急切地拍着他的肩膀，指了指右边的一栋又矮又老的房子，它就夹杂在街上的其他房子中间。他也注意到了灰色的门脸上喷着两个字："拔牙"。

王江把摩托车支了起来，迪迪跟跄着走了几步，"那边晾着婴儿的衣服。"她小声说道。

王江看向门右边装了铁栅栏的窗户下的晾衣绳。两件小衣服和一条裤子挂在那儿。

他深深地吸了一口气，拍了拍老旧的木门。布满灰尘的窗户里面一片漆黑。

一位大约四十多岁的男子把门开，透过厚厚的眼镜平静地看着他们。

"谁？"他问道。

无论是王江还是迪迪，都不知道他们应该怎么开头。

"有什么我可以为你们做的吗？"

他们能听到里面有女人的低哼声。

"我们是来接我们的儿子的。"王江说道。

男子看着他们，他的眼神闪烁了一下。他身后一下子安静了下来。然后他低下了头，把门敞开。

两天以后

二〇〇五年十月二十九日 星期六

四十

哥本哈根，拉斯比约恩街，清晨

街道上传来的瓶子掉在柏油路上的声音和醉汉的说话声把他吵醒了。夜光的表针指在四点半。雨停了。他在梦里回到了北京的那家饭菜口味很重的餐厅。满面笑容的杨波一次又一次地给他倒满茅台，但这次是装在红酒杯里，与此同时，一盘又一盘的菜被源源不断地端进来。恍惚中他又看到了那个戴着脸谱的消瘦身影，在欢快的东方音乐伴奏中跳舞，他的头每动一下，脸谱就会变换一种颜色和表情。伴随着音乐的最后高潮，他再次深深地鞠了一躬，摘下了面具，抖了抖他杂乱的灰黑色长发。等他直起上身时，突然变成了斯蒂文斯市的英格丽。她直勾勾地盯着他，嘴里说着他看不懂的无声言语。

经过九个小时的飞行，他昨天晚上七点左右降落在风雨交加的哥本哈根，他打了一个出租车到拉斯比约恩街的公寓，然后上床睡觉了。他现在已经睡不着了。现在是中国的中午。

一个小时之后，他洗完了澡、刮好了胡子，无论是不是星期六，他都会这样。夜间广播还有几分钟才结束。天还黑着，但天空很晴朗。除了从行李拿出东西以外，他没什么特别的事情要做。也许他下午应该去一趟橄榄球俱乐部。他还欠埃里克一盘未下完的国际象棋。最后播放的一段迪娜·华盛顿的歌曲《为那个男孩疯狂》。让他想到了夏洛特。特里娜是否快搞清楚了她究竟跟谁有纠葛。他的思绪又回到了在斯蒂文斯市的英格丽家。她到底想说什么？

新闻开始了。恐怖袭击案件的嫌疑人新近落网的消息占据了头条。在天气预报之前，是一条简短消息："经过警方确认，一名涉嫌在塞利列街谋杀两人的中国公民已经从北京的看守所被释放了。目前无法得到中国当局的评论。司法部长表示他将跟进此案。"播音员最后提醒道，夏季时间已经结束了，现在要把表调慢一小时。

贝尔曼点了一支烟，看了看手表。时间依然才刚过五点。他收拾了一下桌子，穿上了外套，穿过空无一人的步行街走到国王新广场。夜空开始变成浅蓝色，阳光正在从东方露出。

他在大国王街上的面包店买了两块新烤的圆面包。刑警队还黑着灯。很久之前，夜间值班就被以提高效率的名义取消了。贝尔曼花了几个小时在自己的办公室写了北京之行的报告，读了最近的信件，然后检查了电子邮箱。保罗·克里斯滕森总队长星期一上午九点在他办公室召开会议。这几周，伦贝格一家占据着很多人的脑海。太阳照在了房屋的瓦顶和对面建筑的上部，他关上了电脑，一股好奇心油然而起。他没办法给出一个令人信服的解释，但他就是觉得应该再给住在斯蒂文斯市的英格丽一个机会。天气很好，他还有足够的时间下午去一趟橄榄球俱乐部。

往警察局院子后面的普通公务车走去的路上，他路过了巡警办公室。他走进门时，尼斯·克里斯托夫森抬起头。

"我还以为你在中国。"

"我昨天回来的，来查收了几封信。我现在就走。从周五晚上到现在没发生什么特别的事情吧？"

克里斯托夫森摇了摇头。

贝尔曼开车经过克里斯钦堡宫，到了牛铺桥，在南港开上了往南的高速公路，然后就开始加速。

与此同时，特里娜·贝克跟着一辆警车开进了警察局的院子。她看到从巡逻返回的警车上下来的是托米和亨利克。特里娜把车停在靠近国家法院的黄色大楼背面的角落里。托米在等她。

"你好。"他说，"你已经不在谋凶科了吗？"

她摇了摇头，"我只是来取我的手铐。"

他惊讶地看着她，"已经结束了吗？"

她笑了，"可惜没有，我只是在开玩笑，我是来拿忘在办公室好几天的一本书的。"

"《破案大百科》？"

"差不多。"她说。

上楼的路上，他问有没有什么新闻。"没什么。"他点点头，站在一层值班室的门口，但没有要进去的意思。

"有什么要紧的事情？"她上楼的路上问道。

"熙乐上周六下葬。我提前几个小时到了主教山的教堂。我没想打扰，只是让一个墓地的牧师给我开了门。那里空无一人，教堂中间只有一副棺材。"

特里娜停了下来，向下看着他。

"我就想，献一束花也没什么不好。"他说。

她欲言又止。无聊的警察玩笑并不总是恰如其时。

"另外还有一束花，卡片的署名是安娜·玛利亚·伦贝格。"

"雅各布的母亲？"

"叫这个名字的人并不多。"

"跟我来。"特里娜说道。

他们二人进了刑警科，"这里有新煮的咖啡的味道。"她说着便走进了餐厅。咖啡壶还是温热的，桌子上还有面包屑。

"有人在吗？"她喊道。

没有人回答。

"好吧，需要的时候屋子也能提供一杯热咖啡。"她说着，给两人都倒了杯咖啡。

特里娜找到了她的书，正要把它放进包里，托米把它从她手里拿了过去。他看了看封面，翻了几页，"康拉德·洛伦兹关于'攻击与人性'的理论。"他说着看向特里娜，"这是领导培训班里要学的吗？"

"不是，但是花点时间研究人性总没什么坏处。"她合上书说道。

"我们再回到教堂上来吧。为什么伦贝格夫人要送花？"

"我也问了自己这个问题。也许是因为熙乐跟她儿子住在同一个单元里，并为此付出了代价。"托米说道。

"我好像听到了一个'但是'？"

"实际上没有，但仍然还是有。我在各个地方的登记表里都搜索了一下，然后问了一个遗嘱检验法院的熟人，但没有什么能深挖的东西。"

"遗嘱检验法院？告诉我你知道什么。"特里娜脱下外套，坐了下来。

托米转了转椅子，这样让他能伸直腿。

"雅各布·伦贝格有一个比他大四岁的同父异母的哥哥，他叫斯文。他后来一蹶不振，一九九九年去世了。原因很有意思，跟雅各布相关，因此遗嘱检验法院介入了。遗嘱里没有写明斯文死后的财产分割方式，但有传言说，九十年代初，雅各布跟他哥哥的老婆跑了，这是导致斯文堕落的原因。"

"'传言'，你在遗嘱检验法院的熟人？"

托米狡黠地一笑，"我不记得了，但是我知道斯文和雅各布在伦比市长大。雅各布的妈妈安娜·玛利亚·伦贝格非常独立，早在六十年代的红袜子妇女运动之前，就非常清楚自己的女性魅力。她分别同两任丈夫生了斯文和雅各布，但两任丈夫都先后消失得无影无踪。这两个男孩就像水和火一样。雅各布很外向，干什么都顺风顺水，成为了记者，先去了首都，然后又到了外面广阔的世界里。斯文很安静，成为了一名大提琴手，永远没有离开过伦比市。那里很多人都彼此熟识，谣言流传的时间也很长。什么样的传言都有：雅各布遇到夏洛特之后，抛弃了他的嫂子。这就是全部。在这个故事里想找出给熙乐送花的理由需要一点创造性。"

特里娜摇晃着椅子。雅各布是一个浪子，这不是什么新闻，但是这场家庭剧已经是十年前的事了。如果有人因为这个理由而仇恨雅各布，那么应该很早之前就表现出来了。

"斯文的前妻还活着吗？"

托米点点头。

"她继承了他以前的丈夫的财产了吗，或者他没有把她写进遗嘱里？"

"我知道你意思是什么，但是那是一条死胡同。她离婚时就分到了自己的那部分遗产，剩下的留给了儿子。据我所知，斯文一点都不恨他的妻子。他很希望她能回来，但是她忘不了雅各布。事实上，自那之后她也每况愈下。"托米说道。

"他们的儿子呢？"

他拉下拉链，在警服的暗兜和外侧口袋里翻找，然后在衬衫胸前的口袋里找到了几张叠好的纸，"这一切发生的时候他不过是一个大男孩，但他今天当然是……这是人口登记处打印出来的。"他边说边翻页。

"我看看他叫什么，可能我们已经有他的信息了。"特里娜说着，便要伸手去拿托米的手中的纸。

他快速地把它们抽了回来，"冷静，在这儿，卡斯珀·哈默。"

"不可能！他住在哪里？让我看看这张纸。"她站了起来，从他手里夺过了那张纸。

"哦不，妈的，也是艾格蒙宿舍。就是那个中国学生的邻居。阿纳周五打电话说，那个中国人正是通过他的邻居认识了夏洛特。"

托米站了起来，"我们快走！"

他们跑到了一层。就在他们经过值班室时，托米喊着亨利克，然后径直走向值班负责人的办公室，走到钥匙板前，取下一辆警车的钥匙。

克里斯托夫森惊讶地抬起头，"告诉我，到底发生了什么？先是阿纳，然后是你。"他说着看向特里娜。

"阿纳来过了吗？"

"是的，他来查信件，才离开了不过半个小时。他开走了一辆警车。"

"现在谁在路上巡逻呢？"托米问道。

"怎么了，出什么事了？"

"无论是谁在外面，让他们开到……不，算了。我们自己来。"他说着，差点在门口撞上亨利克。

"你难道不该把克里斯托夫森叫来么，他毕竟是值班的警长。"特里娜说着，试着跟上大步流星的托米。

"我们助理警员不在乎这个。厨子越多,厨房里越乱。你带巡逻枪和手铐了吗?"托米边走边看向亨利克。

他不知所措地点了点头。

特里娜哧溜一下跳上了车的后座。她应该通知尼古拉森,但是她根本没办法按手机上的按键。亨利克笨手笨脚地去抓安全带的工夫,他的头就撞上了车窗,因为托米一出大门就把车猛地转向左边,沿着大国王街开去。

"你有没有想过要增援?"特里娜带着一种久违的一切都颠覆了的兴奋问道。

"我们到底要去哪里?"亨利克揉着自己的太阳穴问道。

"我们要去抓一个学生。呼叫无线电台,说刑警目前正在威本斯圆形区附近跟踪一名毒贩。所有没有警方标志的车辆都要远离这个区域。我们过一会儿再提供进一步信息。"

亨利克迟疑地伸手去拿对讲机,正要转向特里娜。这时,托米又一次高速转弯,亨利克抬起手肘,才避免了头再次撞上玻璃。

"另外,谢谢你们没有周五抓住他。"托米带着一丝兴奋看着后视镜,"我几乎要放弃抓那个撞死熙乐的混蛋。"

宿舍里如死一般寂静。上楼的路上,他们只遇到了一名年轻的女学生,当看到特里娜带着两个穿着制服的警员大步冲过去时,害怕地躲在了角落里。通往十八 A 和十八 B 的公用门紧闭着。托米谨慎地握住了把手。门锁着。

"等一下。"特里娜说道。她能闻到走廊远处的公共厨房飘过来的饭菜的味道。

托米跟了上去,"在这里等着。"他对亨利克说道,快速地走向厨房。一个穿着T恤和拳击短裤的年轻男生正在煎培根。托米看向特里娜,她摇了摇头。厨房里没有别人,他们又回到了亨利克那里。

"靠边,拿出警棍,准备跟着我。"

"等等。"特里娜说,这只是第一个门。"门的另一侧还有一个小的门厅和两个门,每个通向一个房间。"

"哪个是卡斯珀的?"

"右边的那个,但是我们难道不应该……"

没有几个门能承受得住一个一百一十二公斤的男人用四十六码的脚的重重一踢。这个门也不例外。伴随着一阵碎裂声,门飞了出去,撞到了墙上。

"……我们警员不在乎这个。"特里娜小声说道。

托米迈了两步走进厅。跟第一扇门一样,那扇木门也败下阵来,连最上面的合页都断了,破碎的门半挂在空荡荡的房间里。

他们用了十五分钟的时间来搜索宿舍的其他公共区域,还同几个听到破门而入的声音从房间里走出来的学生谈话。显然,卡斯珀·哈默不在家,自从昨天就没人见到他了。没人知道他在哪里。

他们又回到了卡斯珀和王江的房间门前的走廊上。托米的目光看着前方。

"这简直一团糟。"亨利克说着，想把破了的门关上，但他没有成功。托米拿出纸看了一下，然后又看了看自己的手表。

"卡斯珀的母亲住在哥本哈根郊区。那里值得一去，你们不觉得吗？"

这时，一名穿着格子衬衫、打着领带的老年人来到了走廊上，"我是这里的负责人，我能知道这里发生了什么吗？"

"哥本哈根郊区什么地方？"特里娜问道。

"南边，我们转眼就能到。"托米说。

那个负责人把他们三个人看来看去，"我说过，我是负责人，希望警方能够解释一下……"

"你来得正好。请你把这个门锁好，我们今天晚些时候再回来办手续。谢谢，朋友。"托米一边往走廊外面走去一边说。

就在他把警车开上亚戈特街时，特里娜再次问卡斯珀的母亲住在哪里。

"斯蒂文斯市附近。"他笑着说，然后打开了警灯和警笛。

四十一

斯蒂文斯市，中午时分

当贝尔曼经过广场时，阴云开始笼罩在大赫丁地区上空。再往前走，他停在了附近的一个加油站，买了一杯咖啡。

"会下雨吗?"他问那个年轻的土耳其长相的收银员。

"嗯哈。"

在等着咖啡凉的间隙,他从车里打了个电话。

"喂。"

"喂,是我,阿纳·贝尔曼。"他说他就在附近,问她是否在家,有没有时间聊聊。他想来碰碰运气,但他觉得她不会离开家太远。他第一次去的时候没有看到车,所以她肯定就是在城里买东西的。

"就是你上次带来了雅各布的消息。"

他几乎可以断定自己听见了狗在外面咆哮。那个狗东西不可能离这么远听到我的声音吧,他想道。

"是的,就是我。"

"那对我来说不算是很好的一天。"她停顿了一下说道。

"今天好些了吗?"

"我不知道。"

他不慌不忙地喝完了咖啡,然后继续慢慢地沿着最后的一段砂砾路开着,想给她留出足够的时间。他有几次不得不打开雨刷器,刷掉前挡风玻璃上的雨点。

贝尔曼很意外地看到房子门前停着一辆车。他把车停在它后面,下了车,在红色的花园栅栏前停了下来。链子堆在柱子旁边,但狗不在那。窗边没有人,尽管她不可能听不到他已经到了。他用力地敲了几下栅栏门,没有反应,于是他走了进去。他还没走到门口时她就已经打开了门。她看起来比上一次好多了。她的头发梳得很整齐,把它们盘在了脑后。上次穿的红色的跑步裤,现在穿的是一条裙子和一件厚毛衣。

"你好,英格丽。"他说。

"你好。"她身子侧到一边让他进来。

"天有点冷。"他搓着双手。

"你想要干什么?"她关上门问道。

他依然穿着外套,看了一下四周。她明白了他的意思,走进了客厅。房间很整洁。沙发上放着一摞报纸。

"我来得不巧,你有客人。"他朝着外面的车点点头。

"告诉我你为什么要来这里。"她说着坐在沙发上,双手放在膝盖中间。

他坐到她对面:"主要是为了道歉,上次我来的时候让你受惊了。但愿我当时不知道你还没有听说发生了什么。"

她那双棕色的眼睛看着他,等着他接下来的话。

"对不起。"他说道。

一个微微的笑容让她慈祥的脸变得更美了。

"都过去了。你来还有什么事?"

"反正不是为了听你拉琴,因为那是一种享受。"他意有所指。

"雅各布。"她说道。

"直说吧,我需要你的帮助。我的同事是否曾联系过你?"

"有一个人几天以前打过电话,但是我那时的状态不好。"

贝尔曼没有说话。

"我当时有点恼怒了。"

"我们今天可以聊聊吗？"

"你想知道什么？"

他不能说，他今天做梦见到了她，她成为了中国的一个变脸表演者，然后试图对他说些什么，"你已经读到了发生了什么事情。"他说着，但没有去看那摞报纸。

"读得不多。"她说。

但是足够了，他想道。"我想知道什么？任何你能想到的或许能够有助于解释为什么会发生这一切。"

她低头看向地板。

她是在考虑我的问题，还是她不想说雅各布的事情，他想道。

"你不能在这儿待很长时间。"她说道。

"不，当然不会。如果不是我们需要你的帮助，我根本就不会来。即使是无关紧要的事情也可能很重要。"

"你没有同雅各布的母亲谈过吗？"她看着门口说道。

"是的，但你是他的嫂子，你可能会知道一个母亲所不知道的事情。"

她飞快地看了他一眼。

雅各布怎么了，为什么他是她的软肋？贝尔曼想着，换了一个话题，"也不能肯定雅各布就是目标。他的妻子夏洛特也遇害了。如果你能想到跟她有关的事情，可能也很重要。"

"我爱雅各布,但他不爱我。在我牺牲了我的婚姻、我的儿子、我的一切之后,他离开了我。"她语气茫然地说。

简直愚蠢之极,傻到极点,贝尔曼想着,他连一个安慰的词语也不想说。

地板突然一动,使她抬起了头。

"你最好还是走。"她说着站了起来。

"英格丽,天啊。我说什么,才能……我感到万分遗憾。我会弄清楚究竟发生了什么。"

她离开了客厅,身影消失在了楼梯上。他能听到她的脚步声。片刻之后,传来了琴弓拉在低音琴弦上的声音,从最低的音开始然后转入了他之前听过那段曲子。

他无精打采地站起来。天气让人更加沮丧。雨轻轻地拍打在窗户上。他走到窗前,朝花园里看去。高大的桦树在风中摇曳着。就在他转过身想要离开的时候,他先是看到了一张苍白而扭曲的脸,然后看到了一双举高了的手,手里握着一把铁锹,朝着他的头砸来。

贝尔曼只来得及高举起自己的左胳膊,让它承受最重的那一下,他听到了骨折的声音。小臂被打得撞到了他头上,使他倒在了沙发后面的地板上。这是怎么回事?他感到头晕目眩。

小提琴声停了,外面立刻传来了狗叫声。

贝尔曼抬眼看着,一个红色卷发的年轻男人正居高临下地看着他。双手依然握着那把铁锹。我是应该躺着不动,等着再被打一下，还是应该怎么样，他想着，试着活动他那只胳膊，它已经失去了知觉，他能感到血正从袖子上渗出来。

"站起来，爬虫。"

他的话还有语气都让他预感到事情不会有太好的结果。即使他能完好无损地从红头发手中逃脱，屋外面到车之前还隔着一只恶犬。何况他的左胳膊基本上废了。英格丽会有什么反应？她应该认识这个家伙。外面的车应该是他的。

"我不知道你是怎么想的，但是我是警察，我是被邀请进来的。"他说着，"你最好还是放下那把铁锹。"

"呵呵，真让人意外。"

除了他的笑本身之外，那短暂的笑声中还夹杂着一种潜在的嘲弄似的疯狂。于是他注意到那双棕色的眼睛和卷发透出了一种熟悉的东西，一瞬间，所有的问题、话语和印象开始汇集成了一句话。没有恶意。头奖。真该死，他怎么就没问特里娜王江的邻居姓什么呢。

"你妈妈在楼上，卡斯珀。上楼问她我说的是不是真的。"贝尔曼说道。

"站起来！"

别无选择。他挣扎着站起来，托住只连着肉皮的小臂，试着让沙发尽量多一点挡在他和铁锹中间。雨拍打在窗户上，下得更猛烈了。

卡斯珀像是一个刚刚把一条蚯蚓弄成两截的十岁孩童，看着他的胳膊。

"你的名字是卡斯珀，对吗？"

"不要用那双眼睛看着我，听到没有？"他说着向前了一步。

贝尔曼低头看着自己的手。袖口处出现了一些血迹。他到底卷入了什么事情？英格丽在干吗，她为什么无动于衷？

"听着。"他慢慢地说道，"我只是来跟你母亲聊天的。我不想伤害你们任何一个，我现在就走。"

"你以为我不知道你为什么来吗？我听到你说话了，听到你对着我妈妈耳语。你企图用你那有恶毒的语言，把我妈妈赢到你那边去。但你还另有企图，你和他是同一类人。你们的表情和眼睛暴露了你们。"

贝尔曼明白了两件事：卡斯珀不是正常人；如果他继续站着不动结果会很糟糕。

"我现在就走。"他高声而平静地说着，希望英格丽能够听到他的声音。他慢慢地从另一边绕过沙发、茶几和躺椅。现在距离通向门厅的门只剩下五米了。卡斯珀沉默地站在屋子中间，但盯着他的一举一动。贝尔曼始终让自己面朝着他，但避免抬头看。离门只剩下三步的距离了，两步……

"停下。"

他又走了一步。

"别动！"

贝尔曼站在通往门厅的门口处，背对着正门。这时，小提琴又开始演奏了。高亢有力的琴声顺着楼梯飘了下来，充满了整个房间。乐曲的节奏越来越快，贝尔曼瞥了眼台阶。没看见她。

"《马拉加舞曲》。"卡斯珀说道。他的声音突然变得不同了，变得有所克制了。

贝尔曼看着他。

"萨拉萨蒂是她的最爱。"

贝尔曼朝着正门退去。

卡斯珀的嘴角浮现了一丝笑容。他放下了铁锹，让它靠着他的肚子上，先是伸出了一只手，然后又伸出了另外一只。

"左，右。"他说道，"先决定一边，再决定另外一边，明白吗？逻辑对情感。必然对偶然。旧约说：以牙还牙；而新约说：宽恕。"

贝尔曼点点头。他已经离门很近了。

"你的车钥匙！"

"为什么？"

"你这种情况不能开车。"

"我没事。"他用右手摸索着门把手。

卡斯珀快步走过来，站在他面前两步远的地方，"只要她在拉琴，你就没事。车钥匙和手机，现在！"

他小心地放开了撑着左边小臂的手，把右手插进兜里找钥匙。

"为什么杀夏洛特，为什么摆花，你后悔吗？"他说着自己都不知道从哪里冒出来的问题。

卡斯珀用闲着的那只手摸了摸下巴上的胡须，用空洞的眼神看着他，"当女人以为她们能用慈母般的怀抱来改变堕落的男人时，通往地狱的大门就打开了。"

走到花园中间的小路上时，贝尔曼快速地看了一眼那只黑色的恶魔。它被拴住了，但竖着耳朵看着他。英格丽的身影出现在二楼的窗帘后面。窗户半开着。他看了一眼自己的车，然后走向了左边。最近的房子至少在两公里之外。雨很冷，但有利于他保持清醒。左手的手指还有反应，但是很疼。袖口处也不再流血。英格丽的琴声越来越小，他对自己还剩下多长时间失去了概念。要再过多长时间才会发生什么事情呢？道路在不远处突然转向右边，然后是一段笔直的长路。在道路转弯处左边有一堵灌木篱墙，把英格丽的房子和邻居家的农田隔离开来。他能闻到海的味道。海边可能会有人，遛狗的、钓鱼的，还有什么其他人。贝尔曼离开了大路，沿着篱笆走去，希望从房子里看不到他。

走了两百米之后，没有了农田，地势开始急转而下。灌木篱墙连上了大树和灌木丛。他又朝右边走了五十米，想找一个不是那么陡的开口处。雨小了一点，但他还是要不断地擦着脸才能看得清。他不敢在开阔处再多停留，而是从灌木丛中钻了过去，下了陡坡。很快，他来到了一块窄小的、寸草不生的平地，现在他既能看到大海，也能听到海浪的声音了。前方二十米处有一个很大的坑。他跑向坑边，但是由于胳膊的疼痛而不得不放慢速度。他面前垂直向下一百米处有一个湖。这是一个石灰石矿坑。在坑的另一边有一个通向海滩的开口。从那边往下走的话，他或许不会把另外一条胳膊也弄断。连个鬼影子都看不见。远处传来了狗的叫声，他立刻往右边走去。平台向下的缓坡让他围着石灰石矿坑绕了过去。等他到了对面，开始侧着身子缓缓往下移动时，他再次听到了狗叫的声音。草丛中的白灰已经被雨洗刷掉了。他坐着往下滑，试着用右侧落地，以保护他的胳膊。他艰难地站了起来，继续朝着小湖走去。他的裤子和外套上沾满了白灰。最后到通往海滩的出口的二十米路是湿地，很多地方的水没过了脚踝。

海滩两面都很荒凉。唯一的生命迹象是海里很远的地方有一艘货船的灰色影子。贝尔曼第三次听到了狗的声音，这次更近了。开口处两侧都是笔直的陡坡。左边的峭壁上建了某种金属架子，大概是一种吊车。那里也应该是一个藏身之处。在又大又圆的沙滩石中走路很困难，他只能跟跟跄跄地尽快走。

这里没有能躲的地方，只有一个多年没有用过的生锈了的金属架子。无论有多么不切实际，他都必须找一根木棍，或者什么的。狗是他面临的第一个问题。

稍远处，陡坡上有一条狭窄的沟，通向另一个小得多的坑。坑底满是大块的石灰，但没有水。坑顶上长着一圈植物。贝尔曼想找一个能爬上去的地方。坡很陡，但也不是不可能爬上去。天色变暗了，他很难看得很清楚。但他不难听到那头恶狗的叫声。

来不及了，他苦涩地想道，但这时他发现了一条又细又长的蓝色的绳子沿着斜坡通向上方。看起来很奇怪。

他很快跑到了那里。那是一条结实的尼龙绳。一个画着向上箭头的牌子显示，他正在走一条设计好的远足路线。谢谢你的信息，他想道。但我现在没时间去读这条路通向哪里。他快速地用右手抓住绳子，开始往上爬。好几次他不得不跪下来，但一想到那只狗，他就只得继续往上爬到了坡顶。那根绳子是用一个坚固的铁钉固定在地上的。从这里能看到他来时经过的平地。一个黑色的影子正在到处嗅来嗅去。贝尔曼看向四周。没有一棵树的树枝垂到地上能让他抓住。他走到靠近海那边的边缘。悬崖有一百米高，几乎是垂直地通向海滩和那几块圆形大石头。无论从这里，还是那里跳下去，都没有什么区别。他转过身看向绳子。最后的一个可能性浮现在眼前。

一分钟之后，他站在那里等着。就在杜宾犬穿过那条沟进到坑里时，它用舌头发出了短促的声音。狗不需要任何帮助，它已经看准了他。贝尔曼快速地回到峭壁边缘处，把尼龙绳扔了出去。来不及看绳子落在了下面多远的地方，他转身面转向坑口，迅速地把绳子在自己的右胳膊、身体和两腿之间绕了几圈。恶狗在从松散的石灰里往上爬时也遇到了麻烦，它上来的时候跪在了地上。

"来吧，黑色的家伙，给你看个漂亮的。"他抓紧了绳子喊道，他这时也用上了左手。狗无声地跳上前来。贝尔曼差点低估了它的速度。他往后迈了一步，掉了下去，一瞬间感觉到狗的呼吸就在眼前，它的尖牙离他的头发只差分毫。杜宾犬在空中侧着身子掉了下去，撞上了巨大的海滩石。贝尔曼贴着悬崖往下移了几米，又滑了一段。绳子磨得右手心火辣辣的，但他还是吊在那没动。松落的石灰块掉在了他的头上，但他忍着左臂剧烈的疼痛，试着用双脚找着支撑点，同时还不能让绳子从他的双腿间松开。他小心地朝下看去。狗的腿蹬了几下，但是它已经没救了。他又往下滑了几米，双脚终于落地了。这时，卡斯珀出现在海滩上。他手里还拿着铁锹，径直朝着他的狗走去，弯下了身。贝尔曼没有动，但他知道他在白色的峭壁上非常显眼。

卡斯珀站起来朝上看，"你杀了我的狗。准备接受审判吧！"他喊着，然后试图往上爬，好抓住蓝色尼龙绳的末端。

准备面对死亡的人是永远不会输的。贝尔曼想着，看着卡斯珀每往上爬一米就又滑下去。于是他放弃了，捡起了铁锹，往沟的方向跑去。贝尔曼小心地松着绳子往下滑，下移一点，又一点。幸运的是，他可以用脚来控制，但左臂和右手的疼痛实在太剧烈了，他知道他很快就要不行了。他力气用尽的时候，还没有到达绳子的末端。最后一段他是半滑半摔下去的。他带着一身的石灰粉、岩石和植物的碎片落在了海滩上，身体翻过来躺着。他感觉到，额头上的擦伤处的血流到了脸颊上，但他还活着，也没有再骨折。

当卡斯珀出现在崖顶，想要用铁锹铲断绳子时，贝尔曼站起来，跌跌跄跄地往回走。他从头到脚完全是白灰的颜色。天更黑了，雨和血顺着他的脸流下来。他几乎看不清路，差点走进了那个生锈的金属架子上。全身上下除了疼痛就是火辣辣的感觉。有那么一瞬间，他感觉到脚踝上的水，知道他回到了第一个坑里的湖里。左边是不是长着一些植物？是的，他能看见摇曳的树影。狗已经死了，现在可以藏起来了。水又凉又深，但他已经离灌木丛不远了。然后又是一段往上的路，终于他来到了一片干燥的地方。他的体力一下子也耗尽了，双腿再也站不住，朝前倒了下去。远一点，再远一点，他这样想着，钻进了一片长得很高的草丛当中。再进去一点，他想着，同时听到了卡斯珀跑进沟里的声音。脚步声停止了，贝尔曼能听到他沉重的呼吸声。长久的寂静。然后传来了踏水的声音。先是往左，然后往右。

"我看到你了，如果你是男人就站起来。"声音很沙哑，但离他并不近。

贝尔曼没有站起来。他没有力气了。

然后又是几步踏水声，紧接着是寂静。

他没看到我，贝尔曼想道。他用倒下来的姿式躺了很久很久，他开始感觉到脑后的痉挛。然后，他听到卡斯珀沿着来时的路跑上了悬崖，他知道这是为什么。他从悬崖边能更清楚地看见沟里的情形。但贝尔曼还是没敢动。

很长时间都没有动静，然后上面再次传来了卡斯珀的声音。

"我过一会儿就回来抓你！"他喊道。

痉挛开始蔓延了，但贝尔曼一直躺在原地。他知道卡斯珀在虚张声势。天太黑了，他什么都看不见。他会回来。这意味着他要去拿手电筒。

"你在这段时间里先想想，是要被葬在海里还是地里。"声音从沟的另一边传来。

四十二

稍后，在通往斯蒂文斯市的省道上

托米早已关掉了警笛。路上没有任何车，他也无法忍受那种噪音。其中一个喇叭十分钟之后变弱了，只亮灯不发声，但这也好不了多少。他本来打开警笛和警灯就是为了阻止特里娜和亨利克继续讨论开车去斯蒂文斯的必要性。等到在高速路上开了一段路之后，特里娜才给谋凶科打电话说她正要去哪里，以及为什么。一切都尚不确定，她说。是的，她带了巡警，一旦有进一步消息再联系。之后她保持着沉默。亨利克也是。托米让他在导航仪里找到那个地址，于是他现在正跟着一个女性声音的自动指示开着车。"下一个出口向右"，"直行"。

天阴沉沉的，当他们驶出高速路时候开始下雨了。道路很窄，而且弯弯曲曲的。他开始加速。

十五分钟之后，导航仪里的女人说道："您已到达目的地。"

他们经过大赫丁市的加油站后右转，又转了几次之后，他们面前出现了那条狭窄弯曲的小路。托米关掉蓝色警灯，让亨利克去看门牌号。两公里之后，又经过一个左转弯，右手边坐落着一栋老房子。

"那不是我们的一辆警车吗？"特里娜问道。她把头向前伸到了二人中间，想要透过挡风玻璃看清楚。

那辆黑色的福克斯停在另一辆车后面。托米认出那是警察局的一辆普通巡逻车。他猛踩了一脚刹车，开到了路边上，"应该是阿纳。"他说着看向特里娜，"克里斯托夫森说，他走的时候开走了一辆警车。"托米用手指轻轻地敲着方向盘。

"我不明白。他怎么会开车到这里来？他不可能知道……"

"该行动了。"托米说着下了车。他慢慢地沿着路缘石靠近房子，一只手示意亨利克和特里娜跟在他身后。房子的窗户里没有光。托米停在了红色栅栏的角上。什么都看不见，也听不见。他正要往前走，这时房子最远端传来了一阵窸窸窣窣声。他快速走上前，跟着那个声音走进花园。声音来自后花园里的一个小的杂物室。门开着，里面有灯光。托米停在门旁边，往里看去。一个高个子、红头发的家伙背对着他们，正忙着在放着罐子、袋子和其他零七八碎的东西的架子上乱翻着。特里娜和亨利克站在门的另一边。特里娜点点头。就是他！

这时卡斯珀找到了他要找的东西：手电筒。托米迅速环视了一眼屋子的内部，把外套拉上去，露出了枪套。

"晚上好。"他说着,一步迈进了杂物室。

卡斯珀慢慢地转过身,拿着手电筒站在原地,一言不发。他的头发是湿的,目光呆滞而恍惚。

"放下手电筒,转过身。"托米平静地说道。

卡斯珀没有反应。

"转过身。"托米重复道。

卡斯珀把手电筒装进了口袋里。

"很好,转过身。"

从卡斯珀的脸上看不出来他是不是听明白了,托米开始考虑其他可能性。他用余光看到左边有一把扫帚靠墙放着。

卡斯珀慢慢地转过身来,托米正要上前,卡斯珀这时抓起背后的一把铁锹,转了一圈,把铁锹刃对准他的脸打了过来。托米往左迈了一步,反拿起扫帚。卡斯珀离托米有两米远,扫帚把正击中了他的胸口,把他击倒,仰着躺在了地上。托米把扫帚扔到一旁,把铁锹踢开,抓住卡斯珀的左胳膊,一眨眼就把他转了过来锁住了胳膊。亨利克上前控制住了卡斯珀的腿。就在托米用空出来的那只手摸索着那个小皮套,突然他鼻子前面出现了一副手铐。

"好吧,这回你确实得去警察局取手铐了。"说着,他抬头看着特里娜的脸。

他们让卡斯珀站了起来。

"我们的同事在哪儿?"特里娜问道。

卡斯珀毫无表情地看着他们。

"去开警车。"托米对特里娜说道，并把车钥匙给了她。

她不在的时候，他无数次试着逼问卡斯珀，但他只是站在那重重地喘着气。托米看向手电筒。他为什么要找它？他听到警车声之后，抓住卡斯珀的胳膊，看向亨利克说："我们把他带出去。"

穿过花园的路上，他们注意到二楼的一扇窗户后面有一个女人的身影。等把卡斯珀安置在警车的后座上以后，托米转过身看向亨利克。

"你看着他，我跟特里娜回去找阿纳。"他朝特里娜点了点头，转身朝房子走去。

"你本来可以朝他开枪的。已经满足开枪条件了。"亨利克说道。

托米停了下来，"幸好我们是一起来的。我已经离教科书太久了，老实说，我几乎不知道最新的规定是什么。"

亨利克点了点头。

"但扫帚的条件也已经满足了，而且我们能够省去写报告的麻烦，避免受到检察官无穷无尽的询问，一切都取决于你用是或者不是来回答一些预定的问题。如果答案符合标准，那就相安无事，否则……"

"走吧。"特里娜说着，拽住他的袖子。就在他们走进栅栏门时，她接着说："别忘了，你也曾年轻过。"

"这个世纪很多最重大的犯罪案件都是官僚主义者犯下的。"说着,托米朝着窗户看去。女人开了灯,朝房子南边的可活动灌木篱墙指了指。

四十三

与此同时,午夜过后,在北京的一个公寓里

王江看着男孩的脸。他躺在他妈妈的胸口旁。他们很早就睡了,但孩子醒了,哭了起来。他妈妈不能离开他的视线。迪迪把目光转向王江。昨天,她把她的长发剪到了齐耳的长度,辫子也没了,而是留了整齐的刘海。尽管她这样很漂亮,但他还是更喜欢以前的发型,但他知道她为什么这么做。女人剪头发,是因为想要重新开始。

"你回丹麦吗?"她问道,"我还是一只仅能看见一点点蓝天的井底之蛙吗?"

王江从椅子上站了起来,靠着她坐在了沙发上。公寓里只有他们三个人。

"你不是青蛙,即使你曾经是,你也早就从井里爬出来了。"说着,他用胳膊抱住她。她很紧张。

"你在想我的家人,对吗?"

她把脸转向他。

"如果有人是井底之蛙,而且希望一直待在井里的话,那个人就是我妈妈。我已经给她打了电话,告诉她她当奶奶了。"他说道。

迪迪移开了目光。

"我妈妈有一百个问题,但得到的都是同一个回答。明天她就回北京。有一件事情她坚持要知道。"

迪迪害怕地看着他。孩子也瞪着黑色的眼睛朝上看着。

"你最喜欢吃什么菜?"王江笑着问道。

停顿了一下,王江突然想到,"天呐,我连孩子叫什么都不知道。"自从廊坊之后一切都发生得太快了。那个拔牙的医生已经放弃了,但他老婆一直在反抗。那是他们的孩子,他们花了两万五千元买了他。迪迪抱起孩子就走了。女人叫喊着跟着她跑到街上,她的丈夫只站在门边看着。路人都停下了脚步。王江害怕会有人报警,于是对牙医说,他会拿回他的钱。然后他们就骑车走了。

"你觉得他应该叫什么?我听你的。"她靠着他回答道。

王江看着孩子。高高的额头、宽阔的颧骨、丰满的嘴唇、微微上挑的眼睛、浓密的眉毛。

"他很好看。"他说道。

"一只小狼。"迪迪摸着男孩的脸蛋说道。

"就拿它当他的名字吧,小狼。"王江说道。

四十四

过了一段时间，南西兰岛

周围漆黑一片。疲倦，无穷无尽的疲倦。双脚是冰冷的。他曾梦到有人在喊他的名字，看到了闪烁的灯光。卡斯珀回来了，他这样想着。又有人叫他的名字，越来越近。他躺着没动，直到他想起来，卡斯珀不会知道他的名字是什么。嗓音也不一样。是托米吗？

灯光像闪烁的碎片。他站起来了，开始往前走。寒冷驱走了胳膊上的疼痛，但他的双腿很僵硬，他摔倒了好几次。一片灯光照了过来。他的周围有很多身影，一个毯子，然后是一束刺眼的白光，伴随着一个平静的声音。一个戴口罩的男子。"现在要给你的胳膊打一针，让你放松下来。一会儿见。我知道你是警察，在此期间我们不会闯红灯的。"

贝尔曼尝试了一下，但他没有力气睁开眼睛。他让自己再次慢慢地回到了黑暗之中。

"我觉得他在装睡。"旁边有人高兴地说道。贝尔曼听出来了，是橄榄球俱乐部的埃里克。

"我们还有一局国际象棋没下完,他快输了。"埃里克补充道。

"他确实没有装睡。"一个女人说，"阿纳·贝尔曼刚刚做完重大的手术，他需要充足的睡眠。明天再来吧。"

一个多月之后

二〇〇五年十二月二日,星期五

四十五

哥本哈根警察局，上午

最近的一周天气变化很快。从温度高达十度的秋天降到了正常的零度左右。下过小雨，有过晴天，还有过阴天，刮过风，也下过大雨。今天没有一丝风。阿纳·贝尔曼有一种熟悉的感觉，空气中的细霜像闪光的金属拂面而来。他走进警察局的圆廊时抬起了头。铅灰色的天空仿佛凝固了一样，是要下雪的征兆。

谋凶科的餐厅里聚集了四个人。延斯·尼古拉森，特里娜·贝克，尼斯·霍斯和阿纳·贝尔曼。谋凶科的负责人福尔默·克努森申请了年底退休，他有了许多自由时间去做已经放弃了的事情。延斯·尼古拉森警官代理他的职位。他做出的第一个决定就是请求阿纳让特里娜·贝克留在谋凶科。

"你的胳膊怎么样了，阿纳？"犯罪心理负责人尼斯·霍斯问道。

"好多了。已经拆线了，现在只剩下一个辅助固定带，但看起来还是挺严重。"

"这就是玩蜘蛛侠的代价。"特里娜说完，迅速地用咖啡杯把嘴挡住。

延斯·尼古拉森笑了笑说："你觉得疼吗？"

"很少，事实上只有我笑的时候才疼。"贝尔曼答道。

所有人都笑了。

"好的，我们回到正事上吧。"尼古拉森说道，"现在调查只剩下少数的几个细节还没有搞清楚。特里娜已经审问了卡斯珀·哈默几次。他已自愿为破案提供了有价值的东西，使我们对案情更清楚了。但是还有一些盲点：是什么，还有为什么造成了雅各布和夏洛特身上发生了那样的事情。卡斯珀可能有精神病，但他不是白痴。显然，他读了很多好高骛远的书，可能其中的几本读得太多了。"

延斯·尼古拉森喝了口咖啡，继续说道："尼斯，你同心理法医科联系过，他们也跟卡斯珀谈过，为的是确认他是否有精神病，能否承受正常刑罚。我们早晚会拿到主任医师的精神鉴定报告，但是其结果是建立在一系列我们看不到的计算的基础上的。我们有可能无法搞清楚所有的一切，但是我不想在我们完全做完我们的工作之前就把案子交给法官。"

尼斯·霍斯明白尼古拉森想说什么，就在他打电话要求开这个会的时候就知道了。

"有一种精神疾病，学名叫做多重人格障碍，就是人格分裂，或者流行的说法就是'杰基尔博士和海德先生综合征'。是真的吗？我的很多同事都在激烈地争论这件事，在国外也一样。但我会说，是的。是否有人可以一瞬间转换人格，从一个善良的正常人变成一头野兽，再转换回去？不完全是这样，但是我们所说的是患有心理疾病，或者人格不稳定的、会暂时失去记忆的人。我们的理解是有选择性的。患者自己选择去压抑那些极度不愉快的经历或行为。他或她会把可怕的记忆藏在一个封闭的意识区域内。在某些情况下带来的结果是，患者会创造出两个人格，一个好，一个坏。这样，好的人格才能战胜坏的人格。"

"怎么能发生这样的事情？"特里娜问道。

尼斯·霍斯看着尼古拉森和贝尔曼，"现在我比大多数的心理分析师都更了解警察，所以我希望你们能耐心地听我说，这往往是童年时期遭遇的痛苦事件导致的。可能是性侵害，也可能是患者造成了其兄弟或者其他亲人的死亡。受到忽视或者缺乏情感关怀是第三种解释。"

尼古拉森看着前方说："关于卡斯珀的童年，我们知道，他的母亲为了他的叔叔而离开了他和他爸爸。这不是什么愉快的经历，但是这是有可能发生的——即使是在最好的家庭之中也有可能发生。"

"他没有告诉你们其他的吗？"霍斯看向特里娜。

"没有，我可以明显感觉到，这是一个爆炸性的话题。通过其他途径我们得知，这段关系持续的时间很短，但卡斯珀的父亲和母亲为此付出了巨大的代价。现在人们可以讨论究竟是什么导致了这样，但是，事实就是，卡斯珀的父亲酗酒，不到五十岁就死了。他母亲的遭遇也好不了多少。她住在斯蒂文斯市的与世隔绝的笼子里，卡斯珀精神上的不稳定可能就是从她那里遗传来的。"

霍斯点点头，但什么都没说。

尼古拉森不是非常满意，"我不难理解对于造成了如此众多苦难的人怀有仇恨，但那些都是在卡斯珀慢慢长大成人的长期时间里逐渐发生的。更准确地说，在他的童年里到底发生了什么事情，给他造成严重的精神上的创伤，使他成年之后犯下如此残暴的罪行？这是经过长期策划的，对吧，特里娜？"

她推开咖啡杯，"卡斯珀没有隐瞒他的所作所为。也没有隐瞒原因，唯一的例外就是我们讨论过的问题。简而言之，他很早就想要杀害雅各布·伦贝格，他说他就是一只蝎子，它唯一的行为就是喷毒。卡斯珀与中国学生王江在艾格蒙宿舍成为邻居之后，他偶然之间产生了一个具体的主意。那是在卡斯珀的母亲做了乳腺癌的手术之后不久。当时，雅各布已经跟他的新妻子在北京住了很多年，不在他所能及的范围里。卡斯珀详细地向王江打听了关于中国的一切，一个计划就在他的脑海里成形。为了复仇，他可以在中国把雅各布撞死。雅各布因为他写的东西，在中国是一个有争议的人物，这样他的死因可以引起各种猜测。一切都很完美。卡斯珀计划在中国人发现究竟发生了什么事情之前就离开中国。通过阿纳的朋友杨波，我确认了卡斯珀获得过旅游签证，春天的时候去了中国。但事情并没有那么简单。雅各布常常外出旅行，卡斯珀很难知道他应该在什么时候在哪里行动。"

"于是那时候夏洛特就被扯了进来？"贝尔曼说着，想到了那个在北京的"老书虫"找上夏洛特的"双子",但他很狡猾,没有留下足够的东西,让其他人能够认出他来。

"是的,他认识了夏洛特,据我所知,他把自己的真实身份告诉了她,只是没有说他还没有撞死任何人。他的用意是为了搞清楚雅各布什么时候在北京。卡斯珀没有隐瞒,夏洛特趁着雅各布离开北京时曾邀请他去她家,这使得他对雅可布的复仇心更加强烈。"

"夏洛特为什么要这么做?"延斯·尼古拉森看向霍斯问道。

"我们这里应该从进化论的角度来看:女人从根本上来说会被强壮的男性所吸引。即使是女性心理分析师也有同感,但她应该知道她在做什么。"

"总而言之:卡斯珀明白他到达北京太晚了。雅各布已经在国内找了新的工作,他和夏洛特就要回丹麦了。在北京待了两个星期之后,卡斯珀失望地回国了,但他并没有放弃。过了一段时间,他又联系了夏洛特。她和雅各布在东桥区买了一套公寓。夏洛特邀请他去了家里,谈到她后背的问题。她很想念她在中国的按摩师,于是卡斯珀想出了一个新的主意。他告诉夏洛特,他的中国邻居王江是学医的。卡斯珀有的是时间去等待。他的想法依然是要撞死雅各布,但要等到王江结束学业返回中国的时候。"

"把谋杀嫁祸给王江?"霍斯说道。

特里娜点点头,"但是众所周知,牧师的预言准确的时候很少,计划总赶不上变化。卡斯珀仍然常去找夏洛特了解情况。事实上,我认为，在不知不觉中，他对她多了一点在意。她认真对待他的问题，并且试着帮助他。然而，给她送花的是王江，卡斯珀后来把花放在了她的胸口。十月的那个星期三，他偶然经过夏洛特的公寓。他并不是每次都打电话。他穿过了公园，远远地看到王江离开了楼道。等他进屋时，夏洛特刚刚洗完澡，穿着和服。卡斯珀可能猜得到夏洛特和王江之间会发生什么，但是当他直面那凌乱的床和她的湿发时，他失去了理智。他朝着她的脸狠狠地打了一巴掌，使她撞在了衣帽架上，造成了致命的头骨骨折。一开始卡斯珀不知所措。他知道夏洛特伤得很重，但是他也明白，这场事故会毁掉他的复仇大计。但是，突然之间他有了一个绝妙的主意。王江在春风一度之后刚刚离开。如果夏洛特死了，如果他能把雅各布骗回家，他就又能回到原来的轨道上了。剩下的事情你们就都知道了。卡斯珀用了下午剩下的时间来布置一切。发生在楼下的熙乐身上的惨剧是因为卡斯珀以为他星期三晚上离开公寓时被她看见了。他之前见过她，还跟她聊过天，并感觉到她有个人问题。他曾笑着讲到，他在经过她的公寓门口时，特意伪装成楼梯扶手上的爬虫，为的是使她在警察的眼里失去可信度。"

尼斯·霍斯看着尼古拉森说："你问我，更具体地来讲，是什么事情在他的童年心中种下了如此深仇大恨。当你听到这段叙述，尤其是当他看到床和夏洛特时的反应，或许你的问题就能找到答案了。"

"嗯。无论如何，卡斯珀非常幸运，他的中国邻居在谋杀案发生两天后就回了中国，又由于夏洛特和雅各布计划要去维也纳旅行，所以一开始就没有人想找他们。"尼古拉森说道。

尼斯·霍斯笑了，"我知道，谈到心理学，有点让人看不见，摸不着。但我们不能完全排除的是，卡斯珀好的一面并不希望他是凶手—事长期破不了案。他愿意把事情经过告诉特里娜说明了这一点。卡斯珀在多年里都觉得自己是被忽视的人。现在他清算了旧账，同时他也受到了关注。他的杀人方式是如此戏剧化，警方和公众肯定会想尽一切办法弄清事情的经过。尽管他自己可能没有意识到，但他在那个星期三下午使东桥公寓里的表停止走动。从那一刻起，他就希望可以由其他人来掌控他的生命。"特里娜短暂地看了尼古拉森一眼。

小小的雪花落在纪念庭院四方形的天井中，好像在杀蛇人雕像前面铺上了一层薄薄的白色地毯。阿纳·贝尔曼和尼斯·霍斯一起往警察总局的正门走去。"我记得，史蒂文森的故事以杰基尔博士的自杀而告终。"贝尔曼说道。

霍斯点点头，"要解决卡斯珀的问题并不容易。一是要赢得他的信任，二是要让他接受真正的治疗，最好是催眠。作为成年人，他应当首先被带到一个安静平和的地方。在那里才能让他慢慢地回到问题出现的那个时候。他应该作为一个成年人回到那里。看着还是孩子的自己，如果可能的话，拥抱自己，至少跟小孩子卡斯珀交谈。不过，任何东西也改变不了已经发生过的事情。"

贝尔曼点了点头。

"还有，你怎么办？你是否想过在新的一年里要做什么？"霍斯问道。

"有一个高级顾问的职位。"

霍斯直直地看着他，"怎么样？"

"当一个人活到六十岁的时候就不会那么自负了。还有什么会干扰到你每晚的睡眠？人生中所有可能变得很糟糕的事情，都已经发生过了。我只想维持生计，正如特里娜用美丽动听方式所说的那样，我在中国大使馆的朋友邀请我明年一月末去中国。我跟一个法国记者有一个约定，但我首先要去看龙抬头。"贝尔曼笑着说道。

如他所料，尼斯·霍斯感到十分好奇。

"那个时候是中国的新年，龙觉醒了。它代表着好运和幸福。"

跋

　　每年的六月五日是丹麦的国庆节，丹麦驻华使馆同我国的驻外使馆一样，每年这一天都会在北京使馆内举行国庆招待会。我可能是由于获得过丹麦女王颁发的国旗勋章的缘故，年年都会被邀请去参加招待会。二〇〇八年六月五日，我像往年那样，又一次被邀请去参加了招待会。虽然每年都去，但认识的人不多，而我这个人又不善于交际，参加这样的活动，我往往是手中拿着一杯水，站在小圆桌旁，默默地注视着身旁服饰光鲜的人们，有的来往穿梭，寻找熟人，有的在热烈的交谈。二〇〇八年的那次招待会，当我像往常那样，一边喝着水，一边注视着身旁的人们。不知什么时候，我站着的小圆桌旁出现了一位和善、彬彬有礼的男士，他告诉我他是丹麦人，是警察，北欧驻北京的警务司长，刚来北京三天。警察！我感到十分新鲜，北欧在我们北京还派有警务司长。我也向他做了自我介绍。当他听说我是搞北欧文学的，翻译过《安徒生童话全集》时，似乎也感到十分惊奇，问我除了安徒生外，是否翻译过丹麦当代作家？并告诉我他也是一位作家，发表过几部作品。警察加上作家！这使我更为好奇。这是我同福劳德·欧尔森第一次见面的情形。虽然已经过去了八九年，但是我们第一次见面时的情景给我留下了深刻印象，记忆犹新。

福劳德·欧尔森是怎样走上创作道路的？他的作品是属于什么类型的？想要表达什么？其写作特色又怎样？作为一个北欧文学研究者，在碰上一个北欧作家时，这些问题总会很自然地在我脑海里出现。

通过后来多次的交往和阅读他的作品，使我对他有了进一步的了解。福劳德是位善良、善解人意和处处为别人考虑的人。我认识他的助手，她告诉我，她很幸运，能有这样的上级，在他手下工作感到舒畅快乐。福劳德长期在丹麦警界工作，已有四十余年警务生涯，曾经出任过丹麦首都一个区的刑警局局长，一九九一至一九九四年任北欧及丹麦常驻奥地利警务联络官。二〇〇二年起在国际刑警组织工作，并赴巴格达出任多国联军部队和伊拉克内政部长的警务顾问。二〇〇七年下半年任丹麦首都哥本哈根警务信息中心主任。由于长期从事跨国警务工作，积累了丰富的国际警务活动经验。

福劳德在工作之余，辛勤耕耘，退休前已经发表过三部长篇小说和一部纪实文学《狗吃肉，马吃草》（2002）。他的处女作、长篇小说《在第三人的阴影下》发表于二〇〇一年，其余两部长篇是《下雪那天》（2007）和《哥本哈根－巴格达》（2010）。他是个警察,他的作品往往是以警务生涯中所碰到的真实案件为基础,因而他的作品可能会被归纳到悬疑小说一类,但是他自己不这么看。今年十月二十二日,他对《上海日报》(英文版)记者说,我要通过作品"向大家展示警官们每天所面临的艰难选择。我的作品要探讨正义:什么是正义,我们什么时候知道我们拥有正义,以及我们如何知道何时停止侦查。"

虽然他不同意自己的作品属于"犯罪小说",不过我觉得他作品的故事情节类似悬疑小说,一环扣一环,悬念此起彼伏,紧张生动。故事情节往往不是发生在一个国家,而是发生在两个甚至多个国家,可以说他的作品又是他的多年国际警务联络官工作的写照:真实地反映出警务联络官既要维护本国政策和侨民的合法权益,又要积极配合驻在国侦破和堵截犯罪活动两者之间很难把握的分寸界线,并且要同驻在国有关部门和新闻媒体沟通信息,防止发生误会和纠纷。其作品的重大参考意义在于对跨国警务活动进行了开拓性的探讨,而这样的作品只能由拥有切身体会和经历的资深警官才能写得出来,并且写得翔实正确。

福劳德当了四十多年的警察,接触到无数的犯罪案例。不过他认为从警生涯告诉他,世界上坏人不多,的确有人犯罪,一般说来,最恐怖的罪行是由精神病患者和控制不住情绪的狂人犯下的。而他看到电视中播放的犯罪片和小说中描述的犯罪故事情节都滑稽可笑,扭曲了世界的画面。他认为"真实生活中的犯罪案件没有那么糟糕"。这一切促使他去把自己经历过的案件用文艺的手法表现出来。

《龙抬头》（2012）是福劳德的第四部长篇小说，是他在中国担任五年警务司长期间创作并发表的。故事情节发生在北京、河北和丹麦哥本哈根之间，人物除了丹麦人，还有中国人。他为什么要写这样一本小说，篇目又叫做《龙抬头》呢？"龙抬头"是我国的传统节日，在农历二月二日。那个日子正是早春时节，万物复苏，万象更新。这部作品的故事内容和"龙抬头"的概念似乎关系不大。他为什么要这么写？这个问题一直困扰着我。直到今年十月二十二日，我读到他在英文版《上海日报》上的讲话，我才忽然明白。他说："中国人把'龙'看成是好兆头。'龙抬头'正是初春时节，人们开始整理打扫，万物气象更新，鸟类和动物在漫长的冬天之后又露出了它们的脸。而西方人则把龙视为邪恶和恐怖,这两种概念截然不同。"他认为这种不同是由于文化差异，以及媒体报道中的误解和成见、对中国的谣传和道听途说所造成的。他说："我感到我有必要来写一个自己亲身经历的、更为符合真实中国的故事。"他还说："我所了解的中国同我们过去在丹麦经常听到的和阅读到的情况是非常的不同。其实，在很多方面我们没有多少的不同。"看到他以上这些话，我想这部《龙抬头》或许是要告诉我们：中国人和西方人之间的不同其实没有我们想象的那么多，我们可以在一起友好合作，相互配合，解决疑难问题。就像在作品中描写的那样：在丹麦和中国警务人员的协作努力之下，洗清了对中国嫌疑人的冤情，还了他的清白。

福劳德的作品坚持社会真实与艺术真实的有机统一，描述准确细腻，精益求精。阅读他的作品能使人感受到一种精神，体味到一种力量。那就是也许我们有着各种各样的不同，但只要大家齐心协力，友好合作，对于善与美好的共同追求是可以实现的。

石琴娥
二〇一六年十一月十日于北京